講談社文庫

ハゲタカ(上)

真山 仁

講談社

ハゲタカ　上

目次

ハゲタカ　上◎主な登場人物

ホライズン・キャピタル（投資ファンド）
鷲津政彦＝社長
アラン・ウォード＝バイス・プレジデント

ゴールドバーグ・コールズ（米国投資銀行）
リン・ハットフォード＝ファイナンシャル・アドバイザリー部　バイス・プレジデント
鰐淵和磨＝リアルエステート・ファイナンス部アソシエート

三葉銀行
芝野健夫＝ニューヨーク支店法人部課長補佐→資産流動化開発室室長
妻　亜希子
娘　あずさ

迫田平吉＝企画担当専務
飯島亮介＝常務取締役総合企画部長
大伴和彦＝資産流動化開発室課長
宮部みどり＝資産流動化開発室主任
沼田透＝審査第三部審査役

松平家（ミカドホテル経営）
松平華＝貴子の祖母
松平重久＝貴子の父、ミカドホテル社長
松平貴子＝ロイヤル・センチュリーホテル・ジャパン経営企画室室長
松平珠香＝貴子の妹
松平一朗＝貴子の従兄

花井淳平（故人）＝ワープ・ジャパン社長
サム・キャンベル＝クーリッジ・アソシエート主任調査員
瀬戸山克宏＝スーパーえびす屋社長
堀嘉彦＝ホライズン・ジャパン会長
ボブ・スタンレー＝メリレ・リンク証券インベストメント部マネージング・ディレクター

ハゲタカ（上）

一説によるとハゲタカとは、北米に生息するワシ・タカ類の総称を示す。
アメリカ大陸には七種が生息し、いずれもが世界最大級の大きさを誇っている。
そのいずれもが、現在では、レッドデータに属する絶滅危惧種でもある。
一方、日本の金融界では、闇夜に舞う最強の鳥として猛威をふるっている。

新しい日本の進路を照らす新しい道徳は、
その灰の中から不死鳥のように生まれ出るであろうと予言されていた。
不死鳥は自分で灰の中から生まれ飛び立つのであって、
それは渡り鳥でもなければ、他の鳥の翼を借りて飛ぶのでもない、
ということを忘れてはならない。
「神の国は汝らの中にあり」という言葉がある。
神の国は、たとえその山がいくら高くても、
ひとりでに、そこから降りてくるものではない。
どれだけその海が広くても、
ひとりでに、それを渡ってくるものではない。

新渡戸稲造『武士道』より

本書は、フィクションである。登場する企業、団体、人物は全て架空である。

ただ、読者により親近感を持っていただくために、歴史的流れについては、実際の時間の流れを大切にしている。

しかし、扱っている出来事や事件は、著者の想像の産物である。時として、小説世界の中で、現実に起きた世界の真相を推理するという手法がとられる場合がある。だが、本書で扱っているのは、そうした現実世界での出来事の暴露ではない。

また、本書の重要な舞台として栃木県、中でも日光市を取り上げている。しかし、本書の中で繰り広げられたドラマが、それらの地域で現実に起きていたわけではない。あくまでも小説世界の必然として、日光が選ばれたに過ぎない。

だが、小説の執筆に当たって同地域を何度も訪れるうちに、かの地には、日本人が大切に守り続けたいスピリッツが充ちていると肌で感じたことを、書き添えておきたい。

真山仁

プロローグ　破滅《おわり》のはじまり

一九八九年

This is the end, beautiful friend
This is the end, my only friend
The end of our elaborate plans
The end of everything that stands
The end

これで終わりだ、素晴らしい友よ
これで終わりなんだ、ただ一人の我が友よ
俺達の緻密な計画は崩れ去った
全ては終わったんだ
終わった……

ジム・モリソン "The End"

＊

一九八九年一二月二五日　霞が関・大蔵省

目の前にある赤い絨毯が敷かれた階段は、権力を手にした者達が、その強大さを噛みしめるための象徴だった。

大蔵省――、日本の権力の中心にして経済の要。そして亡者達の巣窟……。しかしその日、師走の慌しさに包まれたホール中央に、仁王立ちしていた羽織袴の男にとって、それは憎悪の対象に過ぎなかった。

男は険しい目つきを暫《しば》し投げた後、不意に懐から脇差を取り出し、その場に座り込んだ。

「おのれ！　大蔵省！」

彼は着物の合わせを両手で開き、ぜい肉のない下腹部をさらけ出すと、躊躇なくそこに脇差を刺し込んだ。

最初の一突きで、鮮血があたりに飛び散った。血の飛沫は、数メートル先を歩いていた若い女子職員の頬にまで飛び、彼女は悲鳴を上げた。

男はその悲鳴に共鳴するかのように大きな笑い声を上げると、ワッと飛び退《の》いた人達の前で、一気に刀を奥深く突き刺した後、一文字に腹をかっさばいた。

くぐもったうめき声と共に、彼は前のめりで倒れ、その反動で刀の切っ先が背中から飛び出してきた。そこからも鮮血が飛び散り、辺りは一気にパニックに陥った。

その場で立ち尽くす人、逃げまどう人を押しのけて、最初に男に辿り着いたのは、この春警視庁を退職した六〇歳の警備員だった。彼が近づいたとき、まだ男に息はあった。

「おい、アンタ、いったい何を！」

男が顔を上げ、周囲がまた悲鳴を上げた。体をくの字にしていたせいか、顔にべっとりと血糊が付いて、歯だけが不気味に白く光っていた。男は、震える手で懐から奉書を取り出し、それを老警備員に差し上げた。

「こ、これを、必ず、公表してくれ！」

男はそれだけ言うと、両手を広げそのまま今度は背後に昏倒した。男の周りには血だまりがどんどんと広がっていき、最後は男の全身を包み込んだ。

異変を聞いてようやく駆けつけた警官が血の海を見て立ち尽くした。男から「上」と墨で書かれた奉書を預かった警備員は、恐怖に身動きがとれない若い警官に叫んだ。

「おい、早く救急車だ。まだ、間に合うかもしれんだろうが！」

その四分後に救急車は到着。すぐそばの虎の門病院に搬送されたが、男は出血多量で既に心停止していた。到着から約三〇分にわたり蘇生術が行われたが、男は二度とこの世に戻ってくることはなかった。

＊

一九八九年一二月二五日　ニューヨーク
（日本時間：同月二五日）

ニューヨーク・ロウアーマンハッタンに聳《そび》えるワールドトレードセンター第二ビル七八階にある三葉《みつば》銀行ニューヨーク支店は、静かに年末を迎えようとしていた。海の向こうの日本では、東京株式市場が、連日高値を記録。このまま、四万円を突破するかどうかで大騒ぎしていたが、こちらは意外なほど静かだった。

今日から冬休みに入るはずだった同支店法人部課長補佐の芝野健夫は、昨夜から書き始めていたレポートと格闘して結局朝を迎えてしまった。

「あれ、芝野さん、徹夜ですか？」

分厚いコートの襟を立ててオフィスに入ってきた米国債担当の後輩が、そう声を掛けた。

「急ぎで仕上げたいレポートがあってね。データづくりに手間取って、気が付いたら夜が明けていた」

「相変わらず仕事熱心ですねえ。僕なんて、今日一日どうやって時間を潰そうかって悩んでいるぐらいなのに」

外国人スタッフの大半は既にクリスマス休暇に入っていた。後輩も用があったのではなく、本国の銀行が業務をしているために、電話番としてやってきたに過ぎない。

芝野は大きく伸びをすると、窓から見える自由の女神を見下ろした。どんよりと曇った空に光を灯すかのように眼下の自由の女神は背筋を伸ばして立っていた。

不思議なものでここから見下ろすと、本当に自分達がアメリカを征服したような気分になる。八〇年代後半以降、破竹の勢いで世界の経済大国にのし上がったニッポンと、翳《かげ》りを見せ始めたアメリカの対照的な構図が、ここニューヨークのあちこちで見られていた。

「隔世の感だな」

「何ですか？」

二人分のコーヒーを手に窓際に来た後輩がそう言って、芝野にカップを手渡した。

「こうやってここからウォール街を眺めていると、自分達がこの国の主になったような錯覚に陥ってしまう」

「錯覚じゃないでしょ。僕達、やったんですもの。名実共に先進国の頂点に立ったんですよ」

「だといいんだがね……」

「えっ？」

「確かに数字上では、GNPでアメリカを追い抜き、俺達は、世界一の金持ち国になった。でもここで暮らしてみて、俺は何度アメリカ人の豊かさを感じたことか……。今住んでいる家だって、東京じゃとても買えんよ」

「そう言われてみれば、おっしゃる通りですね」

「どこかが、おかしいんだ。その謎を解いておかないと、俺達は近い将来とんでもないツケを払わされるかも知れない」

「ツケですか？」

その時、後輩のセクションの電話が鳴り、彼は芝野からの答えを聞かずに自分のデスクに駆け戻った。

芝野は、コーヒーをすすりながら、もう一度自由の女神を眺めた。

「今の株高、地価高騰に浮かれてはいけない。あれはもしかしたら膨らみすぎたあぶくかも知れない。そして、実体のないものは必ず弾け、その後とんでもないことが起きる……」

彼は、そう呟いていた。この時点ではアメリカのエコノミストですら、日本経済の強さを〝本物〟だと見ていた。だが、〝行内一のペシミスト〟と揶揄される芝野には、得体の知れない危うさが感じられた。

九〇年こそそういう年だと思い彼は急遽、世界経済における日本の今と将来についてのレポートをまとめ、我々はそろそろ「まさかの時」に備えるべきだと強く訴えようと考えていた。

そして既存の常識が崩れ落ちたとき、新しい価値観とビジネスチャンスが生まれる。そういう意味で、彼は今まさに、三葉が標榜する「国際銀行への進化」を遂げる時が来たと感じていた。

俺はそれがやりたくて三葉に入り、時に情け容赦ないビジネスもしたが、相応の結果を出してニューヨーク支店にやってきたんだ。

いよいよ俺の時代が来るんだ。不動産担保の有無でしか融資の決定を判断しないないなんていうつまらない時代が終わって、本物のバンカーだけが正しく評価される時代が……。

後輩は、どうやら本店からの電話に捕まってしまったようだ。芝野は壁に掛かった時計を見て、ハッとした。家族三人で、これからカナダまでスキーに出かけるのだ。早く家に戻って準備をしなければ、飛行機に乗り遅れてしまう。

「良いお年を！」

そう声をかけてくれた後輩に右手を挙げ、芝野は何とも言えない高揚感に包まれてエレベータホールに向かった。

もし彼が日本にいて、その日の朝刊を読んでいたら、これほどの高揚感を味わうことは出来なかったかも知れない。

そこでは、各紙が日経平均が四万円を突破するのでは、という観測を大々的に取り上げた隣に、大蔵省で一人の男が割腹自殺をした記事を掲載していた。

失跡中の会社社長・大蔵省ロビーで割腹自殺！

二五日午後四時一五分ごろ、東京都千代田区霞が関の大蔵省本館ロビーで、羽織袴姿の中年男性が突然奇声を上げ、懐に持っていた脇差を取り出し割腹自殺を図った。同省を警備している警視庁警備課員らがすぐに男を取り押さえたが、男は、搬送先の虎の門病院で、出血多量で死亡した。

警視庁捜査一課などの調べで、男は今年七月に倒産した大阪市中央区久太郎町に本社がある大手繊維卸販売「ワープ・ジャパン」の社長花井淳平（五一）であることが分かった。花井は、九月に大阪地検と大阪府警捜査二課に法人税法違反と詐欺の疑いで逮捕され、保釈後行方が分からなくなっていた。

花井は、七〇年代、八〇年代のファッション界をリードして、一躍注目を浴びたが、乱脈経営と過剰投資のために自らが経営するワープ・ジャパンの経営が悪化。資産隠しを行う一方で、計画倒産を行った疑いがもたれていた。

警視庁では、花井の自殺の原因を調べると共に、行方をくらませた後の彼の足取りについても追跡調査を行うことにしている。

なお、遺書はなかったという。

死んだ花井淳平を、芝野はよく知っていた。芝野は船場《せんば》支店でワープ・ジャパンを担当しており、同社の不正を告発した張本人だったからだ。

だが、芝野は家族一緒にカナダにスキー旅行に出かけ、一月七日までニューヨークに戻ってこなかった。

その間に、日本の株式市場が暴落を始め、全行員が、その対応に追われた。年の瀬に起きた大阪の中堅企業の社長の自殺など、彼に伝えた行員などいなかった。

彼が休暇前に本店国際部長とニューヨーク支店長宛に出した提案書は、いずれも黙殺された。彼らにとって芝野のレポートは、出来の悪いSF小説でしかなかった。三葉銀行の役員達は「国際銀行への脱皮」を標榜しながら、それを実現することなど、誰も考えていなかった。

そしてこの時日本は、後に「失われた一〇年」と呼ばれる長く暗いトンネルの入り口に立とうとしていた。

＊

一九八九年一二月二五日　ニューヨーク

（日本時間：同月二六日）

世界中が〝聖夜〟に浮かれていた夜、ニューヨーク・タイムズスクエアの片隅にあるジャズバーで、タバコをくわえていた鷲津政彦は、浮かれるという気分からもっとも遠いところにいた。

「もう一度言ってみろ」

彼はこの界隈でしか通用しない英語で凄み、目の前の巨漢を見据えた。顔全体がむくみ目だけが光っているポーランド系ユダヤ人であるポールは、口元に笑みを浮かべて、同じ言葉を吐いた。

「悪いことは言わない。中途半端なピアノなんぞすっぱり諦めて、我々の仕事を本気で手伝え。もしお前がその気ならボスは、お前をハーバードのビジネススクールに行かせてやるとさえ言ってくれてるんだ。悪い話じゃ……」

そこでポールは目の前のチェイサーをかけられ、言葉をとぎれさせた。だが、そんなことにひるむ様子もなく、ボーイが持ってきたタオルで顔を拭くとポールは、ニタニタと鷲津を見て笑った。

鷲津は、今度はタバコの煙を吹き付けながら答えた。

「冗談じゃない。俺は、お前達のような汚いビジネスはやらない。俺はこの街に、音楽をやりに来ているんだ。金儲けに興味はない」

数ヵ月前までは、鷲津はニューヨークの若きジャズピアニストとして、前途有望な毎日を送っていた。バードランドで演奏会を成功させ、ブルーノートでのデビューも近いと噂され始めていた。しかしある夜を境に彼はピアノの前に座れなくなっていた。

彼はその夜ジャズファン達に注目されていたピアニストがやってくるというので、クラブに足を運んだ。

ブラッド・メルドーという名の姿勢の悪いピアニストは、クラシック音楽の高度な技巧をいとも簡単にジャズの世界に取り込み、今まで誰も醸し出したことのない複雑でブルージーな世界を紡いでみせた。

それは鷲津が、ずっと理想としていた世界だった。しかもその若造は、鷲津が想像していたよりも遥かに豊潤に、そしてドラマティックにその世界を見せつけた。

以来、鷲津はピアノが弾けなくなった。

そしてこの夜、スーツから体が破裂しそうな脂ぎった〝サンタクロース〟がやってきて、「お前にある才能はピアノを弾くことではなく、潰れかけた会社を漁り奪い去るハゲタカの才能だ」と言いやがる……。

ポールはめげもせず続ける。殴られても罵倒されても水をかけられても、獲物を逃さない。彼らの世界ではそれがプロの証だった。ポールに与えられた使命は、鷲津政彦を自分達のビジネスに引き込むこと。それが出来なければ、ポールは、今度は自分の才能を疑わなければならなくなる。

「おいおい、金儲けをバカにしちゃいけない。『お金は悪でも呪いでもない。それは人を祝福するものである』ってご先祖様も言ってるぜ。お前さんは確かにピアノもうまい。そこそこプロとして成功することは、俺達も認めている。だが神はお前さんに、それ以上の才能をお与えになったのだ。金儲けというな」

「俺はユダヤ人じゃない。第一、女のいく声とピアノの音の区別もつかないあんたに、俺のピアノの才能が分かるのか」

そう言われてポールは禿げ上がった額をピシャリと叩き、笑い声を上げた。

「まったくだ。けどな政彦。何も俺達は、ピアノをやめろと言ってるんじゃないんだ。ただ、どっちも中途半端なのは良くないって、思ってな」

「ならば、俺はピアノを取るよ」

「だが、ピアノは、お前を取らないみたいじゃないか」

鷲津はポールを睨み付けた。それでもポールは怯まない。

「俺達のボスは、この世界ではかなり名の知れたスーパースターだ。そして、滅多に人を誉めない。俺だって、今まで一度も誉められたことなんてない。ウォール街でその名を聞けば震え上がるハゲタカファンドの雄、ケネス・クラリス・リバプール、KKLのパートナーにして、今世紀最大の買収劇と言われたナブコ買収のキーマンだった人だぞ。その人が、お前さんの才能を買っているんだ」

鷲津がニューヨークに来て七年。来た当初は、ジュリアードでピアノを学ぶエリートだった。それが、父親が事業に失敗して資金的な後ろ盾を失った彼は、帰国か自分で全てを稼ぐ苦学生の道のいずれかを選ばなければならなかった。

彼は躊躇なく後者を選んだ。そして必死で働いた。皿洗い、庭師、場末のバーのピアノ弾き、さらに実家が大阪で繊維問屋だったため、ニューヨーク七番街にあった衣料品問屋街で週に三日、バイヤーのアルバイトもやっていた。

在庫と売上高を把握した後、その日の午後には衣料品メーカーを相手に、流行のドレスやセーターを、安い価格で小売店に発送できるように値切り交渉をする。

地元では、そういうバイヤーを「ハンドラー」と呼んだ。ハンドラーの多くは、ユダヤ人だった。彼らは、目の前にいるポールのように、顔をひっぱたかれても顎を蹴り上げられても、執ように戻ってきて、「なあ、もう一セント負けてくれないか」と粘る商法が商売の基本だった。

船場で中学生時代から店の手伝いを始め、〝商いの聖人〟と呼ばれた祖父から船場商法を伝授された鷲津は、穏やかで人なつっこい微笑みとまっすぐに相手を見つめる真摯な視線、そして何を言われてもしなやかで上品に答える口調で相手を自分のフィールドに取り込んで、次々と大きな商売をものにしてきた。

自らも七番街にある衣料品問屋街で修業した「バイアウト（企業買収）の神様」アルバート・クラリスは、鷲津の噂を聞きつけ、彼をハゲタカファンド・ビジネスの世界に引きずり込んだ。

僅か一年で、彼は〝イーグル〟という異名をとるハゲタカ投資家として頭角を現し、それまでの薄汚れたグリニッジヴィレッジのロフトからブロードウェイ近くの高級マンションに移り住み、女と遊び歩きポルシェを乗り回す生活を知ってしまった。

それでも彼は毎日時間を見つけて、ピアノに向かっていた。しかしそこでの生活は、彼からピアノに対する貪欲なまでの熱情と、殺気立つほどのオーラを蒸発させてしまった。

ポールが容赦なく鷲津の回想を断ち切った。彼は二本目となるマッカランのボトルを開け、なみなみと鷲津と自分のグラスに注ぐと、額を鷲津のそばに近づけて言い放った。

「良いアイデアがある」

「あんたのアイデアは大体、見かけ倒しじゃないか」

そう言われてポールはまた高笑いしたが続けた。

「次のディールででっかく儲けて、自分でブルーノート・レーベルを買い取ってしまうっていうのはどうだ。あるいは、ジャズクラブのオーナーになるってのもいい。ヴィレッジ・バンガードあたりだったら、一〇〇万ドルも積めば買えるだろ。何ならもっと奮発してカーネギーのオーナーだって夢じゃない。そうすれば、お前はいつでも好きなときに、観衆の前で弾けるぞ」

身長一六五センチほどの細身でなで肩の鷲津の体のどこにそんな力があるのかと思うほどの強い力で、ポールの皺だらけのブルーシャツの襟元をつかむと、そのままテーブルの上に引きずり上げた。テーブルの上のグラスやボトルが床に砕け落ちても、鷲津の手は緩まなかった。しかも彼は、両手をバタバタさせているポールの襟元をさらに締め付けた。

「おい、やめてくれ！　分かった。悪いジョークだった。許してくれ」

鷲津は、額から脂汗を流し始めたポールの団子鼻に自分の細い鼻を押し付けて、ドスを利かせた声で言い放った。

「冗談でも今度そんなことを言ったら、お前を殺すぞ！　いいか、ピアノをやめるかどうかは、俺が決める。あんたらに指図される筋合いはない。あんたの敬愛するハゲタカの神様とやらにも、そう言っておけ！」

彼はそこで、ようやくポールの胸ぐらをつかんでいた手を放した。そして、周囲で半ば怯えながら取り巻いている酔漢達を突き飛ばし店のエントランスまで行くと、マネージャーに一〇〇ドル札を数枚投げつけた。呆然としているマネージャーから黒いコートを受け取り、極寒のニューヨークの夜の闇に消えた。

眠らない街は聖夜のせいで、いつも以上にネオンの色が目映《まばゆ》かった。その彩りを覆うように灰色の雪が舞い始めていた。だが、鷲津は寒さを感じることもなくおぼつかない足取りで、才能と機転を持った者だけに優しい街を歩き続けた。

どうやって自室に戻ったのかも覚えていなかった。彼はコートも脱がずそのままキッチンに行ってギネスを手にすると、リビングの窓を開け放ちソファに崩れ落ちた。知らない間に眠っていた。不意に首筋に寒気が走ったのと、電話の音が鳴ったのがほぼ同時だった。

どうせポールだろう。あの男は、半殺しにされても俺を説得する気でいる。

鷲津は窓を閉めて、留守番電話が応対し始めた電話を何気なく眺めていた。

「政彦」

日本人の女の声がそう言うのを聞いて、彼はハッとして電話に駆け寄り受話器を上げた。

「なんや、お母ちゃんか。どないしてん？」

「ああ、よかった。何べん電話しても出えへんから、あんたにも何かあったんかと思てしもたやないの」

「ごめんごめん、ちょっと仕事が忙しいてな。で、何か用か」

電話の先が急に黙り込んだ。かすかに母がすすり泣きをしているのが聞こえた。

何度言っても、「なんか怖そうやさかい」とけっして国際電話をかけてこなかった母が、初めて電話をしてきたことに気づき、鷲津は、「異変」を感じた。

「何や、お母ちゃん、泣いてたら分からへんやんか」

「ごめん、ごめんなあ、……まーくんの声聞いたら、もうたまらんようになってしもて」

母は鷲津にぽつりぽつりと話し始めた。その間、鷲津はほとんど言葉も挟まず母をせかすこともなく、ただ黙って彼女の話を聞いていた。

約三〇分近く話を聞いた後、彼は母に出来るだけ早く日本に帰ることを約して、電話を切った。

鷲津は、受話器を置いてもそのまま暫く動けなかった。自分の中で、何かが沸々とたぎり始めているのが分かった。だが、それは音楽に向かっている時に現れるものとは違う、もっとまっすぐな怒りだった。

気が付くと、頬を涙がこぼれ落ちていた。

この俺が泣いてる。しかも、絶対に泣きたくないと思っていた男のために……。

彼は、コートのポケットからタバコを取り出しくわえた。だが、結局火をともさず床に捨てるとソファに座り込み、頭を抱えた。

走馬灯のように幼い頃の想い出が、頭の中に浮かんだ。

ダメだった、このまま哀しみに押しつぶされそうだった。あんなに憎み嫌っていた者を失って、なぜ俺はこんなに悲しむんだ。

鷲津は自分の心を落ち着かせようと、リビングの片隅に置いてあるグランドピアノに向かった。だが、鍵盤を前にしても彼の指は動こうとしなかった。

そして、ずっと堪えていた怒りが不意に全身を襲い、彼は両拳で鍵盤を叩きつけると声を張り上げた。

「何でや、何でなんや！」

彼は立ち上がると洗面台に水を張り、そこに顔をつけて酔いを醒ました。タオルで顔を拭い、今度は迷いなくタバコに火をつけて再び受話器を手にした。

午前二時を過ぎていた。

「イヤー」

電話に出たのは、ポールだった。

「さっきはすまなかった」

「………」

「ポール？」

「ああ、聞いているよ。何の用だ。いいか、俺はもう二度と冗談を言わないだけじゃなく、お前を二度と友達だとも思わん」

「お前の申し出を受けるよ」

「………」

「ポール？」

「聞いてるよ。ちょっと待ってくれ、お前の話は何か飲まずには聞けない。なあ、間違っていたら教えてくれ。お前が言っているのは、ディールで稼いでカーネギーを買い取るって話か？」

「…………」

電話の向こうで、ポールがせき込みながら大声で笑っているのが聞こえた。

「ポール」

「ああ、すまんすまん。あんまり意外すぎて、ちょっとバカなジョークでも言ってみんと、気が済まなかったんだ。じゃあお前、ピアノを諦めて正真正銘のプロのハゲタカになるんだな」

「ハゲタカにはならん。俺は、生きた鹿でも襲うゴールデンイーグルになる」

「そうか、それは頼もしい。いいんだな、ボスに話して」

鷲津は、そこで大きく息を吐いた。さっき閉めた窓ガラスの桟に溜まっていた雪が、いつのまにか灰色の泥水になってカーペットを汚していた。

「おい、政彦」

「ああ、いいよ。そうしてくれ」

「よっし！　いやあ助かった。礼を言うよ。やっぱりお前は俺の頼れる友だな。一緒に世界中のでっかい会社を買いまくろうぜ！」

「ああ、そうだな」

「じゃあ明日、ボスに連絡を入れる」

「そうしてくれ」

鷲津がそう言って電話を切りかけたとき、ポールがそれを止めた。

「なあ政彦、一つだけ教えてくれ。何でたった二時間ばかりで、気が変わったんだ。俺をぶちのめしたことを反省したのか」

そう言われて、鷲津は口元を緩めた。

「相変わらず自意識過剰な男だな、あんたは。言ったはずだ。ピアノをやめるかどうかは、俺が決める、とな」

鷲津はそう言うと受話器を置いた。

いいのか、これで。不意にそんな自問が湧いてきた。

「いいんだ、これで。俺は一度決めたことは曲げない」

彼はそう言うとコートを脱ぎ捨て、バスルームに行って湯を張り始めた。凍えた体と心を温めるために……。

＊

一九八九年一二月二九日　日光

一八歳の松平貴子の言葉で、父の表情はみるみる険しくなった。彼は、テーブルマナーに気遣うこともなく手にしていたナイフ・フォークを乱暴にテーブルに置くと、娘を睨み付けた。

「もう一度言ってみろ！」

日本最古の名門リゾートホテルと言われる日光ミカドホテルの目映いシャンデリアが輝く貴賓室にふさわしからぬだみ声が響いた。

貴子は怯むことなく、背筋を伸ばして父を見据えて言った。

「私、高校を卒業したらホテルの勉強のためにスイスのローザンヌホテル大学で学びたいと思っています」

「その話は以前、ダメだと言ったはずだ！」

「あのときお父様は、ダメな理由として三つ挙げられました。一つは、スイスでの滞在費や高い授業料のこと。二つ目は、入学試験に受かるはずがないということ。そして最後に、そんな大学で学ぶ事なんぞ何もない——」

貴子は夏休みに同じ申し出をしたときの父の言葉を、簡潔にまとめた。実際は、延々と三〇分近く罵声を浴びせられ最後は頬までぶたれるほど、父の怒りは激しかった。

　だが、それでも彼女は自分の夢を諦める気にはなれなかった。

「貴子さん、何もこんな席でそんな話をしなくてもよろしいでしょう。皆さんにご迷惑です」

　父の怒りに既にすくみ上がっている母がか細い声で、そう取りなそうとした。嘗《かつ》ては美貌を誇った母は父との生活ですっかり生気を失い、ただただ父の怒りから身をかわすことばかり考える人になっていた。

　日本最古の名門リゾートホテルを三代にわたって経営している松平家一族が年の瀬に集まる恒例の晩餐会だった。二代目当主の妻である祖母、そして主立った親族が約三〇人顔を揃え、自慢の貴賓室を借り切っての宴だった。

　貴子は、父を見据えたまま答えた。

「いえ、こういう場の方がよろしいと思いました。皆さんの前で、はっきりと私自身の考えを述べさせていただき、皆さんの同意を戴きたいと思っています」

「貴子、貴様！」

　父・松平重久は立ち上がり、怒りを露わにした。この年に五〇歳を迎えた父は、一八〇センチ近い身長と広い肩幅と恰幅の良さで、威圧感があった。父より一〇センチは背が低く華奢な貴子は、怯むことなく真っすぐに父を見上げた。

「まあまあ重久さん。ひとまず貴子さんのお話を聞いてみましょうよ。ねえ貴子さん。あなたは夏にお父様から言われた三つのダメな理由を克服したとおっしゃりたいのかしら」

そう言ったのは重久の斜め前にかけていた七二歳になる祖母の華だった。彼女にだけは頭が上がらない重久は、そう言われると険しい表情のまま席に着いた。話を促したのは華だった。

「さあ、貴子さん、続けて」

「ありがとうございます、お祖母様《ばあ》。まず第一の問題は、宇都宮ロータリークラブと全国私学奨学生協会から、奨学金を戴けることになりました。またお祖母様から一〇〇万円をお借りして、卒業後四年で返済するというお約束を致しました。あとは、現地でアルバイトをして生活できると思います」

父は祖母を睨んだ。だが華は、ニコニコして答えた。

「純然たるビジネスですのよ。私がお貸しするお金は、ちゃんと利子も戴きます。私は昔から若い人に投資するのが好きですから。よろこんで貴子さんに投資したまでです」

「しかしお母様、貴子はまだ一八です！　未成年が自分の判断で、そんな勝手なことを」

「私が英国に留学したのも一八の時でした。あなたは外国がお嫌いだったから留学してませんが、ウチの子供達は、みな一〇代で留学経験をしているじゃありませんか。それともあなたは、女は留学なんぞとんでもないとでもおっしゃって？」

父の男尊女卑はすさまじかった。貴子も妹も、父にとっては後継者ではなく、婿養子を釣るための餌に過ぎなかった。だが、親族の前でこう言われては、父もさすがに暴言は吐けなかった。

彼は、ただ黙って目の前のワインをあおった。

貴子は、祖母に会釈をして続けた。

「二番目のホテル大学への入学ですが、同大学に外国人が入学するためには、まず一年間の語学研修学校への入学が義務づけられています」

貴子はそこで、足下に置いてあった封筒から賞状のような紙を取り出した。

「三日前に、その語学研修学校への入学許可証が届きました」

その言葉に部屋の中はどよめき、何人かからは拍手が湧いた。それを先導したのは、やはり祖母だった。そしてパリでホテル経営の勉強をしていて、一時帰国している従兄《いとこ》の一朗が「それはすごい！」と囃し立てた。

父の表情はさらに険しくなった。貴子は、父が何も言わないのを見て最後の答えを口にした。

「私は日光と中禅寺湖、そしてその両方に建つミカドホテルを心から愛しております。その愛情の強さは、ここにいらっしゃるどなたにも負けないと自負しております。出来ることなら一生、このホテルと共に自分の人生を刻んでいきたいと思っています。そのことを私が志望したローザンヌホテル大学のある教授にお手紙しました。その教授はミカドホテルをよくご存じで、とても誉めてくださいました。教授は、『あなたの志は賞賛に値する。あの素晴らしいホテルを世界に冠たる一流ホテルにするためにぜひ、ここでホテルの全てを学びなさい』とご返事をくださいました。これが三番目の問題に対する答です」

彼女はそう言って繊細な筆記体で書かれた教授からのエアメールもみんなに見せた。

「私はお父様から言われた三つの課題を、一生懸命克服したつもりです。どうか私がスイスに留学することをお許しください」

部屋の中はシーンと静まりかえった。そして誰もが固唾《かたず》をのんで一族の当主である重久の返事を待っていた。

だが、父は目線を手元に落とし、静かに食事を続けた。貴子は怒りをのみ込み、彼に答えを促した。

「お父様！」

それでも、父は食事をやめなかった。止めを刺したのは、やはり祖母だった。

「重久さん、あなたはいつもそうです。自分の都合が悪くなると、そうやって他人を無視する。そろそろあなたも、一族の長としての懐の深さを持つべきではなくて？」

父はナイフフォークを動かすのをやめた。そして、ナプキンで口を拭うと言った。

「好きにすればいい」

その瞬間、貴賓室がドッとわいた。貴子は感激の余り声を漏らし、すぐに立ち上がって父のそばに駆け寄った。

「お父様、ありがとうございます！　このご恩は一生忘れません」

そうやって深々と頭を下げた娘を見ずに父は咳払いをした。それで再び部屋の中は静けさに包まれた。

「ただし、条件が三つある。一つは、お祖母様からお借りしたお金は即刻お返しなさい。その資金はミカドホテルが出すものだ。お前はこの四月で正式にミカドホテルの社員となり、その研修としてスイスへ行かせる」

る」

「はい」

貴子は大きく頷いた。

「二つ目に、お祖母様に手伝ってもらって向こうで後見人を探してもらう。お前の素行に少しでも問題があれば、即刻日本に帰国させ、ずっとこのホテルで皿洗いをさせる」

貴子は、唇を噛みしめて祖母を見た。祖母は優しげに頷いた。

「三つ目は、大学を卒業したらただちにここに戻ってくること。そして、お前がここで働いて、会社から借りた金を返済するんだ。いいな」

「はい、お父様。ご寛大なご配慮をありがとうございます」

貴子はそう言って深々と頭を下げた。それと同時に部屋の中で緊張感が一気に解けて、誰も彼もが喚声を上げ、貴子の門出を祝ってくれた。

貴子はその一人一人に礼を言って回った。だが父は再び食事を続け、誰とも一言も言葉を交わさず、デザートを待たずに席を立った。彼を追いかけて行こうとする貴子を、祖母が微笑みながら止めた。

貴子は、心の底から祖母に感謝した。今日のこの「舞台」を計画し演出してくれたのは、祖母だった。父を「うん」と言わせる唯一最良の方法だ。祖母はそう言ったのだ。

今まで経験したことのないほどの緊張感の中、貴子はそれをやり遂げた。その解放感で、今は胸がいっぱいだった。

不意に誰かに肩を叩かれた。従兄の一朗がシャンパングラスを持って立っていた。

「おめでとう。やっぱり君はお祖父《じい》様の秘蔵っ子だ。僕だったらすくみ上がって、今頃泣き寝入りしていたよ。さあグッとやってくれ」

彼は貴子にグラスを渡し自分のグラスと重ねると、一気に飲み干した。貴子は、初めて飲むシャンパンを一気にあおった。よく冷えたシャンパンは口の中でも軽やかに弾け続け、泡と共に鼻孔に甘酸っぱい薫りが抜けていった。

それを見て、誰もが再び彼女に拍手を送った。

人生最高の夜。貴子はそう思った。

だが貴子のスイス行きを父がもっと必死で止めていたら、彼女の人生は平凡だがもっと穏やかなものになったかも知れない。

自分自身がどんな門の前に立っているのかにも気づかず、ただ前途に広がる未知の世界への希望で彼女の胸は一杯だった。

そして、遥か後になって彼女自身が、その門に何と書かれてあるかに気づくのだ。

その門には、こう書かれてあった。
「破滅《おわり》のはじまり」と……。

第一部　バルクセール

一九九七―九八年

名誉の巌の上に建てられ、
名誉によって守られてきた国家は、
今は屁理屈の武器でもって武装した三百代言の法律家や、饒舌の政
治家の手に落ちようとしている。

新渡戸稲造『武士道』より

第一章 福袋

一九九七年八月二〇日

1

ホライズン・キャピタル代表取締役
鷲津政彦

相手が差し出した名刺にはそうあった。

この男が、アメリカでその名を馳せた買収ファンドの雄、ＫＫＬの日本法人代表だというのか……。

芝野健夫が予想もしていなかった風貌の男性が、その向こうで微笑んでいた。身長は一六五センチほどだろうか。華奢な体とソフトな表情は外資系企業のトップというよりも物腰の柔らかい有能な秘書の風情だった。身につけているダークスーツもニューヨーク製なのだろうが、彼が着ると安っぽく見えた。また、外資系のエグゼクティブの代名詞とも言えるカラーシャツではなく、純白のワイシャツにグレー系のネクタイも、渋いというより地味という表現が当たっていた。

「ホライズン・キャピタルの鷲津と申します。この度は、貴行のようなメガバンクとお仕事をご一緒できる栄誉を賜り、光栄でございます。ご期待に沿えるように、精一杯頑張らせていただきます」

しわがれた声は、出入り業者の社長のように卑屈に響いた。

自分達は、何者を紹介されているんだろうか……？

そう思ったのは、芝野だけではなかったはずだ。三葉銀行総合企画部内に急ごしらえで作られた不良債権処理チーム資産流動化開発室の他のメンバーも皆、一様に驚きの表情を浮かべていた。

そんな芝野達の驚きを気に留めることもなく、米国投資銀行ゴールドバーグ・コールズのファイナンシャル・アドバイザー、リン・ハットフォードが、テーブルの上のファイルを広げた。身長は一七〇センチ余り、金髪をショートカットにした小さな顔は、ドイツ系の美人特有の大きな眼と鼻筋が通った美しい顔立ち、そして意志の強そうな唇が強烈な存在感を放っていた。黒のスーツと白のブラウスというシンプルな姿でありながら光り輝いているようだった。彼女は、美しいクイーンズ・イングリッシュで、鷲津の略歴を説明し始めた。

「彼は、八年近くアメリカの有力バイアウト（買収）ファンドの一つであるケネス・クラリス・リバプール、KKLに在籍。企業買収と債権処理で数々の実績を上げ、同社で四人目のシニアパートナーに就任しました。そして、昨年一〇月にKKLの日本法人であるホライズン・キャピタルを設立しました。日本では彼の仕事はあまり知られていませんが、アメリカでは、NPL（不良債権）、ファクタリング（債権回収代行業）、モーゲージビジネスなど不良債権ビジネスの有力プレイヤーとして実績を積んだ実力派です」

二度のニューヨーク支店勤務で芝野は、バイアウトファンドについてはそれなりに勉強してきた。それだけに目の前の人物が、KKLの四人目のシニアパートナーに就任したと聞いてたじろいだ。不良債権を抱えた企業の株や債権などを買い占め企業を手中にし、再生していくというバルチャー（ハゲタカ）・ビジネスという名称で呼ばれているビジネスの原点を構築した老舗として、KKLはあまりにも有名だった。

しかも同社のシニアパートナーの残りの三人はみな創業者達であり、目の前の男は創業者以外の初のシニアパートナーということだ。平等の国と言われるアメリカだが、東洋人の彼が他の強者《つわもの》を押しのけ最高峰に上り詰めたということは、彼の実力がはんぱではないことを物語っていた。

だが目の前の男のどこに、そんな大物ハゲタカファンドの影があるというのだ。

アドバイザーからの紹介に、鷲津はしきりに恐縮したように頭をかきながら自ら補足した。

「いやあ、彼女は人を持ち上げるのが上手ですね。実際はそんな大層な人間じゃありません。ただ、ちょっとアメリカで、そういうビジネスをかじってきたというだけで」

鷲津の言葉の語尾には、僅かだが関西訛《なまり》があった。それが、さらに芝野らが相手を低く見てしまう要因になっていた。関西系の豪商から始まっている三葉銀行には、関西出身者が少なくない。しかし、東京本店にいる者は、関西出身者でも標準語をしゃべる。それがエリートの条件だと言って憚らない役員までいるほどだ。

鷲津は微笑みを浮かべたまま、隣にいる金髪の外国人を彼らに紹介した。

「今回の貴行の案件の買い取り業務を直接担当しますアラン・ウォードと言います」

そう言われて鷲津より頭一つ背が高いアラン・ウォードは、体をくの字に曲げてお辞儀をしてから、名刺を差し出した。

バイス・プレジデント

と肩書きがあった。

「アラン・ウォードと申します。どうぞ、よろしくお願いいたします。ふつつかですが、貴行のご期待に沿えますよう、一生懸命努力致します」

彼は流暢な日本語でそう挨拶した。「ふつつか」というところで、資産流動化開発室の紅一点、宮部みどりが芝野の方を向いて目をむいたが、彼の言葉には外国人独特のイントネーションもなく、日本人と変わらぬ美しい日本語だった。

金髪碧眼の甘いマスクに微笑みを浮かべる彼は、着ているダークスーツもブルーシャツも艶やかな黄色のネクタイも皺一つなく、典型的な外資系金融マンの風情《ふぜい》を漂わせていた。

「いやあ、アランさんは日本語がお上手ですな」

開発室のくせ者と言われている課長の大伴和彦が、鷲津に負けない愛想笑いを浮かべてそう言った。それまで融資部のたたき上げ課長補佐として実績を積んできた大伴は、小柄でガリガリに痩せた八虫類《ちゅうるい》を思わせる目つきをした五〇男だった。

「どうもありがとうございます」

アランが恐縮した顔で頭を下げた。

「彼の父親の仕事の関係でおりまして、小学生時代は日本にいたそうです。大学でも日本経済を学んで、慶応の経済学部に二年在籍していたそうです」

鷲津の言葉にアランは終始目映いばかりの微笑みを浮かべて何度も頷いていた。

彼らに対して想像以上に好印象を感じた芝野は内心ホッとした。彼らとなら、腹を割って話が出来そうだった。第一、まさかバルクセール（不良債権の一括買却）の買い手のトップが日本人だとは思っていなかったので、それも大きな安心感につながっていた。いくら日本語ができて日本でビジネスの経験があっても、デリケートな話をするときは、やはり日本人同士に限る。芝野は、ここ二ヵ月ほど張りつめていた緊張感から少し解放された気分だった。

「それでは、そろそろビジネスの話を始めましょうか」

そう切り出したのは、ゴールドバーグ・コールズのアドバイザー、リン・ハットフォードだった。

一旦緩みかけていた緊張感が再び蘇り、芝野はまず鷲津に、彼らの会社の概要について説明を求めた。
それに応えて鷲津はアランに頷いてみせた。アランが分厚いジュラルミンのケースからファイルを取り出し、テーブルを回って、芝野ら一人一人に彼らの会社概要をまとめた文書を手渡した。

私達は、埋もれようとしている資産に
もう一度光を当て
再び燦然と輝く「宝」にするべく、
最大限の努力と誠意を惜しみません。

彼らが手にした企業プロフィールの冒頭には、ホライズン・キャピタルの企業理念がそう謳われていた。
「手前どもホライズン・キャピタルは、先ほどハットフォードから紹介がありました通り、世界中の投資家から資金を募り、それをファンドとしてプールし、不動産や企業に投資して投資家にリターンを提供している、いわゆる投資ファンドの運営を生業にしています」

鷲津が説明を始めた。

「我々の投資ファンドの仕組みをご説明いたしますと、現在ファンドとして運営しておりますのは、昨年一〇月に募集しました総額三〇〇億円のファンドです。

通常こうしたファンドは、資金を集めて組成してから一定の投資期間を決め、その間に有望な投資案件を物色した上で投資し、我々が投資家にお約束しております利回りを、お返ししていくということになります。

今回のファンド、我々は〝96ホライズン・ファンド〟と命名しておるのですが、投資期限を三年、そこから約五年で回収作業に入る予定で、二年の延長オプションをつけております」

彼はそこで言葉を切って部屋の中にいるメンバーを見た。リン・ハットフォードのそばでは、彼女のアシスタントを務める大蔵事務次官の息子が、英語で同時通訳をしていた。それが終わるのを確かめてから鷲津は続けた。

「現在、同ファンドはまだ投資期間中でして、今回の貴行のバルクセールの買い取りにつきましては、その一つとして資金を拠出することになります」

「現在のそのファンドの残高はどれぐらいです？」

芝野がそう尋ねた。その額があまりにも少ないようでは、彼らの案件が安く買いたたかれる危険があった。

「まだ、二〇〇億円余りはございます」

「二〇〇億円とは、ちょっと少ないんじゃないかなあ」

　相手が御しやすいと思ったのか、大伴が大風呂敷を広げ始めた。今回のバルクセールは、簿価総額で七〇〇億円を超えている。区分が適正なのかは別にして、「正常債権」も一部含まれているだけに、役員からは「最低でも二〇〇億円以上は死守せよ」と言われていた。芝野自身も、ことによると三〇〇億円台での攻防も夢ではないと思っていた。

「と、申しますと」

鷲津は、微笑みを浮かべたままで尋ねた。

「だってね、君。我々のバルクセールの総額は、七二〇億円以上あるんだ。それを二〇〇億余りじゃあ話にならんでしょう」

そう言われても鷲津は表情を一向に変えずに、何度も頷いてから答えた。

「なるほど、これは失礼いたしました。私の説明不足でした。実は、投資ファンドの場合、投資家からお預かりしている資金だけで投資することは、まずあり得ません。案件ごとに安い金利の融資を仰ぎ、いわゆるレバレッジ効果を効かせて、資金の数倍の案件に投資いたします」

「レバレッジ効果？　はて、聞いたことのあるようなないような」

大伴の言葉に、鷲津は解説を始めた。

「レバレッジというのは、『梃子《てこ》』という意味です。我々が投資しようとしている案件を担保に市場から資金を調達することを申します。と申しますのも、現在の金利は低金利で推移しておりますので、二％もあれば、市場から資金調達が可能です。ところが、我々が投資家にお約束している資金のリターンは、最低でも一〇％以上です。ならば、市場から安い金利で資金を調達した方が、結果的に投資家に高いリターンを返すことができるのです」

鷲津はそこまで言い「失礼」と言って立ち上がると、ホワイトボードの前に立ち、二つの長方形を描いた。

「一方は、まるごとファンドの資金だけを使った場合。翌年にはファンドから投資した一〇〇に対して求められる一〇％のリターンを加味した一一〇の売上げが求められます。しかし、このうち、九〇を市場から年利二％で借り、残りの一〇だけファンド資金を使うと、翌年求められるものは、九〇の二％である一・八％と、一〇の一〇％の一で済みます。つまり、自己資金だけでは一一〇の売上げを求められるものが、レバレッジを効かせれば、一〇二・八で済むことになります。この差は大きいですよね」

　そこまで説明されて、大伴や宮部は感心したようにうなずいていた。一方の芝野は、こういう金融のいろはを説明させられても嫌な顔一つせず、分かりやすく解説する鷲津の態度に好感を持った。

「我々で拝見した結果、貴行の簿価約七二〇億円のバルクが一〇〇〇億円の価値があると判断致しました場合でも、二〇〇億円あれば十分、残りは市場から資金を調達致します」

「ほおそうですか、そんなもんですか。しかし鷲津さん、我々の簿価を超えるような査定が出ることもあるんですかな」

　すっかりリラックスした大伴の言葉に、鷲津の微笑みは大きくなった。

「実際の債権を拝見致しませんと、何とも申せません。貸出債権の残高以上の担保が多数ついている場合ですと、そういう可能性もあります。ただ、通常そういうものはバルクセールの中に入れられることは稀ですから、あまりご期待はされない方がよろしいかと」

　そう言われて、大伴は苦笑いを浮かべた。

「御社のファンドの投資家は、どういう方達が多いのでしょう」

芝野がそう尋ねた。

「投資家に関しましては守秘義務がございまして、お教えすることはできません。ただ我々は、個人の投資家から資金調達を致しておりません。また、日本の投資家もほとんどいらっしゃいません。主に、欧米の機関投資家が中心だとだけ申し上げておきます」

欧米の機関投資家だけが投資しているというのは、そのファンドのレベルの高さの証明と言える。投資ファンドの先進国であるアメリカでは、年金基金などが、ポートフォリオの一環としてこうしたファンドに投資をしている。欧米の機関投資家は、日本の生保などとは比べ物にならないぐらい投資リターンについては厳しい。そういうところから資金を調達できているというのは、そのままホライズン・キャピタルのファンドの信頼度の高さを裏付けていた。

芝野が力強く頷いたことに一礼して、鷲津はバルクセールの値付けまでの流れの説明を、アランに指示した。

「本日頂戴するバルクセール内の各案件、ＤＩＰ（Detailed Information Package）と言いますが、これを元に我々は、デューデリジェンス（精査）を行います。

デューデリは、大きく分けて二つのラインから行います。一つは、債権自体のデューデリ。私達は、DIPの中の金銭消費契約、返済履歴、債務残高、抵当権の設定状態などを、公認会計士や司法書士、弁護士などの協力を仰ぎながら分析します。また、我々にとって最大の関心事である『入金の可能性』を知るために、債務者の信用調査も行います。

もう一つのデューデリは、債権に付帯した担保不動産の鑑定です。私どもの不動産鑑定の最大のポイントは、キャッシュフローです。すなわち家賃収入ですね。したがって、地価がどれだけ高くても、民家の場合は非常に低い査定額になると思いますので、予めご了承ください」

彼はそこで言葉を切ってメンバーを見渡した。全員が何度か頷いて見せたのに微笑んで、続けた。

「こうした作業を約四週間で行い、最終的にバルクセールとしての買い取り価格を算出することになります」

そこで鷲津が付け足した。

「流れとしてはザッとこんな感じですが、いかがでしょうか？」

芝野が尋ねた。

「ハットフォードさんから既にお聞き及びかと存じますが、我々としても独自に今回のバルクセールについての算出を行い、最低買い取り価格をイメージしているのですが」

「ええ、ええ。確かにハットフォードさんから伺っております。最低価格として三〇〇億円でしたね」

「そうです。それを守っていただけますか？」

無茶を承知で芝野はそう詰め寄った。鷲津はそう言われて苦笑しながら、頭を下げた。

「芝野室長、申し訳ございません。こればっかりは、現段階では何とも申し上げられません。伺うところでは、今回のディールは、今後の日本でのバルクセールのベンチマーク（指標）になるとか。私どもとしましても、徹底的にフェアなデューデリジェンスを行う所存でございます。それだけに現段階での価格保証のお約束は、ご容赦ください」

ソフトなイメージを残しながらも、鷲津は、毅然としてそう言い放った。

鷲津が言う通り、今回の三葉銀行のバルクセールは、大蔵省公認の初のディールとなる。それまでに、日本信用債券銀行（日信銀）のノンバンク、クラウディア・リースの債権を五井銀行が処理し、その後、東邦五菱銀行による、アメリカの穀物会社カーギラの金融子会社とバルクセールがあったのだが、まだ試験的なケースという認識が強かった。しかし、九七年初頭から日信銀や長債銀（日本長期債券銀行）などの危機が取り沙汰され、大手都市銀行でも不良債権問題が経営の根幹に関わる問題という認識が出てきた。そこで大蔵省は、各行に積極的に不良債権の一括処理の一つとしてバルクセールの推進を提案していた。ただ、過去にこうした処理方法の経験がなかっただけに、監査法人からバルクセールによる処理が債務者への債権放棄ではないかという疑問があがった。言ってみればバルクセールは、債権の大安売りだ。その売却に対してどういう税を課すのか。そのためには、バルクセールの適正価格が必要だった。

本来、バルクセールとは様々な債権を十把一絡げで一つのバルク（袋）に入れるため、それに適正価格をつけるという発想自体が無茶な話だった。何事も横並びが慣習である日本金融界は、それでは不安で仕方がない。そこで、政府がひねり出した案というのが、「外資系の不良債権回収業者のデューデリを適正価格にする」という案だった。

バルクセールを生んだ国で様々な経験を積んだプロに任せれば、「適正価格」は、はじき出されるだろう。そこで、ゴールドバーグ・コールズが仕切る三葉銀行のバルクセールが、そのモデルケースに指名されたのだ。

「いや、これは失礼しました。では、よろしくお願いいたします」

芝野達が実際に算出した額は、約一五〇億円。二〇〇億円にのせられたら御の字というところだった。だが、「正常債権をあれだけ追加で入れたんだから」という担当専務らの強硬な主張の結果、「最低でも三〇〇億円以上での売却」という強気な意見が公式見解となっていた。

最初にその数字を提示したときに、アドバイザーのリン・ハットフォードは呆れ顔をした後、冷たい笑みを浮かべた。芝野には、その時の彼女の笑みが忘れられなかった。

あなた達の身の程知らずには呆れかえるわね。

そう言われているような冷たい視線だった。

2

一九九七年八月二〇日

営業企画部で、M&A（企業の合併・買収）を推進するプロジェクトに携わっていた芝野が、行内のバルクセール促進を図るために出来た資産流動化開発室の室長に「抜擢」されたのは、八月一日のことだった。本人にとって「青天の霹靂」に近い人事であったが、それを甘んじて受けたのは、彼はここ数年、ことあるごとに一刻も早く行内の不良債権処理を進めるべきだと主張し続けてきたからだ。

そして、急ごしらえの小チームが出来、各人で八月下旬を目標に、第一回目のバルクセールの準備を進めている矢先の八月一〇日、彼は企画担当専務である迫田平吉に専務室に呼ばれた。

行内随一の贅沢好きで、ヨーロッパから家具や絵画を買い付けさせて飾り立てた専務室には、今回のバルクセールに携わる幹部達がズラリと顔をそろえていた。ゴルフ焼けした体格の良い迫田、いつもそわそわしている長身の法人企画部長の伊野部《いのべ》常務、個人融資本部長の坂巻常務、そして行内の破綻懸念先（最終の回収に重大な懸念がある資産）以下の債権の回収を担当する融資管理部長の五味靖夫。さらに芝野同様、急にお呼びがかかったと見られるバルクセール担当の審査第三部審査役の沼田透もいて、芝野を見ると軽く頷いた。沼田は、芝野と同期入行だった。

呼ばれた理由は、バルクの中に入れる案件についての確認だった。

「私のにわか勉強では、バルクセールのメリットは、中身を質さずに売り飛ばせることにあると理解したのだが、実際は売却に当たって色々とディスクローズ義務があるんだとか」

迫田が想像以上に勉強していることに、芝野は驚かされた。

「何だ、怪訝そうな顔をして。私も少しぐらいは勉強するさ。で、君達に尋ねたいのは、そのディスクローズの内容なんだが」

芝野は、隣で緊張している沼田に代わって答えた。

「バルクセールを行うためには、バルクの中に入れる案件全ての情報を、買い手側に開示する必要があります」

「全て開示ってねえ、君ぃー」

そう声をあげたのは、伊野部常務だった。

「じゃあ、バブル時代にしでかした危ない融資や、怪しい貸し先の物は袋に放り込めないってことかね?」

予想していた問いだった。芝野は淡々と答えた。

「いえ伊野部常務、その点については一つガードがあります。バルクセールは、売り手と買い手が、まず秘密保持契約を結ぶところから始まります。もしこの契約を破った場合には、多額の罰則金を払ってもらうことなどを、そこで約します。またこの契約は、実際にバルクセールを買い取った先だけではなく、複数の社による入札の場合でも参加業者全てに適用されます。したがって、バルクセールの中に『危ない債権』が入っていても、それが外に漏れることはありません」

そう言われて三人の役員は、ホッとしたようだった。

そもそもバルクセールの一番の目的は、不良債権の迅速な一括処理だった。そのために、案件のディスクローズを徹底的に行うことで、買い取り側のデューデリジェンスの迅速化を図る。しかし、不良債権とは、銀行にとって世間に知られたくない貸出債権であることは間違いない。

そこで、迅速な査定を助けるためにディスクローズを行う一方で、その開示された情報の漏洩を防ぐ策として、「秘密保持契約」をまず結ぶのだった。

「ということは、何が入っていても、買い手は口をつぐんでくれるわけだね」

念を押したのは、伊野部常務だった。

「はい」

暴力団などの息のかかったフロント企業を指す反社会的勢力（反社）の案件を多く抱える日本の銀行の不良債権処理にとって、「臭い物に蓋」をしたまま債権を処理できるバルクセールは、大きな魅力だった。

「ただ」

芝野は、そこで言っておくべきことを切り出した。

「ただ、何だね？」

迫田の表情が険しくなった。

「あまり怪しい案件ばかりですと、売却額を叩かれます」

「いや、それは問題ない。私はこういう風に理解している。バルクセールというのは、たくさんの債権を一度に入れて封印する『福袋』のようなものだと。ならば、その中に入れるものの一部は、世間様に出さないで行内から消したいものもあり、またそれとは別に買った側にも『買って良かった』と思わせるおいしい案件もある。それら全部ひっくるめて、ハウマッチってことだろ」

そう言われると何だかとても安易に聞こえるのだが、芝野は神妙な顔で頷いた。

「おっしゃる通りです」

また、三人の役員が顔を見合わせ、嬉しげに頷いた。

「そうか、それだけだ」

芝野と沼田は迫田専務にそう言われ、怪訝そうに互いを見合わせながらも、腰を上げた。そこで、坂巻常務が言った。

「あと一つ。バルクセールの案件は、法人向けのものしかダメなのかね」

「と、おっしゃいますと？」

「たとえば、個人で多額の借り入れをされて、回収不能になったような案件とかだが」

芝野はそれがイメージできず、沼田を見た。少し落ち着きを取り戻した沼田が、芝野の視線を受けて答えた。

「つまり、自宅を担保にして借り入れをされているような案件ですか？」

「そうだ」

「バルクセールの中に入れてはいけないというルールはありませんが、買い手によっては、相当低く査定するかも知れません」

「その理由は？」

「今回の買い手は外資系を想定してということでした。彼らの不動産の査定は、日本のような土地ではなく、建物のキャッシュフロー、簡単に言えば家賃収入です。したがって、個人の自宅を担保にしている場合ですと、キャッシュフローベースでは無価値になります。もちろん、都内の一等地となると地価である程度の額は、はじいてもらえると思いますが、商業施設に比べるとかなり低いですね」

坂巻常務は何度も頷いた。彼がぶつぶつと「まあ、お金は大してとれなくてもいいんだ」という言葉を漏らしたのが気になったが、芝野は敢えて詮索はしなかった。

「私からも、もう一ついいかな」

伊野部がそう言った。

「バルクの中に案件を入れるに当たって、他に抵当を設定している金融機関への連絡はどうする？」

「それは、買い取った側がやります。我々は借り手に対して、債権者移譲の通知をするだけです」

芝野の言葉に、伊野部は感心したように頷いた。だが、さらに彼はもう一つ尋ねてきた。

「たとえば、債務者と訴訟関係にある場合はどうする？」

「訴訟関係と言いますと？」

「払えないとか、契約の無効とかだな」

今度は沼田にも答えられないようだった。芝野は、「私見」と断って答えた。

「これは、法務で調べてもらいますが、単に支払いについてのリスケ（リスケジュール）などの問題であれば、そのまま買い手側に移譲されると思います。しかし、我々と債務者の間で結ばれた契約自体で争っている場合は、案件を移譲してもダメかも知れません。ただ、現在我々が選ぼうとしている案件にはそういうものはないはずですが」
「ああ、それはいいんだ」

「最後にくどいようだが、さっきの『秘密保持契約』は、どれぐらいの拘束力があるのかね」

伊野部常務が再び念を押した。

「違反した場合には多額の違約金を支払ってもらいますし、何より、この国でビジネスができなくなります。ですから、それで十分な拘束力になるかと思いますが」

そして、ホライズン・キャピタルとの初顔合わせの前日に芝野は、自分の知らない間に、彼らが選別した債権とは別に、より問題の多そうな得体の知れない債権が多数追加されていることに気づいた。

全部で一三件、貸出残高総額で三〇〇億円近くに上っていた。いずれもが、聞いたこともないような企業や個人の債権で、しかも、今まで各部署から出されてきたリストの中で見たこともないものばかりだった。

当初、バルク内に入れる案件の決定権については、芝野達のセクションに委ねるという話だった。だが、迫田に異を唱えようとした芝野を、大伴と沼田が引き留めた。

「先日、俺達が専務に呼ばれた理由がこれだったんだ」

沼田が、あきらめ顔でそう言った。

「それらの半分は、政治家や反社の企業などの案件で、回収は絶望的だ」

「どういうことだ?」

「役員の独断で融資決裁して焦げ付かせたり、政治家らとのしがらみで貸して実質不良債権化しているものばかりだ。上はそういうものをバルクの中に入れても、バレないかが不安だった。だが先日の我々の説明と、一昨夜、アドバイザーであるゴールドバーグ・コールズの責任者との会食で安全を確認してきた上で、専務決裁で、ねじ込んできたというわけだ」

沼田の淡々とした説明に、芝野の怒りが沸点近くなってきた。

「で、お前は、これを許すのか?」

「既に、責任者である担当役員二人が判をついているんだ。是非もなかろう」

是非もなかろうとは、何事だ。貴様、いつからそんな腐りきった審査役に成り下がった！

そう怒鳴ることはできた。だが、淡々と説明している沼田の目にも、芝野同様の怒りと悔しさが浮かんでいた。

芝野は悔し紛れに自分の膝を何度も拳で叩いた。

「それと坂巻常務が言っていたのは、これだった」

沼田の言葉に芝野は我に返った。彼はそう言って個人名が並んだ数件の貸出債権をペンで指した。いずれもが、数億の自宅を担保に一〇億から三〇億もの借り入れを受けていた。

「三億の自宅担保に、二〇億の貸し出しとは何だ」

芝野は、個人でありながらその額の大きさに驚いた。

「変額保険とフリーローンで焦げ付いた債権だ」

「変額保険とフリーローン？」

「そうか、君はこれが絶頂の時期にはニューヨークだったんだな。九〇年以降バブルが弾けて、我々は金の貸し先に窮してしまう。そこで眼をつけたのが、不動産バブルで都心部で土地成金となった個人預金者だ」

六本木や赤坂周辺に代々住んでいて、気がつくと地価の高騰で億万長者になっていたという記事は読んでいた。だが、沼田の言うように、八九年から二年余り、芝野は一度目のニューヨーク支店勤務で、そういう日本の狂乱ぶりを経験していなかった。九〇年代も後半になって、多くのエコノミスト達は八九年末でバブルがはじけたと分析を下した。しかし、その当時それを実感できていた者は皆無だった。その結果、九〇年代に入り企業融資が激減した銀行は、まだ資産を持っていた個人資産家に走ったのだ。

「こういう連中を探すために我々は、日々法務局に通って都心にいる土地成金を探しては、様々な融資案件を提案したんだ」

法務局では、最低限の閲覧費用さえ払えば、日本中の土地や会社の登記簿を見ることが出来る。バブル崩壊後に貸し先を失った銀行は、そうして個人資産家を見つけて格好の餌にした。

「まず、最初に始まったのは、『大型フリーローン』だ。通常、都市銀行が個人に金を貸すことはまずなかった。せいぜい住宅ローンだな。ところがバブル期に資金使途を明らかにしなくても、担保さえあれば資金を融資する『大型フリーローン』が大流行する。しかし、実際は、バブルが弾け、様々な資産が急落。さらに、元々現金として資産を持っていなかったがために、借金だけが残ってしまうという構図だ」

芝野はその話にため息をつくしかなかった。沼田は続ける。

「その最大の象徴が、八〇年代後半に始まった変額保険だ」

変額保険とは、保険の予定利率を株価などの運用利回りにスライドさせる利回り変動型保険のことだ。

「八〇年代後半に大々的に売った変額保険は、多額な利回りを餌に、土地を担保に億単位の保険契約を結ばせた挙げ句、バブル崩壊で元本割れしてまともな利回りが払えなくなったケースが多発したんだ」

「だが、それは生保の問題だろ。銀行とどんな関係があるんだ」

「おい、芝野、世間知らずも大概にした方がいいぞ。その変額保険の最大の恩恵を受けたのは、我々銀行なんだから」

「えっ!?」

「銀行は、この変額保険を一時払い、つまり一括支払いするように個人資産家に働きかけた。その一括払いの資金をフリーローンで我々が用意したんだ」

そう言われて、芝野もそういう指示書を見たことを思い出した。しかし、実際にそういう商品を扱った経験がなかった。

「君も知っての通り、本来は保険業法と銀行法で銀行の生保の販売は禁止されている。しかし、生保に加入するための資金を融資することができる。しかも、自分の資産相当分で生保契約をしておけば、本人の資産は相殺され、その上で、遺族には、もともと本人が持っていた以上の多額の保険金を残すことができる。相続税に頭を痛めていたにわか土地成金の資産家には願ってもない商品だった」

「だが、変額保険は悉《ことごと》く失敗した。その結果、借金だけが残ったわけか」

芝野の言葉に、沼田は頷いた。

「そう。そして、その残骸がこの追加案件だ」

「しかし、バルクに入れてしまえば、こんな債権は紙くず同然だぞ」

「そうなんだ。実は俺も、先日の呼び出しの後、こうした個人投資家向けのフリーローン債権を調べてみた。そうしたら、このフリーローン自体を、借りたくもない金を押し付けられたとして訴訟を起こそうという動きがあることが分かった。だから、上は、訴訟が起きている場合は誰が受けるのかと聞いたんだろ。で、連中は、責任回避も含めて、とっとと処理しようということにしたんだと思う。こんな時代に訴訟案件をたくさん抱えるほどリスキーなことはない。ならば二束三文になっても、そういうリスクを回避したい。上の連中の考えそうなことだ」

つまり、三葉銀行はバルクセールが持つ様々な特性を最大限に生かし、バブル時代にしでかした様々な問題を責任を問うこともなく、うやむやにして闇に葬ろうとしている。そういうことか……。

「こっちの案件も、のむしかないのか？」

「そうだね。いずれも、訴訟問題にはなっていないから。今のうちに切りたいんだろうね」

そう言われて、芝野は手にしていたペンをリストの上に放り投げ、アームチェアの背もたれに体を預けた。

「何だか馬鹿馬鹿しくなってきた」

「それはご同様だ」

沼田のその言葉が救いだった。芝野は体を起こして同期を見た。

「それでも、バルクを予定通りやれと」

「もちろん。これが、我々の不良債権処理の第一歩なんだ。どうせ返ってこないものであれば、とっとと処理してしまえばいい。三葉は他行より不良債権は少ないと平気な顔で言ってきたんだ。それからすれば、格段の進歩だ。俺は、バルクセールのマイナス要因ではなく、プラス要因を評価したい。過去にしでかしたことや上層部の責任の先送りに今さら怒るより、僅かでも粛々と不良債権を減らしていくことに全力を尽くしたい」

沼田の言うことは、もっともだった。不良債権処理に及び腰だった幹部達が、せっかくその気になっているのだ。ここで芝野達が大騒ぎしても、得るものは少ない。

要は、優先すべきことは何かということだ。

結局、芝野らはとんでもない案件をたくさん放り込みながら、四〇％以上の査定をしろと、ホライズン・キャピタルに迫ったのだ。

3

一九九七年八月二〇日　神楽坂

その夜、芝野は大学時代の友人と会うために神楽坂《かぐらざか》を上っていた。飯田橋駅から神楽坂を上ると、そこだけ時間が止まってしまったような不思議な感覚に陥る。地方の門前町のような、あるいは昭和四〇年代の学生街のような喧噪と、ゆったりとした時間が溶け合った不思議な感覚だった。

大学時代、このそばに下宿していたこともあって、芝野にとって東京の原風景でもあった。

しかし、バブル時代には、その坂道にズラリと役員用の黒塗りの車が並んだ。それは赤坂と並ぶ料亭街でもあったこの街のもう一つの顔を示す象徴的な風景だった。

この日彼が呼ばれたのは、神楽坂の〝ご本尊〟毘沙門天《びしやもんてん》そばの路地を入ったところにある「竹兆」という日本旅館風の居酒屋だった。路地の片隅に「竹兆」の文字が書かれた小さい提灯があって、そこから石畳を進んだ古い旅館を思わせる建物が目指す場所だった。

芝野はそこで友人の名を口にすると、狭い階段を上ったつきあたりの、小部屋に案内された。

瀬戸山克宏は、こちらに背を向けて、既に一人でビールを飲んでいた。

「いや、お待たせしてしまって」

五分ほどの遅刻だったが、芝野はそう言って友に詫びを入れた。

瀬戸山は立ち上がり、芝野を迎えた。

「とんでもない、忙しい時に呼び出して申し訳ありませんねえ」

僅か半年ほど会っていないだけだったが、瀬戸山の顔は以前にも増してやつれて見えた。

学生時代の芝野は、サッカーに夢中だった。体育会とは名ばかりで、試合で勝つのは年に一度あるかないかだったが、それでも彼らなりに暗くなるまでボールを追いかけ、練習後は一緒に飲んで騒いだ時代は、まさに「青春」を謳歌していたという実感があった。

テニスや野球などと比べてチームプレイが大きかった（特に、彼らのような弱小チームはスターもいないので）だけに、そこで培われたチームワーク精神というのは、社会人になってからも、芝野にとって大きなエネルギー源となった。

北海道生まれの芝野と栃木県生まれの瀬戸山は、下宿先が近かったこともあって、学生時代から同じ時間を過ごすことが多かった。彼は、栃木・群馬のスーパーマーケット「えびす屋」の御曹司で、昭和五〇年頃には珍しかったマンション暮らしをしていた。高校教員の次男で、貧乏暮らしを余儀なくされていた芝野は、月末になると瀬戸山の部屋に転がり込んでは飢えを凌いでいた。

「えびす」とあだ名されていた瀬戸山は、顔つきだけではなく、体形のふっくらとした恵比寿体形で、とてもサッカーをやるような風には見えなかった。しかし、意外に運動神経が良く、ディフェンス陣の要的存在だった。

また、とにかく明るいことと面白いことが好きで、部のムードメーカーでもあった。

その彼と卒業後三年ほど経って再会した時、たくましく、意志の強そうな男になった瀬戸山の変わりように芝野は驚いた。学生時代より恰幅もよくなった彼は、「いやあ、もう毎日ゴルフばっかりやってるよ」とゴルフ焼けの顔を、昔のような恵比寿顔でほころばせていた。その頃の彼は、大手スーパーマーケットのバイヤーを辞め、亡くなった父の事業を継承。流通関係では次々と業界の常識を打ち破る奇策を考え「風雲児」として名を馳せていた。

その後長らく会わなかったが、昨年秋、同級生の一人がガンで亡くなったことで、昔の仲間が集まった時に瀬戸山と再会した。

その時の瀬戸山には、すでに「風雲児」のオーラはなかった。それどころかいつもなら仲間の中心になって人を笑わせている彼が、この日は、テーブルの隅の方で一人ロックグラスをすすっていた。

みんなより遅れて通夜に参列して合流した芝野は、努めて明るく振る舞って瀬戸山のそばに腰掛けた。

「どうした、えびすさんが、そんなしけた顔して」

「おお、これは芝ちゃん、ご無沙汰ですねえ」

虚ろだった目が、芝野の顔を見て生気を取り戻した。同い年なのに、いつもこういう不思議な丁寧語を話す瀬戸山の口調は昔と変わっておらず、芝野にも懐かしさが込み上げてきた。

「ご無沙汰。で、どうしたんだ。酷く疲れた顔してるじゃないか」

「いやあ、これからはこんな風に誰かの葬式が同窓会になんのかなあ……。次は僕の番かなあって思っちゃいましてねえ」

「何を馬鹿なこと言ってんだ。お前さんは、殺されても死なんよ」

芝野はそう言って、空になっていたグラスを引き取ると、二人分の酒を入れて瀬戸山に手渡した。瀬戸山は、虚ろな表情のままそれを受け取ると、半分ぐらいをグッと飲んでしまった。

「おいおい、そんな飲み方したら確かに棺桶行きだぞ。俺達ももう若くないんだから」

「最近眠れなくてねえ……」

瀬戸山は、芝野の忠告が聞こえなかったのか、独り言のようにそう呟いた。

「えっ？」

「最近、眠れなくなってねえ。以前なら、寝る前にこいつをきゅっと引っかけたらバタンだったんですが、最近は、飲めば飲むほど目がさえてしまって……」

「どうした、ビール一杯で顔を真っ赤にしていたえびすが、ストレートで飲んでも酔えないっていうのはまずいな。心配事なら相談に乗るぞ」

「そうですねえ、いずれ芝ちゃんに助けてもらわないといけないかも知れませんが、まあ暫くは頑張りますよ。それより、いつニューヨークから戻ったんです」

そこで、瀬戸山は普段の恵比寿顔に戻ると、話題を変えてしまった。結局、三々五々に仲間は東京の夜の街に消え、瀬戸山も、芝野が誘ったにもかかわらず、「電車がなくなるから」と言って帰っていった。

芝野は瀬戸山の憔悴ぶりが気になって、自宅に帰ってすぐに瀬戸山のアドレスに「大丈夫か？」という内容のメールを送り、自分の携帯と会社の電話番号を添えた。

さらに翌日、会社のデータベースで、瀬戸山が経営しているスーパーえびす屋について少し調べてみた。

瀬戸山が社長になった五年前ごろは、栃木に三店舗と群馬に一店舗だった店が、九七年末時点で五倍になっていた。しかもそのうちの半分は「バリューチェーン」という、安さと鮮度を売り物にした大型店のようで、ホームページの様子では、事業は順調のようだった。ただ気になったのは、関係会社としてゴルフ場運営会社など五社を抱えているようで、今の時期、本業以外の事業が本業を圧迫するという例が多かったために、それで事業が行き詰まっている可能性は考えられた。特にバブル崩壊以降、経営危機や倒産が相次いでいるゴルフ場を持っていることが気になった。

そういう事情が分かっただけに、芝野は、以降、バルクセール組成の忙しい合間に何度も連絡を取り、ようやくこの日東京に出る用があるから、と瀬戸山から連絡をもらい飛んできたのだった。


「忙しいのに本当に申し訳ありませんねえ」

瀬戸山ならではのクソ丁寧な物言いも、やつれた今の彼だと妙に卑屈に聞こえた。

芝野は上着と鞄をそばに置くと、店の風情に感心したように部屋の中を見渡した。

昔ながらの旅館風の佇まいが、ホッとした気分にさせる造りだった。

「よく、こんな店を知ってたな」

「神楽坂周辺で落ち着いた店がないか探したら、出てきたんですよ。何だか懐かしい風情のある店でしょ」

彼らは、生ビールと、刺身の盛り膳と名物と書かれた自家製薫製、京風ハリハリサラダを頼み、早速来たビールで再会を祝った。

「悪いとは思ったんだが、色々調べさせてもらったんだ」

日が暮れても暑さが残る中、坂道を急いで上ってきた芝野は、ジョッキの半分ぐらいを一気に飲み干し、早速本題を切り出した。

「ええ、メールの文面などから、そう思っていました。芝ちゃんの昔からのお節介癖は治っていないようで、嬉しかったですよ」

「お節介なら全然いいんだが、どうなんだ。会社、大変なんだろ」

瀬戸山は、なめるようにビールを口に含ませて答えた。

「大変ですね、下手をすると中間決算は、越えられないかも知れません」

「おいおい、そうあっさり言うなよ」

「あっさりじゃないんです。もう去年の夏ぐらいから良くなくてねえ。当てにしていた融資も、ギリギリで二度もキャンセルされちゃって、結構追いつめられちゃってるんですよ」

「原因は何だ？」

そこで、刺身膳が運ばれてきて話が中断した。ヤリイカ、シマエビ、スズキなどが氷の上に張った網の上に盛りつけられてあった。瀬戸山はそれらに箸をつけることもなく自嘲的に笑って答えた。

「原因はトップの無能さでしょ」

「瀬戸山！」

「怒らないでくださいよ。別に自棄《やけ》になって言っているわけじゃないんです。自分の能力を過信し、部下の言葉を信じすぎ、そして社会の流れを見誤った。これは全て経営者失格の条件じゃないですか」

「流通業界の風雲児が、どうしたんだ」

「風雲児なんて言われて浮かれていただけですよ。ご存じのように、流通業も今や大型化多角化しているじゃないですか。しかも、今は店舗の規模以上の駐車場も求められる。ところが、地方の郊外型のスーパーというのは、土日に客が集中する一方で、平日は閑古鳥が鳴いている。このギャップが埋まらないんですよ。さらに、コンビニの乱立で、どうしても営業時間を延長したりという対抗措置をとる必要もあるし、近所に大型ディスカウントストアが出来れば、今度は不毛な価格競争を繰り広げなければならない。まあ、不動産さえあればいくらでも融資してくれる時代なら、『逆収支』に苦慮する必要もないんですが、このご時世じゃあねえ。融資のお願いに行くと、逆に繰り上げ返済を強要されるという悪循環ですよ」

一般的に、流通業では、資金繰りが苦しくなって経営危機になることはない。この業界は、仕入れの支払いは手形決済でありながら、売上げの大半は現金収入で入ってくる。その結果、常に手元には現金がある。しかし、そこには、本来は利益以外にも手形決済日まで持っているべき仕入れ費用が含まれている。しかし、バブル時代などは、その「仕入れ資金」を、新店舗の開発などに回す企業が多かった。やがてバブル崩壊と共に売上げが落ちてくると、支払わなければならない仕入れ資金が足りなくなる。それを「逆収支」状態と呼んだ。

瀬戸山の淡々とした物言いが、逆に芝野の心にずっしりと重く響いた。自分もその宴の後とも言える不良債権の処理に日々追われているのだ。だが、銀行は不良債権にまみれていても、行員一人一人の明日の生き死にには直結しない。だが、借り手にとっては、貸し渋りや貸し剥がしは即、明日の危機を招くのだ。

瀬戸山は、またビールをなめてから話を続けた。

「さらに、ウチのメインの足助《あしけ》銀行が結構危ないらしくって、ここに来て急に貸し渋り出しちゃって」

栃木県の第一地銀大手の足助銀行が危ないのではという噂は、芝野も知っていた。

「芝ちゃんもご存じでしょうけれど、足助銀行というのは、別名〝温泉銀行〟と呼ばれるほど審査とかが甘いところでね。しかも、県内企業に対してはさらに甘い。ウチも経営再建ということで、三億円ほどの融資が決まりかけてたんですよ。それが、支店長が急に代わって、白紙撤回されちゃいましてねえ」

瀬戸山は料理には何も箸をつけず、ビールばかりをなめていた。芝野はそれがいたたまれなく、魚をすすめ自分でもシマエビをつまんだ。

「ウチの方で、何とか頼んでみようか？」

「そうしてもらえるとありがたいんですがねえ。でも無理ですよ。三葉さんも、今は一円でもいいから早く借金を返済しろって躍起ですから。いつから、あんな卑しい銀行になっちゃったんですかねえ。君を前に、失礼だけれど」

「面目ない」

その言葉に、瀬戸山は嗄《か》れた笑い声を上げ、ようやく刺身に箸をつけた。

「そんなもんですよ。今、何とか㊎（県保証協会）で、貸し渋り対策資金を借りられないか交渉をしているんで、これがうまくいけば、何とか当面の危機は回避できるんですけれどねえ」

「結果はいつ出る？」

「来週中には出してくれるように、お願いしています」

「確率的にはどうなんだ？」

「一応、地元の国会議員の先生にも口利きしてもらっているんで、大丈夫だとは思うんです。でもねえ、もうそういう問題でもない気がしているんですよ」

　そこで京風ハリハリサラダと自家製薫製が運ばれてきて、話が中断した。弱いはずなのに酒ばかり飲む瀬戸山が気になって、芝野は、取り皿にサラダを分け、瀬戸山に食べるように勧めた。

　瀬戸山も素直に頷くと、サラダをつまみ始めた。

「なかなかいけますね。四〇過ぎると野菜が一番嬉しい」

　いちいち物言いが大仰なのが気になったが、芝野は嬉しげに頷くと、さっきから聞きたくてうずうずしていたことを尋ねた。

「それで、そういう問題じゃないっていうのは、どういうことだ？」

「大手スーパーでバイヤーやってた頃はね、結構、結果も出して凄腕とか言われて浮かれていた。まあ、経費も使い放題でしたし、色々遊びましたよ。仕事はきつかったですが、達成感もあって充実していました。家庭を顧みる余裕もありました」

　そこで彼は刺身を口に放り込み、それをゆっくり味わってから続ける。

「ところが、経営者となると、そうはいかない。最初のうちはね、まだバブルが崩壊したばかりだったし、僕自身もバイヤー時代の自信で、新しいことをやって周囲にちやほやされて楽しかったですよ。でも、ちょっと歯車が狂い始めると、もういけません。気がつくと、僕が知らないところで、いろんな嘘やほころびがいっぱいあって、自分がいかに架空の世界で踊っていたかを思い知らされました。さらに、何をやっても責任は僕のところに降りかかり、一難去ってまた一難っていう具合に、息つく暇なくトラブルが襲ってくる。僕のような放蕩息子は、そういう逆境になるとからっきしダメです。それでも何とか社員のため、家族のため、そして何より自分の意地で頑張ってきたんですが、最近すっかりむなしくなってきましたよ。もう、全部捨てて、彼女と一緒に海外逃亡でも図りたい気分です」

芝野は黙り込むしかなかった。

「芝ちゃんが、そんな深刻な顔しないでくださいよ。別に、そんな追いつめられているわけじゃないです。ただ、何もかもに疲れちゃっただけでね」

そこで、瀬戸山は久しぶりに恵比寿顔で微笑んだ。だが、頬がこけ、瞼の下に出来た隈のせいで、その笑顔はやはり虚ろだった。

「俺は何か恥ずかしいよ」

芝野は、無意識にそう漏らしていた。

「えっ？」

瀬戸山の箸が止まった。

「確かに、去年当たりから銀行に対する風当たりは、滅茶苦茶悪くなってきた。俺自身は去年の春までニューヨークだったから、その実感がなかったんだが、東京に戻ってきて、銀行の評判の悪さと行員の志気の低さにびっくりした。その一方で、俺達だけを悪者にするマスコミや世間を恨みもした。

でも、今の瀬戸山の話を聞いていて、銀行の責任の重さ、罪の深さを身に染みて感じたよ。そんな現実も知らないで、俺達は行内で嵐が過ぎるのをただ首をすくめてじっと待っている。あるいは酒を飲めば、大蔵省や政治家、マスコミの連中の悪口ばかり言って、自分達の責任はいつもどっかに追いやっている。そんな自分達が、恥ずかしいよ」

不意に瀬戸山は、心底愉快そうに大きな笑い声を上げた。

「相変わらず芝ちゃんは責任感過剰ですね。銀行の罪を自分一人で、全部ひっかぶらんばかりじゃないですか。今の危機はね、誰が悪いとかではないと僕は思いますよ。日本人が全員、欲の皮を突っ張らかして夢の中のあぶく銭を本物だと錯覚して、今なおその悪夢から覚めることに駄々をこねている。でも、一人また一人、その夢から揺り起こされ、現実を見せられて震撼している。そういうことですよ。誰か悪い人がいるなら、僕ら全員ですよ。だから、タチが悪い」

それは諦観と呼べばいいんだろうか。芝野には、瀬戸山の仙人のような悟りが痛いほど分かる一方で、その落ち着きが気になった。

注文した熱燗《あつかん》が届けられると、瀬戸山は一杯目を杯に注ぎながら、不意に相談事を切り出した。

「何でも相談してくれという、芝ちゃんの言葉に甘えて、ちょっと相談があるんです」

「何だ。何でも言ってくれ。やれることは知れているがな」

「もう二年ぐらい前かな。芝ちゃんがニューヨークにいるときに、メールで企業再生のことを教えてくれたことがあったでしょう?」

確かにそんなメールを送ったことがあった。ニューヨーク支店最後の方にプライベート・エクイティ(PE)と呼ばれる投資ファンドの研究をしていて、今後日本の経済再生には、PEを活用した企業再生ビジネスが、日本でも脚光を浴びると感じたからだ。しかし、今ではそんな話は隔世の感があった。

「そういうこともあったかな」

「うん。あのとき、芝ちゃんは、これからの日本の再生の鍵は銀行ではなく、投資のプロと再生のプロが一体となった企業再生にかかっているって書いていた。僕にとって、その話は新鮮だった。また日本の銀行の悪口になるけれど、日本の銀行の投資というのは何の目的もない。不動産があれば、いくらでも金を貸す。逆に不良債権が増え始めると、今度は一気に金を返済しろっていう。そこには、融資や投資というものが持つ本質はゼロだ。でも企業再生ファンドの場合、金を投資するためには該当する企業を徹底的に調べて、投資に見合うリターンが得られるかどうか判断してから投資をするそうですね」

「その通りだ。日本では投資ファンドなどと言われているプライベート・エクイティは、三年から五年で投資した額の年利一〇％程度をリターンしていく。つまり、最初から復活する可能性のあるところにしか金は落とさない。古今東西、金を出しただけで企業が再生できた例など一つもない」

瀬戸山は、芝野の口調に恵比寿顔のまま頷いた。

「そして、企業の再生の成否は、ターンアラなんとかという、再生屋の手に掛かっていると書いてありました」

「ターンアラウンド・マネージャー、企業再生家のことだ」

「芝ちゃんは、そういうビジネスがこれからの日本には絶対必要で、できれば自分はそういう世界に挑戦してみたいとあったよね」

「そうだっけ」

「そうですよ。そして、芝ちゃんは、ターンアラウンド・マネージャーが必要な企業があれば是非紹介して欲しい。自分が蓄積した知識をそこで試してみたいと、メールに書いてありましたよ」

そこまで言われて、芝野もそのメールのことを思い出していた。確かにそうだった。既に三葉が国際銀行になることなど、夢の話になっていた頃のことだ。銀行を辞めて、ターンアラウンド・マネージャーとして研究し考え出した理論を実践してみるのも一つの生き方かも知れないと思っていた。

それならば、自分が一番やりたいと思った仕事に挑戦してみるのも悪くない。そう考えて瀬戸山にメールを送ったに違いなかった。

「思い出しましたね。で、その時の話、まだ生きていますか?」

瀬戸山はそう言って、お銚子を手にした。

「まだ生きているとは?」

「企業再生の現場体験をしたいという想いに、変わりありませんか?」

空《から》になりかけていたビールジョッキをしばらく掲げたまま、芝野は旧友の目を見た。

「だつたとしたら?」

そう言われて瀬戸山は、少し恥ずかしげに笑った。

「だったとしたら、ウチの会社の面倒を芝ちゃんに見てもらおうかと思いましてね」

芝野は、瀬戸山の目から視線を逸らさなかった。一体どこまで本気なのか、それを確かめたかったのだ。

「冗談にしたら、きつすぎるぞ」

「いえいえ、冗談でさすがに僕もこんなこと言いませんよ。本気です、マジです。叶うなら、ウチの会社を君に預けてみたいんです」

4

本気か、瀬戸山? なぜか質せなかった。そう言う前に、瀬戸山が高らかな笑い声を上げて、その話を笑い飛ばしてしまった。

「冗談ですよ、冗談。ちょっと芝ちゃん、元気なさそうだったからね。そうやすやすと、僕の社長の座を譲るわけにはいきませんよ。でも、久しぶりに芝ちゃんに会えて悩んでいたことを話せたから、随分気持ちが楽になりましたよ」

だが、店を出て芝野が「もう一軒行こう!」と誘うと、彼は「約束があるので」

と、先に毘沙門天の前からタクシーに乗ってしまった。

仕方なく芝野は飯田橋まで坂を下り、そこから有楽町線に乗り永田町で半蔵門線に乗り換えて、帰路に就いた。


彼の自宅は、たまプラーザの住宅街の中にある一戸建てだった。一度目のニューヨーク勤務から帰ってすぐに、銀行と妻の実家から金を借り、六〇坪の土地を買い、家を建てた。

妻は本当は成城か田園調布にしたかったようだし、彼女の実家の財力からすればそれも無理ではなかった。だが、芝野は「一介の銀行員が住むには分不相応」だと言い放ち、たまプラーザの古い家を買い、建て直した。家を建てたのが九一年。総量規制が効いて地価の下落は始まってはいたが、建物を含めると約一億円近い資金が必要だった。彼らが貯めていた資金が一〇〇〇万円、銀行から五〇〇〇万、そして妻の実家から四〇〇〇万円近くを借りた。

その我が家へ向う田園都市線の車内は、午後一〇時を過ぎても人いきれでむせかえりそうで、まともに頭は働かなかった。ただ、今晩の瀬戸山の話の衝撃は半端ではなかった。それを思い出すと、まだ心がザワザワする。あれは紛れもなく本気だった。

奴は俺のリアクションを見て、冗談にしたに過ぎない。

それほどまでに追いつめられている友を前に、俺ができたことは、ただ表情をこわばらせるだけだった。

きっと俺にとって瀬戸山の申し出以上にショックだったのは、自分が彼の誘いに二つ返事で応じられなかったことだ。

なぜだ、なぜ、俺はあそこで、「よくぞ言ってくれた、瀬戸山。喜んでひと肌脱がせてもらうよ！」と言えなかったのか。なぜだ……。

だが、連日バルクセールの対応に追われた疲労とほろ酔い、そして瀬戸山の話で受けた動揺で、芝野の頭はまともに働こうとしなかった。

結局、瀬戸山から突きつけられた「なぜ」の答えを出せずに、芝野は自宅の前に辿り着いた。普段よりも二時間は早い帰宅だった。

彼はポケットから鍵を取り出すと、静かに玄関のドアを開けて、そのまま一階奥にある自分の書斎に入った。毎晩遅く帰宅するため、芝野は書斎にベッドを置いて、そこで寝ていた。服を着替えて、洗面を済ませてリビングに入ると、ソファに寝そべってテレビを見ていたのは、妻ではなく娘のあずさだった。

「ああ、お父さん」

娘は意外そうな顔で父を見上げたが、それ以上何も言わずドラマに視線を戻した。

「ああ、お父さんは、ご挨拶だな。普通、お帰りなさいだろ」

「そうだったね、お帰り」

娘は、今度は顔も上げずに、そう言った。

「母さんは？」

「まだ」

「まだって、もう一一時前だろ」

「毎晩午前様のお父上が、そんなこと言えないでしょ。お母さんは高校時代のお友達と歌舞伎を観に行って、その後、食事して帰ってくるって言ってたわよ」

「そうか。お前、食事は？」

「もちろん食べたよ。ちゃんとお母さんが用意してくれてたから」

「そうか、じゃあ父さんシャワー浴びてくる」

あずさはそれに返事をすることもなく、テレビをじっと見続けたままだった。

いつから、父親の帰宅は、「ああ、お父さん」になったんだろう。芝野は、バスルームで服を脱ぎながら、そう思っていた。

一人娘だったこともあって、子供の頃のあずさは大のお父さんっ子だった。小学校に上がるまでは、彼が帰ってくるまで起きていることも多く、彼が玄関のドアに鍵を差し込んだだけで廊下を駆けてきた。芝野は入り口であずさを抱き上げることを楽しみにしていた。

芝野と妻の亜希子は学生時代からのつきあいで、芝野が大阪の船場支店勤務になったときに結婚した。

妻は都内にいくつもある賃貸マンションやアパートの地主の家の娘で、父親は東大のドイツ文学の教授だったが、今は引退し、高輪《たかなわ》に二〇〇坪の広大な敷地を持つ大邸宅に暮らしていた。娘時代から金に不自由したことがなく、パーティや地元の集まりの世話役をするのが好きな典型的な令嬢だった。

北海道の高校教諭の息子である芝野とは住む世界が違ったのだが、学生時代の若気《わかげ》の至りで彼が妻に猛烈にアタックし、つきあい始めてからは、逆に妻が芝野に惚れ込んでくれて、最終的には、双方の実家が認める結婚に至った。

しかし、若い頃の情熱や想いだけで、長年培ってきた生活習慣や生活レベルを、いつまでも抑制することは出来ないものだ。

芝野の三葉銀行での仕事が忙しくなり、特に最初のニューヨーク勤務から帰国したあたりから、亜希子は窮屈な暮らしに不平を言い始めた。そして、ことあるごとに実家に無心を始め、何度も芝野と激しい喧嘩になった。

結局は、一人娘のあずさのためということで、芝野は妻の散財に目をつぶり、娘の前では昔同様「仲良しのパパとママ」を演じていた。だが、さすがに中学に入学した頃から、あずさの目にも芝野夫妻のぎくしゃくした関係は見透かされるようになった。最近では、父と二人で食事をしたときなどに、「無理に夫婦でいる理由って何かあるの?」とまで言い出す始末だった。

一度目のニューヨーク時代は、いろんな意味で時間があって、家族一緒の時間が長かったから、芝野は娘にその日あったことも何でも知っていたし、二人でブロードウエイにミュージカルを観に行ったこともあった。

そして、二度目のニューヨーク転勤の時も、小学五年生になっていたあずさは、「パパと一緒にアメリカで暮らす」と、東京に残ることを強く主張した母親とギリギリまで闘った。

それが、今や「ああ、お父さん」だ……。

子供なんてそんなものだと思いながら、芝野は最近、妙に孤独感を感じたり、自己憐憫《れんびん》に浸ったりすることが増えてきたのを感じていた。

やれやれ、俺も年をとったってことなんだろうか……。

そんな想いを振り切るように熱いシャワーを浴びた芝野は、バスルームから出ると
パジャマに着替え、キッチンの冷蔵庫から缶ビールを二本持って、リビングに戻って
きた。

ドラマは終わっていて、あずさは、気むずかしげにこちらを睨んでいるキャスター
のニュース番組を見ていた。

「ほお、ニュースを見ているのか？」

「少しは世間を知っておくのもいいかなって思って」

「生意気言って。どうだ、つきあうか？」

芝野はそう言って、娘の前に缶ビールを置いた。

「いいのかなあ、清廉潔白な銀行マンが一四歳の少女に飲酒をすすめて」

「すすめてはいない。ただ、俺一人飲むのは申し訳ないからな」

「じゃあ、一口だけね。お父さん、あたしグラス持ってくるから」

彼女はそう言うとキッチンへ駆けていき、グラスを二つとミックスナッツの袋を持
って戻ってきた。

「おお、気が利くねえ」

「そりゃあそうですよ。家のこと一番知っているのは、私でございますから。さあ

さ、室長、まずは一杯」

子供の頃、あずさは芝野にビールを注ぐのが好きで、何度も「乾杯！」をさせられたものだった。

「これは恐《おそ》れ入谷《いりや》の鬼子母神《きしもじん》」

「なに、そのオヤジギャグ」

彼女はそう言うと、自分のグラスを取り上げた。芝野は、グラスのふちギリギリまでビールを注ぐと、互いのグラスを合わせた。

夫婦揃って酒が強かった。どうやらあずさもその血を受け継いだらしく、酒飲みの素質があった。ニューヨークにいた幼稚園時代から、小さなコップでビールを一緒に飲んでいた。さすがに小学校に入学してからは亜希子がうるさくなったので、滅多に酒をすすめることはなかったが、今夜は二つの理由で、娘と酒を飲みたかった。

一つの理由は、今晩の瀬戸山から受けた衝撃であり、もう一つは帰ってくるなり「ああ、お父さん」とそっけなく言い放たれたショックだった。

だが、本当は別の目的が、あった。

もう数週間前から妻から頼まれていることを果たすためだった。

あずさはグラスの半分ぐらいを一気に飲むと、「クウーッ、うまいっすねえ」と喉を鳴らした。

「これは、見事な飲みっぷりですな」と芝野も負けじとグラスをあおった。あずさはミックスナッツの袋を開けると、応接セットのガラステーブルの上にティッシュを二枚ほど敷いて、そこにナッツをあけ、二、三粒口へ放り込んだ。

「どうだ、学校は？　順調か？」

こんな話しかできないのかと自嘲しながらも、芝野はそう切り出した。

「まあね、ぼちぼちやってますよ」

「テニスの方はどうだ？」

「もう、お父さん、テニスはやめて一年ぐらいになるよ」

幼稚園時代からずっとテニススクールに通っていたあずさは、小学校の高学年時代には都の大会でも上位に食い込むほどの猛者だった。

「あれ、そうだっけ。やめたんだっけ」

「そうよ、学校の勉強とか部活とか忙しいから」

「部活って、何部だ？」

「演劇部よ、中学一年の四月からね。中二の文化祭の時には、私が女だてらにハムレットやったの見たでしょ」

「ああ、そうだったな。忘れていた」

全く何をやってんだ、俺は……。あずさも愛想が尽きたようだった。

「もう、無理に親らしい話しなくていいよ」

「いや、そうじゃないんだ。実は、母さんから聞いてくれって言われていることがあってさ」

「アメリカ留学のことね」

芝野がグラスを口元に運んだ時に、あずさはすかさずそう言った。

「そう、その通り。高校は、アメリカに行くのか？」

その言葉に、あずさは不意に黙り込み、表情を曇らせた。

芝野は沈黙が怖くて、話し続けた。

「あずさが、どうしてもアメリカの高校に行きたいというのであれば、父さんは止めない。ただ、どうしてアメリカの高校なのかを知りたい。第一、お前の学校は、高校へはエスカレータ式で上がれるわけだし、アメリカへ留学するのは大学に入ってからでも」

「それじゃ、遅いの」

不意に、あずさの怒気を帯びた声が、芝野の言葉を遮った。

「遅い？」

「そう。お父さん、お母さんからちゃんと聞いている？　私はアメリカの高校には行かない。私がアメリカでしたいのは演劇の勉強なの。ミュージカルの勉強をね」

そう言われて、芝野はハッとして娘の横顔を見た。

「高校へは行かない？　それはどういうことだ？」

「私、ブロードウェイにあるアクターズ・スタジオに入りたいの。そこで舞台女優の勉強をして、舞台に立ちたい」

「何だって？　お父さん、そんな話初めて聞くぞ」

「じゃあ、今言ったでしょ」

「おい、何だ、その言いぐさは」

「別に。私、今まで何度もニューヨークで芝居の勉強したいって言ったよ。でも、お父さん、いつも生返事だったじゃない」

あずさが、ここまではっきりと怒りをぶつけてきたことはなかった。芝野は明らかに動揺しながら、こちらを睨み付ける娘を見た。

「そうだったか……いや、それは済まない。謝る。だが今の話は、ちょっと、お父さんは……」

「どうして！　お父さんは、昔っからいつも、あずさがなりたいものになれって言ってくれてたじゃない。自分のやりたいこと、やりたいものがあって、そのために体当たりで一生懸命頑張れるなら、そんな幸せなことはないって。あれは嘘だったの！」

娘の言葉が、心にずっしりと響いていた。痛いところをついてこられた。特に今夜は格別にきつかった。

「嘘じゃない。分かった。じゃあ、とにかく一度ゆっくり話をする時間を作ってくれ。三人でじっくり話し合ってだな」

「もう、いいわよ！　このことは、私の中でもう決めたの。お父さんもお母さんも好きに生きてるんだから、私のやることにくちばしを挟まないで！」

あずさは、そう捨て台詞を吐くと立ち上がり、二階の部屋に駆け上がっていった。

呆然とした後、娘を追いかけようと部屋を出たとき、玄関の扉が開いた。いつも以上に派手な化粧の妻が、肩を剝き出しにしたピンクのワンピース姿で立っていた。

「あら、あなた、帰っていたの。珍しく早かったのね」

そう言う妻が吐く息は酒臭かった。

芝野は、こんな時間まで飲み歩いていた妻を怒鳴ろうとしてのみ込み、あずさを追いかけようとして階段の下まで行きながら、結局それも断念して、書斎に向かった。

一体、俺は何をしているんだ……。

この日何度目かの自責の言葉が、ボディーブローのように効いてきた。

5

一九九七年九月二五日　大手町

緊張した面もちで、芝野は、目の前にある「バルクセール精査結果一覧」と書かれた文書を見つめた。

今回のバルクセールの三葉側の窓口である彼以外のメンバー、すなわち資産流動化開発室の課長の大伴、主任の宮部、そして審査第三部審査役の沼田の前にも同様に、ファイルが置かれていた。だが、誰一人表紙をめくる者はなく、芝野の動きを固唾をのんで見守っていた。

テーブルを挟んだ正面には、今回のバルクセールの買い手である投資ファンド、ホライズン・キャピタルの代表、鷲津が小さな三角を作るように両指を組んで、微笑んでいた。さすがに、隣にいる精査担当者であるアラン・ウォードは緊張しているようで、自分の前にある精査書をじっと見つめていた。

そして、テーブルの脇には、今回のファイナンシャル・アドバイザーである投資銀行のゴールドバーグ・コールズのリン・ハットフォードと彼女のアシスタントの鰐淵和磨も、やはり沈黙を守っていた。

既に、連中はこの中の数字を知っているのだろうか。芝野は、アドバイザーに一瞥を投げた。だが、彼女は腕組みをして視線を落としたまま、微動だにしなかった。

重苦しい沈黙を破ったのは、明るくハスキーな鷲津の声だった。

「よろしければ、内容をご確認願えますか？」

その言葉が大音量で響き渡ったような気がして芝野はハッとした。

「ああ、失礼しました。では、拝見します」

芝野はそう言うと、目線を手元に落とし表紙をめくった。

そして、そこに記された数字を見て、彼は「あっ！」と声を上げた。

簿価総額　　７２３億６４５８万円

債権買い取り価格　　65億８７４３万円

彼は反射的に、鷲津の顔を見た。投資ファンドの社長の顔は、相変わらず笑顔のままだった。

「これは、一体どういうことですか」

芝野は必死に動揺を圧《お》し殺して、鷲津に尋ねた。その言葉に呪縛が解けたように、他のメンバーも全員表紙をめくり、一様に声を上げた。

どうやらゴールドバーグ・コールズの鰐淵も知らなかったようで、「これはこれは」と声を漏らしていた。

ただ、リン・ハットフォードだけは表情を一切変えず、芝野を冷たく見つめていた。鷲津が微笑みを浮かべたまま聞き返した。

「失礼ですが、どういうこと、と申しますと」

「債権買い取り額の総額ですよ。六五億円というのは、ちょっと無茶苦茶じゃないんですか」

そこで、芝野の隣で電卓を叩いていた沼田が言った。

「簿価の九・一％しかないじゃないですか！」

鷲津はそう言われて、何度も同情したように頷いた後、隣で緊張して座っていた部下に声を掛けた。

「ウォード君、皆さんにご説明して」

鷲津の隣で、ストライプのダークスーツのボタンをすべて留めてかしこまっていたホライズン・キャピタルのバイス・プレジデント、アラン・ウォードは、そう言われると、こわばった微笑みを浮かべて芝野達を見た。

「実は、弊社のデューデリジェンスの専門家からこの数字が上がってきたときは、私も我が目を疑いました。ゴールドバーグさんからも可能な限り高く買って欲しいと言われ、我々としても精一杯の努力を致しましたが、どうしてもこの数字以上には」

「これじゃあ、話になりませんなあ。ふつつかが過ぎますぞ」

大伴が声を嗄らしながら嚙みついた。そう言われて、ホライズン・キャピタルの担当者は、顔を赤らめた。

「ご期待に沿えずに、大変申し訳ございません。もう少し具体的にご説明致します」

彼がそう言うのと、沼田が芝野の肘をこづくのが同時だった。沼田は、自分のファイルを芝野の前に滑らせ、赤ペンで各案件ごとの査定額を指した。五三件の貸出債権ごとの査定表が、そこにあった。

芝野は、その数字に目を疑った。最初の一七件以外、全部、査定額が「0円」になっていたのだ。芝野は、案件ごとの説明を始めたウォードに「少し待ってください」と制して、全案件の査定額を確認した。次のページもその次のページも全部、額は

「0円」だった。

三葉銀行の貸出債権としては、正常先や要注意先のものも、軒並み「0円」だった。

彼自身、過去にバルクセールの組成に携わったことも、デューデリジェンスの結果を見たこともなかった。しかし、アメリカなどの実績を見ると、簿価の一〇%前後が平均価格だということを聞いていた。それにしても、バルクの中の案件の大半が「無価値」と判断されることは予想していなかった。

大伴が、今度は声を荒らげて言った。

「何だ、こりゃあ。こんな一等地の担保不動産がついていて、『0円』とは、あんたら、ナメてんのか！」

そう言って彼は、拳をテーブルに叩きつけた。その音に、ウォードと鰐淵はハッとしたが、鷲津は相変わらず両手を三角形に組んだまま微笑んでいた。

そこでリン・ハットフォードが、初めて日本語を口にした。

「大伴さん冷静に。とにかく、ウォードの説明を聞きましょう」

あまりに流暢な日本語に、大伴は口をぱくぱくさせてハットフォードを指さしていたが言葉にならず、芝野が代わりにウォードに言った。

「鷲津さん、ウォードさん、ただ今の大伴の暴言、ご容赦下さい。あまりにも我々にとって衝撃的な結果だったため、動揺してつい思わぬ言葉を吐いてしまいました。この通りお詫び致します」

「いえ、大丈夫です。大伴さんのお怒りも分かります。ここで改めてバルクセールのデューデリジェンスの方法をご説明致します。我々は戴いた資料を元に、バルクの中にあります貸出債権を一件一件精査していきました。その精査は、前回も申し上げました通り、担保不動産だけではありません。実際の貸出債権の返済状況などもチェックしていきます。

その結果、総数五三件の貸出債権の中に、毎月、決められた返済金を滞りなくお支払いされていた先は、一件もありませんでした」

また大伴が絡もうとするのを、芝野が制した。彼は黙って頷いて、ウォードに先を続けるように促した。

「いくつかの債権の中には、返済金額と返済期間をリスケジュールされていた債権がありました。しかし、その計画ですと、完済までに五〇年以上はかかります。しかもリスケの結果は、通常の正常金利にすら達していないことが分かりました。これでは、債権の価格としては『ゼロ』と判断せざるを得ません」

「なるほど。ただ、これらの債務者はまだ企業として存続している先ばかりです。そういう意味では、現段階では破綻懸念先だったとしても、債権価値がゼロというのは理解に苦しむのですが」

芝野としては、ダメもとの抵抗だった。

「確かに可能性としては、これらの債権の中で、幾ばくかの回収が可能なものもあるでしょう。一度返済が滞り始めた相手に、再度返済を促すこと、あるいは債務者の資産を差し押さえして、それを現金化することも不可能ではありません。しかし、ご存じかと思いますが、それにかかる費用と時間は膨大です。また、コストに見合った債権回収ができる可能性を考えた場合、ゼロどころかマイナスになるリスクすらあるわけでして、それを考えると、少なくとも債務者が毎年キャッシュフローを生むビジネスを続けられることが確認でき、しかも本業を圧迫する他の要因がない場合にしか、プラスのプライシングは難しいと判断せざるを得ません。こうした案件がバルクセールされる理由も、そこにあります。我々としても、今回のセールを無事に譲渡して頂ければ、回収するための努力は惜しみません」

「だが、バルクの中には正常債権も要注意先債権もあったはずだろ。それを『0円』というのは、どういうことなんだ！」

りながら答えた。

大伴はまだ引き下がらなかった。そう言われてウォードは、自分のファイルをめく

「案件ナンバー一八以降のことでございますね」

「そうだ！」

「はい、貴行の債権区分では、正常先、要注意先になっておりますが、我々で独自に調べましたところ、いずれも債務者自身の努力による返済ではなく、ペーパーカンパニーから返済金を融資してもらっていることが分かりました。その上、そのペーパーカンパニーに、貴行の系列ノンバンクが融資されておられます。大変失礼ですが、これは『飛ばし』と見なされる危険がありまして、我々としては債権価値を低く評価せざるを得ませんでした」

「おい、貴様！　『飛ばし』とは何だ！」

大伴の怒りを芝野が制したのと、鷲津が答えたのがほぼ同時だった。

「失礼いたしました。今のウォードの発言は不穏当でした。ただ、私どもは単に融資が返済されているかどうかだけではなく、お金の流れ自体を注視するように致しております。我々が精査した限り、ナンバー一八以降の債務者に、貸出債権を返済できる能力はない、そう判断したということです。いずれにしましても、これらの案件につ

きましては、我々だけではなく貴行におかれましても、あまり深く詮索されないことをお望みではないかと考えておるのですが……」

大伴が指摘した案件は全て、バルク組成ギリギリに迫田専務によって強引に追加された「危ない案件」ばかりだった。見かけは正常債権だったが、鷲津が指摘した通り、融資先が実体のない会社が大半だった。アラン・ウォードの言う通り、焦げ付いた債権を「飛ばし」ているに過ぎなかった。

鷲津達は、三葉側が考えていた以上に、三葉の債権の事情をよく知っていたということか……。

同じ感触を持ったのだろう。大伴もそれ以上食い下がらなかった。

次に沼田が、担保不動産について訊ねた。

「担保不動産の評価額が想像以上に低いのですが。いくら地価ではなくキャッシュフローベースの査定とはいえ、青山や六本木、赤坂、銀座などの一等地の商業ビルについての評価が低すぎませんか」

沼田が指摘した通り、都内の一等地の不動産が担保になっていた債権が十数件は含まれていた。それらの不動産は、評価総額で三〇〇億円近くあった。それ以外にも簿価で一億円から三億円クラスの担保不動産がついた債権も十数件あった。

ウォードは、再びファイルを繰りながら説明を始めた。

「担保不動産のデューデリにつきましては、以下のようなことを前提としております。

まず第一に、我々が担保不動産として評価致しますのは、その担保が第一順位の根抵当である場合に限ります。すなわち、二番、三番抵当としての担保では、その担保をたとえ債権から切り離し売却したとしましても、売却益は、第一順位担保権者が優先されます。我々にその益が分与される可能性は限りなくゼロです。つまり、第一順位以外の担保不動産価値は、全て『ゼロ』になります。

第二に、今、沼田様からご指摘がありました通り、不動産評価は、同物件が年間に挙げられる収益を、五年間にわたりディスカウント・キャッシュフロー方式によって算出致します。しかし、その際、当該建物の状態、空室率等も勘案することになります。さらに、十分に減価償却されていない物件もありました。また、現在の不動産市場は非常に冷え込んでいて、そうした築年数が古い物件はすぐに売却できる可能性も低いと見込まれます。

もう一つ、これらの案件を地価ベースで処分するとしても、地価の下落で、ここに記された簿価の良くて五分の一、酷いものは一〇分の一でも売れないでしょう。そうしたことを勘案いたしますと、ここに提示した数字が精一杯の額かと存じます」

「だが、この青山や六本木のビルは、時価でも一〇〇億はすると聞いているんだがね」

大伴がまた異議を唱えた。

「はい、おっしゃる通りです。ただ、これらの物件は現在の所有者に問題があります」

「所有者？」

「はい、元々は大手不動産会社やデベロッパー、あるいはリゾート会社などが所有していたのですが、現在は、反社会的勢力が持っていて、債権処理ができそうにありません」

金髪の外資系金融マンだと思って彼らを侮ってはいけない。

芝野は背筋が寒くなるのを感じながら、そう心に刻んだ。彼らはただ漫然と与えられた資料だけで案件を査定したわけではなかったのだ。芝野は、バルクセールの買い手の投資ファンドのトップが品の良い日本人であり、担当者も日本語が話せる知的な外国人だったことで、当初ホッとした自分の甘さを悔やんだ。

ホライズン・キャピタルの説明は筋が通っていた。日本の銀行では、暗黙の了解として問題視されなかったが、客観的な眼で案件を見れば、彼らの指摘はいちいちごもっともだった。

部屋の中に暗澹たる空気が淀んだ。

「つまり、これが最良の答えというわけですか……」

沈黙を破って芝野が念を押した。そう言われて、アランは申し訳なさそうに頭を下げた。

「やれやれ、これじゃあ話になりませんなあ、ねえ、鰐淵さん。あんた達は、我々のアドバイザーなんでしょう。こんな額を許すんですか？」

大伴が自棄気味に、投資銀行の不動産担当に言葉をぶつけた。椅子にもたれかかって両者の話を傍観していた鰐淵は、不意に声をかけられて椅子から落ちそうなほど驚いて、大伴を見た。

「許すんですかと言われましてもねえ。今のウォード氏の説明は非常に経済的合理性があると思いますがねえ」

「五〇億円余りの債権がゼロ円というどこに、経済的合理性があるかぜひ伺いたいものですなあ」

そう言われて鰐淵は憮然として黙り込んでしまった。代わりにリン・ハットフォードが日本語で答えた。

「私達の方こそ、こういう状態で貸出債権を放置されていたことについて理解に苦しみますが、それはさておき。今後、貴行でも、貸出債権について考えを改めて戴く必要があるということじゃないでしょうか」

「いやあ、しかし、あんたも人が悪いねえ。日本語ができるなら、できるって言ってくれりゃあいいものを」

大伴は、彼女の話を全く聞こうともしないで嫌みを言った。代わりに芝野が、リンの言葉の真意を問うた。

「考えを改めよというのは、査定を厳しくしろということですか？」

「もちろん、そういう意味もあります。しかし、それ以上に回収できないと分かった債権はバルクにでもどんどん出して、早く身軽になるべきです。特に不動産の下落はまだ当分続くでしょう。少しでも回収したいとお考えなら、より迅速かつ大量にバルクセールを促進されることをアドバイザーとしてお勧めします」

芝野は、神妙に頷いて見せた。

「今のお言葉、肝に銘じます」

「それと後一つ、今回私達が驚いたのは、貴行の場合、不良債権に対する貸倒引当金の額が低すぎます。通常であれば、実質破綻先（回収不可能または無価値と判定される資産）なら一〇〇％、破綻懸念先で五〇％、要注意先でも二〇％程度は積むものです。しかし、貴行では実質破綻先ですら五〇％程度、残りはゼロに近い状態にあります。これではバルクセールの度に、多額の売却損が出てしまいます」

貸倒引当金とは、貸付金の残高などの債権に対して一定額を積んでおく資金のことだ。債権が不良債権化すると全額の回収が難しくなる。そのため、まさかのために回収不能と思われる額を積み立てておく。一九九九年、当時の金融再生委員会が「資本増強に当たっての償却・引き当てについての考え方」を公表し、各金融機関に不良債権についての引当金の厳格化を求めたが、九七年当時、引当金を厳格に積み上げていた銀行は稀だった。

「しかし、他行もそんなに引当金は積んでないでしょう」

大伴の言葉に、リンは冷たく言い放った。

「他行の話をしていません。これは国際ルールです。そして、いずれ日本でもこうしたことが厳格になってきます。それから対応したのでは、資本比率を大きく減らすことになります。早めの対処をお勧めします」

芝野は黙って頷いた。

「さらに、もう一つ。今回のバルクセールの案件の中には、明らかにドレッシング（粉飾）されたと見られる案件がありました。これも一刻も早い改善をお勧めします。ご存じかと思いますが、不良債権をあたかも正常債権に取り繕うのは、明らかに犯罪行為です」

「いちいちごもっともです。早急に行内で対処します」

芝野はそう言って頭を下げるしかなかった。

そこで鷲津が言葉を挟んだ。

「あの、少しよろしいでしょうか？」

全員が頷いたのを確認して鷲津は続けた。

「今お見せしたのが、今回のバルクセールに対しての我々のデューデリジェンスの結果です。ただ、今回のディールは、今後の日本のバルクセールの一つの基準値となると伺っております。ですから、可能な限り高い評価をするように、ハットフォードさん、鰐淵さんからも言われておりました」

一体今更何を言いだすのか。三葉側のメンバーにはそんな表情が浮かんだ。鷲津はその表情に頷き、さらに微笑みを大きくした。

「そこで、我々としましても、栄えある三葉銀行様にお取り引きいただける感謝の意を込めまして、ここに掲げました買い取り価格に若干の上乗せを致しまして、きっちり一〇％の価格で買い取らせていただければと思っております」

「ほお、それはまた殊勝な心がけですなあ。いやあ、さすが、鷲津さんは日本人だ。話が分かる！」

大伴は、そう言って嬉しそうに言葉を漏らした。

「ありがとうございます」

そう言うと、アランが別のファイルを全員に配布した。

そこには、

簿価総額　　　　７２３億６４５８万円
債権買い取り価格　72億３６４６万円

とあった。

見事なものだ……。芝野はこの展開をそう感じずにはいられなかった。最初から一〇％のプライシングをしたら、誰もがムッとしたろう。しかし、九％が妥当だということをさんざん説明された後に、この数字を出されると芝野自身もホッとしてしまう。

そこでまた、アラン・ウォードが申し訳なさそうに言った。

「あの、ただ一つお断りしなければならないことがあります」

「何でしょう？」

もう何を言われても驚かなくなった芝野は、先を促した。

「はい、ここに提示しました金額は、純然たる債権の価格です。しかし、実際のバルクセールには諸経費がかかります。それを最終ページに記してあります。そこをお含みおきください」

そう言われて、全員が最終ページを見た。

デューデリジェンス費用として、五二五〇万円

債権移譲諸費用として、二五〇〇万円

不動産担保売却のための費用として、三億一五〇〇万円

不動産売却手数料として、四億三〇〇〇万円

バルクセール手数料として、七二〇〇万円

総額で八億九四五〇万円

とんでもない額だった。

「妥当な額だと思いますよ」

すかさずリン・ハットフォードがそうコメントしたために、誰も異論を挟む余地はなかった。

ここに、さらにゴールドバーグ・コールズの連中に成功報酬として、バルクセールの売却額の三%、すなわち二億一六〇〇万円余りを支払うことになる。

結局、七二〇億円余りの不良債権を処理して、三葉銀行の手元に残るのは六五億円足らず。まさに踏んだり蹴ったりだった。

しかし、これで三葉銀行は、バランスシートの中から七二〇億円余りの負の資産を清算することができる。また、そうした帳簿上のバランスオフ以外に、行員が何度足を運んでも回収出来なかった不良債権から解放されることにもなる。

いずれにしても、日本の金融機関を取り巻く環境は今激変しようとしている。芝野は、今回の初めてのバルクセールを通して、それを痛感した。

だが、まだこの時点で、彼らは危機感にとぼしかった。危なくなれば、最後は大蔵省や日銀が助けてくれる。

そういう意味でバルクセールなども、「不良債権処理に一層努力している」というポーズに過ぎなかった。

一九九七年九月。当時、経営危機が叫ばれていた日本信用債券銀行（日信銀）を監査していた大蔵省が、既に春先から噂になっていた同行の不良債権の額が、当初予測されていた額とは桁違いに多いことを公表。同行が「全て処理した」と断言した実質破綻先で新たに五八九億円、さらには、破綻懸念先で実に一兆一二一二億円もの不良債権があること（この年の初めには、約五五〇〇億円と申告されていた）が判明。そして、同行が多数のペーパー会社を作り、そこに破綻した貸出先の担保不動産を簿価で買い取らせていたことも判明し、銀行の「飛ばし」の事実が明らかになっていった。

しかし、それはその後日本を襲う未曾有の危機の予兆にすぎなかった。

そして、日本の上空には、早くも死肉を漁る準備を整えたハゲタカ達が、静かに舞い始めていた。

第二章　釣果

1

一九九七年九月二九日　日光・中禅寺湖

その朝、松平貴子は夜明け前の暗がりの中で起き出した。シャワーを浴び、手早く身繕いをすると、周囲の静けさを壊さないように、そっと部屋を出た。午前五時二四分。中禅寺湖の朝は、既に秋の装いに入りつつあった。

前夜、東京を発ち、湖畔にある中禅寺ミカドホテルに泊まった彼女は、翼を広げたように構えたホテルの長い廊下を静かに歩き、フロントの先の「ＳＴＡＦＦ　ＯＮＬＹ」とある扉を静かに開けた。扉の向こうは、厨房だった。彼女は明かりをつけると、確かな足取りで冷蔵機能のあるショーケースに近づき、ケースを開けた。そこから「貴子様」とメモが貼り付けてある紙袋を取りだし、ケースのそばにあったステンレス製の水筒を持った。

正面玄関の脇にあるドアから外に出ると、冬を思わせる冷気が頬をついた。思わずゴアテックスのレインウエアのチャックを顎の下まで上げ、両手に息を吹きかけながら空を見上げる。漆黒の空には星が見えた。天気予報通り、今朝は晴れそうだ。風もない。

彼女はホテルの駐車場の一番端に駐めてある赤いボルボに近付くと、キーレスエントリーでロックを解除し、エンジンをかけた。車にはうっすらと霜が降りていた。秋分の日を過ぎると一気に冷え込む戦場ヶ原なら、白一色の世界かも知れない。

ボルボ独特の低いエンジン音を確認してから、彼女はリアドアを開き、全ての道具が揃っているかをもう一度確認した。

今年のシーズンもあと三日。色々あってロッドを一度も握らずに過ぎた昨年の反省から、今年は解禁日からここに来ていた。だが、「最低でも五回は！」と思っていたが結局、今回を含めてたった三度しか来ることができなかった。

今朝は、日本のフライフィッシングの聖地と呼ばれる日光・湯川で、祖父から譲り受けたスコット社のバンブーロッドとハーディのリールで、日光ゆかりのブルック（ブルックトラウト）を狙うつもりだった。念のために、普段使い慣れているオービスのスーパーファインも積んであった。

フライベスト、ゴアテックス製のウエストハイのウェーダー（釣用長靴）、ランディングネット、リーダーやティペット（ハリス）、フライを入れたフライボックスなどの道具一式が、整然と揃っていた。

彼女は「よし！」と一言気合いを入れてリアドアを閉めて、運転席に乗り込んだ。

過去二度のフィッシングは今ひとつ、不本意な釣果だった。理由も分かっていた。

「フライフィッシングは、テクニックで釣るんじゃない。アングラー（釣り人）の心だ。心が乱れている時は、どんなにテクニックを駆使しても魚の眼には死んだ虫にしか見えない」

彼女の釣りの師匠であり、愛好家の間で「トラウトの神様」とまで言われた亡き祖父の口癖だった。

今朝も、精神的な安定や充実とは、ほど遠い状態だった。だからこそ、聖地の川には、無心で向かいたい。そう心に決めて、疲労困憊している体に鞭打ってやってきたのだ。

中禅寺湖畔の道路に出たときには、空がうっすらと青みを帯び始め、湖は静かな朝を迎えようとしていた。

貴子は、カーステレオにキース・ジャレット・トリオの「枯葉」を入れ、アクセルを踏み込んだ。普段はビル・エバンスのような静かな曲を好んだのだが、今朝はキースからパッションとエナジーを分けて欲しかった。

湯元温泉へ続く国道一二〇号線のカーブを何度か過ぎると、辺りの風景は一変する。まさに原野という表現がぴったりな戦場ヶ原は、森と湖の国スイスの風情を感じさせた中禅寺湖畔の雰囲気とは対照的だった。

戦場ヶ原と呼ばれるその一帯は、一面のクマザサとカラマツ、シラカバの雑木林が茂る標高一四〇〇メートルの湿原地帯だ。かつて、男体山と赤城山の神々が戦ったと言われる神話で「戦場」となったことが地名の由来だと言われているが、そこに佇めば、まさに生きとし生ける者全てが死に絶えたような荒涼感を感じさせた。

既に高山植物が咲き乱れる短い夏を終え、一足飛びに冬の装いに入ろうとしていた。

ボルボのヘッドライトが薄闇の先に、日光・湯川の入り口にある赤沼茶屋をとらえた。残り数台となっていた駐車スペースに車を滑り込ませると、貴子は身支度を始めた。

赤沼茶屋の前には既に一〇人近い釣り人が、店が開くのを待っていた。ここでこの日の遊漁券を買うためだ。彼女も、彼らの列に並んだ。

　空が白み始めた午前六時、赤沼茶屋の引き戸が開き、待ちかねた釣り人達が無言で、遊漁券を買って、湯川沿いにある戦場ヶ原の遊歩道を目指した。

「あれ、お嬢様、ご無沙汰しております」

赤沼茶屋のおかみさんにそう言われて、貴子は少し頬を赤らめて挨拶した。

「おはようございます。今シーズンもおしまいなんで、今日は、お祖父ちゃんのロッドでブルックを狙ってみようかなって思って」

なかなか券代をとってくれなかったおかみさんに、無理矢理二〇〇〇円をねじ込んで、貴子は遊歩道を急いだ。

湯川独特の草の匂いが、貴子の久しぶりの来訪を歓迎してくれた。

彼女は湿った地面を踏みしめるように上流まで歩き続けた。湯川は自然保護の目的で、釣りに際して様々な制約があった。湿原一帯は全て立入禁止。また、湯川の中流域にある青木橋周辺では、餌釣りを禁じていた。

思った通り辺りには霜柱が立っていた。貴子は、ズミやワタスゲの間を縫うように走る遊歩道を大股で進みながら川をずっと注視していた。

トラウトの釣りのピークは明け方と夕方だ。もちろん、季節やその日の風の強さや水温によっても違うのだが、彼女は早朝の静けさの中でフライを投げるのが好きだった。

「一日の最初に、神様のお恵みを戴く。これが至福」

敬虔なクリスチャンでもあった祖父はそう言って明け方に竿を担いででかけ、昼前にはびく一杯のマスを釣りあげて帰ってきたものだった。

彼女が川から目を離さないのは、川の上空すれすれを飛んでいる虫の種類と魚達の動きをチェックするためだった。フライフィッシングの場合、魚が水面の上にまで頭を出して上空の虫を捕食している（ライズ）かどうかで、釣りの方法を変える必要がある。

彼女自身は、カゲロウなどの水生昆虫を擬したフライをつけて水面すれすれにフライを飛ばすマッチング・ザ・ハッチを得意としていたが、シーズン終盤になると、アリやバッタ、コガネムシなどの陸生昆虫を擬したテレストリアルフライが主流になる。この朝彼女は敢えて、湯川では秋まで羽化が続くハッチを探し、ドライフライで獲物を狙うつもりでいた。

フライフィッシングの楽しみは、他の釣りに比べて非常に幅広い。本物の餌を使わず、魚達が好む虫を擬したフライを自らの手で造り、その日の虫の状況、魚によっては虫の好み（セレクティブ）、さらに気温や水量など自然世界のあらゆる条件が複雑に融合する中で、一瞬の勝負に賭ける。時に川面すれすれにフライを舞わせ、時に水中であたかも生命を宿したように漂わせることで、魚に「ごちそう」だと思わせる。相手が食いついた瞬間、針を魚にぶつけ、そのまま釣り上げられるか。針を逃れようと最後の闘いに挑んでくる力と力の闘いに勝利できるか。心技体の三拍子が揃わなければ、釣果が望めない奥深い闘いだった。

フライフィッシングは、貴子にとって常に真剣勝負の場だった。一〇代の頃は競技者として技と智恵を競い、二〇代半ばを過ぎてからはロッドとフライの先に無心になれない自分との闘いの場となった。

最初から目当ての場所を決めていた。この季節でもコカゲロウが飛んでいる湯ノ湖のそばのポイントだ。

辺りは既に夜明けを過ぎ、水面がきらきらと輝き始めていた。既に、何度か小さなライズも見えた。この季節の明け方に舞うユスリカという蚊のような小さな虫を捕食しているのだ。

貴子は目指すポイントのそばまで辿り着くと、遊歩道から川に降り河原周辺の石の上や川の淀みを見つめた。そこに今、川でもっとも多く生息している〝虫たち〟の痕跡があるのだ。

いた！　ユスリカに混じって、川面にコカゲロウの一種が飛んでいた。それを捕食するためにライズしているトラウトの影も見えた。すぐに祖父から譲り受けたドライフライを装着すると、ロッドを握りしめ、貴子は静かに川の中に入った。そしてリールのロックをはずすと、この日のファーストキャストを、川面ギリギリを目がけて投じた。対岸にある小さく渦を巻いている「落ち込み」と呼ばれる場所を中心に、コカゲロウを擬した〝虫〟を元気よく舞わせ始める。

二度ほどループを描き水面ギリギリにフライをキャストした瞬間、突然、水中から黒っぽい影が飛び上がってきた。

目が動く影を捉えるのと、フライを動かす動作がほぼ同時だった。

次の瞬間黒いものは川の中に消え、同時にロッドに確かなヒットを感じた。貴子は足を川の中でしっかりと踏ん張ると、一気にリールを巻き始めた。

手応えからして、三〇センチ近くはありそうだった。

「川の神様、ありがとうございます」と呟きながら、貴子は急がず焦らず着実に獲物との距離を縮めていく。早く上げようとすれば、相手が大物であるほど自分の体の一部を犠牲にしてでも川底へと消えてしまう。

背鰭《せびれ》が水面上に見え隠れし、獲物が必死でもがくのがはっきり見え始めた。どうやらレインボー（ニジマス）のようだった。貴子は十分相手を引きつけてから不意に力を緩め相手に隙を与え、その次の瞬間、一気にロッドを空へ引き上げるや腰の位置で持っていたランディングネットで獲物をすばやくすくい上げた。

ネットには、まだ激しく身をうねらせている三〇センチ以上のレインボーが水しぶきを上げていた。春先は銀色のニジマスも、秋の深まりと共に、その名の通り艶やかな赤い色を側線に浮かび上がらせていた。

貴子は幸先の良い釣果にホッとして、静かに遊歩道側の河原に上がった。ここには大物ブルックもいるはずだった。釣り上げたレインボーを竹細工のびくに入れると、バッグからサンドイッチボックスを取り出した。

大きな岩場に座ると薫りの良いコーヒーを注ぎ、それを両手で持ってすすった。釣果が良かったときに飲むコーヒーほどおいしいものはない。彼女は薫りと味を堪能してから、サンドイッチボックスを開いた。

一口で食べられるように小さめにカットされたサンドイッチが綺麗に並んでいた。レタスとトマト、そしてミカドホテル特製のモッツァレラチーズをたっぷりはさんだサンドイッチには、フランス料理の名高いシェフとして知られる中禅寺ミカドホテルの料理長特製のソースがアレンジされていて、絶妙の味を醸し出していた。

子供の頃から彼女はこのサンドイッチが大好きで、小学生時代はこれを目当てに祖父の釣りにつきあったこともあった。

それを味わいながら、彼女は不意に、前夜食事の相手をしてくれながら表情を曇らせたシェフの顔を思い出した。

「支配人を日光と兼務させると社長はおっしゃっているのですが、それでは、なかなかサービスが行き届きません。特にここ数年、ベテランのスタッフを切って若い人を入れたために、サービスの質が落ちたと言われ始めています。人員削減の影響は我々の方にも出ていて、このままではクオリティの高いお食事がお出しできなくなってしまいます。何度も私から社長にそう申し上げているのですが、なかなかいい顔をしてくださらなくて」

社長とは、日光と中禅寺、そして鬼怒川《きぬがわ》でホテルを経営している貴子の父、松平重久のことだ。

バブル経済崩壊の影響が日光にも忍び寄っているのだという。

貴子が、両親の反対を押し切ってスイスのローザンヌにあるホテル大学に留学したのは、父の旧態依然としたホテルから、ホスピタリティ重視のホテルへの転換を目指すためだった。

初めて親元から離れて外国で暮らした経験は、楽しさ以上に大変なことばかりだったが、それでも一年の語学勉強を経て、予定通り同大学を四年で卒業した。

しかし大学卒業後は、すぐに日光ミカドホテルに戻ってくるという父との約束は果たせなかった。

理由は、その当時の自分ではホテルマンとして頑固者の父親を凌駕するほどの実力がないと感じたからだ。

担当教授からも「タカコは頭では分かっているが、サービスのなんたるかをハートでは理解しきれていない」とたびたび言われたのも、日光に戻らなかった理由だった。

日本最古のリゾートホテルの家に生まれながら、彼女は自分自身がサービスについてもホスピタリティについても何も知らなかったことを恥じた。

そして修業のため、指導教授の薦めもあってロンドンのザ・リッツに就職して二年間、みっちりとフロント業、そしてオペレーションからマネージメントまでを勉強し満を持して日本に帰ってきたのだ。それでも、彼女は日光には戻らなかった。

ロンドン勤務時代に世話になった支配人が、総支配人として迎えられた東京・お台場のロイヤル・センチュリーホテルに、若きフロントマネージャーとして職に就いたのだ。その総支配人は、彼女が愛した相手でもあった。

彼は彼女と二四も年の違う壮年の英国人だった。既に七年前に妻を亡くした独身ではあったが、父が二人の関係を許すはずもなかった。正直に自分がつきあっている相手の事を父に話した時点で、「勘当」を言い渡された。

そして父は、上智大学を卒業後日光ミカドホテルのフロントマネージャーをしていた二歳下の妹に養子を迎え、その夫を後継者に選んだ。

「お前の戻る場所はない。そのくたびれた中年英国人から、好きなだけサービスでもホスピタリティでも学べばいい」

お台場の彼女が勤務しているホテルの豪奢なロビーラウンジでそれだけを言い残し、父親は振り返りもせずにその場を後にした。

しかし永遠だと思っていた彼との関係は半年前に突然終わりを告げた。彼が仕事を辞めて故郷のスコットランドに帰ると言い出したのだ。

一緒にスコットランドで暮らそうと誘われた。しかし、ようやくホテルマンとしての面白さを感じ始めた彼女は、彼の誘いを断った。

そんな矢先に、母から電話があった。

「お父様が話したいことがあるんだそうよ」

箸の上げ下げまで父の言いなりである母は、通り一遍の世間話をした後言葉少なに用件を切り出した。

「私にはないわ、お母様。申し訳ないけれど」

「そう言わないで。最近ウチも色々大変でね。お父様も困っていらっしゃるの。それでお祖母様にも相談されたようで、あなたと話をすることにしたそうなの」

お祖母様というのが、「殺し文句」だった。両親にヨーロッパ留学を猛反対された時、祖母だけが大賛成してくれた。そして、彼女の友人で、ローザンヌに暮らしている人に、身元引受人をお願いしてくれて、貴子は夢を実現させたのだ。

「とにかく会うだけ会いに来て頂戴。話を聞くだけでいいから。お祖母様もあなたに会いたがってらっしゃるわ」

結局その言葉にほだされて、貴子は今日の午後から父と会うことにしていた。

昨夜、彼女が中禅寺ミカドホテルに泊まると日光の実家に告げておいたら、父が中禅寺湖まで上がってくるとメッセージが届いていた。

人を呼びつけることはしても、自分から相手に歩み寄ることは決してしない人だけに、貴子は父の切実さを感じた。

「そろそろ、ここに戻ってくる時期なのかなあ」

彼女は、先刻より盛んにライズし始めたトラウト達に、そう言葉を投げた。

その時、「キャー！」という若い女の子の声とドボンという水音が同時に立ち、貴子は我に返った。

少し上流の方で釣っていた親子連れの子供の方が、川べりで足を滑らせたようだ。中学生ぐらいの少女ですぐに立ち上がったが、被っていた帽子が流されてしまった。

それを追いかけようとした少女は、また足を滑らせて川に倒れ込んだ。

貴子は見ていられなくて静かに川の中に入ると、こちらに流れてきたキャップを拾い上げた。

「いやあ、済みません。助かりました！」

彼女と一緒に来ていた父親が、貴子の方に近づき頭を下げた。

「いえ、大丈夫ですか？　この辺り、川藻で滑りやすいですから気をつけてあげてください」

彼女はそう言って濡れた帽子を父親に手渡した。その瞬間、帽子の右側面に「A.SHIBANO」と刺繍されているのが眼に留まった。

2

一九九七年九月二九日　熱海

鷲津政彦は、熱海の観光ホテルで遅い朝を迎えていた。彼は隣で眠っているリン・ハットフォードの形の良い尻を軽く叩くと彼女を起こし、先にシャワーを浴び始めた。

「高級」と銘打ちながら、バスルームのシャワーはじょうろで水をまく程度の水圧しかなく、彼は舌打ちしながら髪を洗い始めた。その時、リンが後ろから彼に抱きついてきたがそれにはかまわず、頭にシャンプーをつけごしごしとやり始めた。

リンは英語でさんざん悪態をついたあと、代わりに彼の頭をかき回した。鷲津は声をあげて笑い、リンがそれに釣られて笑い声を上げた。今度は鷲津がリンの全身を洗い、彼女の感じる部分を的確に刺激し始めると、彼女の口から吐息が漏れた。しかし鷲津は、それ以上何もせずバスルームを出てしまった。

「あんたは、世界一のサディストよ！」と英語でわめきながら、リンは体にまいていたバスタオルを鷲津に投げつけ、鷲津はそのタオルで優しくリンの体を拭いて、唇を重ねた。リンが満足したように体を離してから彼は優しく耳元で囁いた。

「さあ、飯だ」

彼はベッドサイドの電話を取り上げ、一フロア下の部屋にいるアラン・ウォードを呼んだ。

「はい」

何度もコールして、やっと電話口に出た眠そうなアランの声に鷲津は、「三〇分後に最上階のレストランで朝飯だ！」と怒鳴った。

「まだ三〇分もあるのなら、貴重な時間を埋めないと」

そう言うとリンは鷲津のバスタオルをむしり取り、贅肉のない体を鷲津にぴったりと絡めてきた。今度はそれを拒否することなく、彼女がこらえていた欲望を爆発させるのに身を委ねた。

そして三〇分後彼らは、熱海国際観光旅館「金色屋《こんじきや》」の七階にあるレストランで、バイキングの朝食を囲んでいた。

アランが、約束より二〇分ほど遅れて合流した。

「あなたの故郷の豚の餌よりまずいけど、腹の足しにはなるわ」

リンは普段仕事では絶対に使わないブロンクス訛を、まだ寝ぼけ眼のアランに投げつけた。アランは生返事をして、バイキングコーナーの列に並んだ。

窓際のテーブルにアランが戻ってきたのを見た鷲津は、彼に英語で尋ねた。

「一体何時まで起きてたんだ」

「すみません、気が付いたら外が明るかったです」

「ねえ坊や。テレビゲームは、一日二時間までってママがいつも言っているでしょ」

リンの言葉に鷲津は笑い声を上げ、アランは赤面した。

アランは大のテレビゲームオタクで、移動中はいつも任天堂のゲームボーイを手にしたし、投宿先でもプレイステーション一式を持って、明け方までゲームに興じていた。さらに自身も知る人ぞ知るゲームプランナーで、彼は金をためてソニーの大株主になって、自分のゲームブランドを作るのが夢なのだそうだ。

「すみません。でもついにファイナルステージまで行ったんですよ」

「それはいい。とにかく、その納豆を平らげて器を返してこい。話はそれからだ」

テーブルを囲んでいる彼らは、他の宿泊客（と言っても、後は三組の老夫婦と二組の老婦人のグループがいるだけだったが）には、とても奇妙に見えたはずだ。金髪の目が醒めるほどの美女と美男子、そして小柄で貧相な日本人という取り合わせ。そのうえ全員が浴衣《ゆかた》をきれいに着こなし、テーブルにのっているのは純和風の朝食というアンバランスさが目をひいた。

大の日本好きのアランはもちろん、リンも和食を好んだ。彼女の朝食のメニューはめざしに卵焼き、焼き海苔、みそ汁、ご飯というのが定番だった。アランの場合は納豆と生卵、サケの塩焼き、冷や奴、さらに梅干しまでつけていた。

ただ大阪生まれの鷲津は、納豆が苦手で（リンは、それで好物だった納豆を、彼の前では食べなくなったのだが）、アランがうまそうに食べる納豆を片づけるまで仕事の話をしなかった。

アランは、納豆と生卵をかけたご飯を器用に箸を使ってアッという間に平らげると、納豆の入っていた小皿を片づけに行った。そしてご飯のお代わりと、味付海苔の袋をいくつも手にして戻ってきた。

「失礼しました。お話の前に一つ報告です。昨夜遅くにワニ君（鰐淵）から電話があって、三葉の物件は完売したそうです」

三葉銀行のバルクセールの契約締結から三日。ホライズン・キャピタルは、彼らから買い上げた全ての物件の転売を終えたということだ。売却を担当したのは、彼らのアドバイザーでもあるゴールドバーグ・コールズのリアルエステート・ファイナンス部の鰐淵だった。

「そうか」

鷲津はそう言ってみそ汁をすすり、顔をしかめた。

「どうしました？」

「いや、みそ汁があまりに濃くてまずいんでな。で、額は？」

「はい、総額で、二三四億余りです。買値が七〇億余りですから、約三倍強ですね」

「まさに、バルチャー（ハゲタカ）の本領発揮ね。こういうの、日本語で『ぼったくり』って言うんでしょ？」

リンが嬉しそうに言った。鷲津はにやにやしながらそれをうち消した。

「人聞きが悪い。俺達はハゲタカじゃないぜ、リン。俺は、元々不動産ビジネスに興味はないんだ。それとそういう悪い言葉ばっかり覚えると、パパにお仕置きされるぞ」

リンは、それを鼻で笑い飛ばす。

「でも、今後の資金調達にはなるでしょ」

「三葉のバルクセールには驚かされました。今年の四月以降、日本信用債券銀行が飛ばしや粉飾で不良債権隠しをしているとマスコミに取り沙汰されていたにもかかわらず、堂々とそれを悪びれもせずに高値で買えと言って来たんですから」

アランはそう言いながら、器用に口の中からサケの骨をとりだしては、皿の片隅に並べていた。

「でも、さすがに政彦。三日で一億ドル以上も儲けたなんて話、アメリカでは考えられないもの」

「これは、鷲津さんの作戦勝ちですよ。まず大蔵省の上層部を握り、いかにもユダヤ系投資銀行の金満家に見えるリンさんのボスであるボブ（ロバート・ワインバーグ）と一緒になって三葉の幹部を攻める。芝野さんが、一生懸命良いディールをしようとしてたのに、土壇場で全部ぶち壊してしまった」

アランが感心してそう言うのを、鷲津は聞き流した。

彼自身、今回のディールは不本意だった。いくらバルクセールとはいえ、もう少しまともな債権が出てくるかと期待したのだが、回収は絶望的なポンカスばかり。担保不動産が売れただけ、まだましだった。

「アラン、それはちょっと違うわよ。あのバルクセールの案件を決めたのは、三葉の迫田専務なんだから。彼らは大蔵省からそう遠くない将来検査が入るかも知れないからやばいものをこの際総ざらえした方がいいって耳打ちされた途端泡くったんだから。確かにあの芝野って男は、日本の銀行マンとしてはちょっとだけまともだったけど、所詮はサラリーマン。正論を貫くだけの戦略もスピリッツもないわ」

「あの、どうでもいいんですけど、その〝サラリーマン〟って、何語です？」

アランの言葉に、リンは呆れ顔で答えた。

「日本語でしょ、もちろん。彼らは英語だと思っているようだけど、給料をもらう人なんて、アメリカで吐いたら大笑いされるわよ」

だがそれが、日本だった。欧米では、職業を尋ねられて会社員だの、サラリーマンだのと答える人は誰もいない。彼らはそれぞれ自らの「仕事」を明確に答える。バンカー、証券マン、あるいは工場労働者でありウエイトレスだ。しかし、日本人はなぜかみな「サラリーマン」と胸を張って答える。これが、嘗てこの国を経済大国に押し上げた原動力であり、またバブル経済が崩壊しても右往左往するばかりで傷を大きくしてしまった原因でもあった。

鷲津は、自分がそんなつまらないことを考えていることに苦笑しながら、リンに言った。

「いずれにしても、次はもう少し真面目にビジネスができる案件を放り込んでもらえるように画策してくれよ、リン。これじゃあ、俺達はまるでゴミ箱だ」

「イエッサー。でもね、あれでも、少しはましな案件を放り込ませたんだから。あの芝野はなかなかのくせ者で、本当に最初はとんでもない屑案件ばかり揃えてきたのよ」

「リンさん、でも、あれらは我々が求めていた案件じゃなく、御社が欲していた物件だっただけじゃないですか。それにしても大丈夫なんですか、あんな危ない案件を大量に買い込んで」

そう言われてリンは、細い眉をつり上げた。

「何、あのアリゲーター（鰐淵のこと）のくそったれは、私がやめろと言った案件を結局買ったの？」

「ええ、ボブさんの指示だとか言いましてね。例の難物案件も、全部買ってくれました」

「おたくのセキュリティ・バックチームは優秀だが、買い付けチームの目利きのひどさは目に余るな」

鷲津にそう言われて、リンはまた顔をしかめたが、何も言わず日本茶をすすった。

「まあ、お手並み拝見でいいんじゃない」

「僕が驚いたのは、ギリギリになって青山や六本木の一等地の担保がついた案件を、鷲津さんが全部『ゼロ査定』したことですよ。まさに垂涎物の一等地ばかりを放り込んできたんで思わず顔がほころんだんですが、それを全部まとめて査定額「ゼロ」にしちゃうんですからね。でも、それ以上にびっくりしたのは、三葉側が少し抵抗しただけで受け入れちゃったことです。何であんなことが分かったんです？」

アランの言葉に、鷲津はたくわんを嚙みながら答えた。

「理由は簡単さ。ただ、知っていただけだ」

アランは、不思議そうに鷲津の顔を見つめていた。彼の隣でリンが笑い声を上げた。

「政彦、ちゃんと教えてあげなさいよ。彼は、これからこの日本でたっぷり稼いでもらわなければならないウチのパイプラインの筆頭なんですからね」

パイプラインとは、外資系の中でエリートコースを約束された「キャリア組」の事を指す。アラン・ウォードは、現在はホライズン・キャピタルに籍を置いていたが、元はゴールドバーグ・コールズの証券部に在籍していた。ニューヨークにいるM&A部門のトップが、「鍛えてやってくれ！」と鷲津が日本に戻るときに託したのだ。

「アラン、何度も言うが、我々のビジネスで勝利できるかどうかは、情報とネットワークが全てだ。君達の先祖がタルムードで記しているようにね」

だが、アランには鷲津の言っていることが、分からないようだった。鷲津はため息をもらすと、ようやく本気で解説を始めた。

「我々がバルクセールを始めるに当たって、俺は、二人の重要なキーマンを味方にした。分かるか？」

「ええと、一人は、クーリッジのキャンベルさんですか？」

クーリッジとは、情報調査会社クーリッジ・アソシエートの事だ。彼ら自身は、リスク・コンサルティング会社と称しているが、実体は、米英の情報機関の極東担当OBらを採用した民間情報機関だった。冷戦構造の崩壊で、世界中の多くのエージェント（スパイ）もまたリストラの憂き目にあった。そんな中、彼らのノウハウを有効利用しようと英国で設立されたのが、クーリッジ・アソシエートだった。社名は、元英国諜報部（MI6）の長を務め、同社を設立したバーナード・クーリッジ卿にちなんで命名された。

鷲津は、それを簡単にアランに説明してキャンベルの素性も明かした。

「サム・キャンベルは、米国中央情報局で長年極東を担当していた上級エージェントだったんだ」

「米国中央情報局って、もしかしてCIAですか！」

「そういう言い方をする人もいるな」

「でもどうして銀行の債権を調べるのに、スパイなんて」

鷲津は呆れ顔でため息をついた。そこですかさずリンが、言葉を挟んだ。

「アラン、あなた日本の歴代天皇の名前とかは知っているくせに、こういう重要なことはからっきしダメね。ベルリンの壁が崩れたとき、ＣＩＡは存続の危機に立たされたのよ。彼らは仮想敵国を失ってしまった。中東や中国はあったけれど、それまでのソ連や東欧のような強敵ほどの威力が、まだなかった。そんなとき、当時のＣＩＡ長官がこう言ったの。『これからは、我々米国は、経済戦争で勝利しなければならない。したがって我々の敵は日本だ。そして、必ずや我々は政府が満足する結果をもたらす』とね」

「ほんとですか？　でも、日米は軍事同盟も結んでいるし、一緒に手に手を取って発展してきた西側先進国のパートナーじゃないですか」

「それは八〇年代初頭までの話。八〇年代後半から九〇年代初頭にかけて、日本は奇跡的な経済成長を遂げて、ついに世界一の経済大国となった。それは、アメリカにとって屈辱的なことだった。何しろあの国は、いつも自分が世界一でなければ我慢できないわけだから」

鷲津が続けた。

「サムは、そうした政策転換直後から、主に日本の金融界と大蔵省の情報収集をニューヨークと東京で一〇年近く続けてきた。彼のおかげで日米保険交渉や様々な金融交渉は、交渉のテーブルにつく前からアメリカ政府に日本の方針が全て筒抜けになっていたというほどの凄腕だ」

「なるほど、鷲津さんの言う情報力というのは、そのレベルまでないとダメなわけだ。そんな凄い人が我々のビジネスのサポーターにいてくれたということですね？」

「まあね。だが、彼が活躍するのはこれからだ。今回の三葉の案件が『危ない』と最初に指摘したのは、サムじゃない」

「えっ！　そうなんですか？」

鷲津は頷き、リンにコーヒーを頼んで続けた。

「中延《なかのべ》さんだ」

「中延さんって、あのコマネズミの」

「こら、その言い方は止めろと言っているだろ」

「すみません、でもあの顔といつも背中を丸めている感じがそっくりだし、第一あの丸眼鏡の奥の目がネズミっぽいじゃないですか」

中延は、鷲津が大手都銀の不動産関係のエキスパートの中から探し出した人物だ。

住倉銀行出身の彼は、都内の大型不動産に精通しているだけではなく、同銀行が抱える反社の案件の対応を一手に担当していた人物だった。日本では余り知られていなかったが、アメリカの金融機関は、九二年、各銀行に不良債権の処分を盛んに持ちかけていた。

しかしその当時の日本の都銀は、不動産は持ってさえいれば、いずれまた高値になると信じて疑わずいくら米国投資銀行の凄腕が説明・説得しても、「弊行には不良債権なんぞ存在しない」と突き放した。

もちろん米銀はいつでもビジネスをスタート出来る準備だけは進めていた。彼らはまず、日米の業界関係者などに依頼して、日本の不動産事情を調査したり、人材探しを始めた。

企業買収ではアメリカである程度名を轟《とどろ》かせた鷲津も、不動産ビジネスはさっぱり分からなかったこともあり、クーリッジに頼んで不動産取引のエキスパートを探してもらったのだ。

この時、彼はいくつか条件を出した。

まず日本人であること、そして五〇前後の人物で、バブル時代の第一線で大きなディールに関わった人物を求めた。

アメリカ人の悪いクセは、世界で一番優秀なのはアメリカ人だと信じて疑わないことだ。その結果、多くのアメリカ人は日本でのビジネスに失敗する。

彼らの行動規範に「郷に入れば、郷に従え」という言葉はなかった。全てがアメリカ流であり、それが通じなければ、あらゆる手をつかってねじ伏せにかかる。

だが、それでは複雑怪奇な日本という島国では成功できない。そこで鷲津は、日本の不動産の流儀を知り尽くした人間を欲した。DCF法だ、収益還元法だという論理ではなく、「土地神話」を持つ日本の不動産の裏の裏まで知り尽くした人物を紹介してほしいと依頼し採用したのが、現在のホライズン・キャピタルの不動産部長、〝コマネズミ〟こと、中延五朗だった。

「彼はああ見えて、日本の不動産の裏の裏まで知り尽くしている。三葉から出てきた赤坂や六本木の物件を一瞥するだけで、『筋が悪そうですな』と見抜き、ちゃんと自分の足で、その『筋の悪さ』を確かめてくれた。だからアランが、そう指摘した段階で、彼らは安値について何も言えなくなったんだ」

鷲津の言葉に、アランは感心し、リンは嘆息した。

「ウチのボブなんてのも、その辺りが全然分かってないのよね。都心部の一等地の商業ビルなら何でもテイクしていく。でも、地主が複雑だったり、変な筋が絡んでいたりして、思うように買い取りが進んでいないようだもの」

「本当にこの国はファンタジックな国ですよね。世界で最も治安が良いのに、その国でエグゼクティブだと思われている金融界が、ギャング達と仲良しなんですから」

アランの言葉に、リンは顔をしかめた。

「私も日本には本音と建て前があることは知っていたけれど、そのギャップは半端なものじゃないもの」

「まっ、だからそれを知っている者は利を得、何も知らずに表面的な部分だけを見て商売をしようとすれば、大やけどをする」

鷲津はそう言って、コーヒーをすすった。だが、リンは引き下がらない。

「そうおっしゃいますけれどね、ミスター鷲津。とにかく驚いたのは、この国の法律のいい加減さよ。何しろ、利益相反に関する概念すらないのよ。それ以外の法律でも具体性が全くなく、使う側に智恵があれば、白が黒になる」

利益相反とは、「Conflict of interest」のことだ。たとえば、今回の三葉銀行のバルクセールの際、三葉のファイナンシャル・アドバイザーを務めるゴールドバーグ・コールズが、自分達の利益追求を最優先し、アドバイザーとして顧客の利益追求をおろそかにする場合などが問題とされる。ゴールドバーグが、バルクセールの売り手である三葉銀行のアドバイザーを務めながら、買い手のホライズンとグルになって自らの利を得ようとした今回のディールは、とんでもない利益相反になり、ここが、アメリカならば厳罰に処せられる行為だった。

「でも日本はそれでことが済むんだ。この間、中延さんと利益相反の話をしていたら、彼は、『メインバンクだったら、そんなことは当たり前ですよ、今でも』って、何がおかしいのかって顔されたよ。とにかく日本という国は、法律は網の目を大きくして、規制されるべき側の人間が上手に使えるようになっている。性善説が根底にあるがゆえだっていう人もいるが、実際のところは緩やかな制約の方が、色々と便利だったんだ。しかし、こういうものはいくら指摘しても当事者達が痛い目に遭うまでわからないものだ。だから、我々は日本の改革のために、金融法の不備を身をもって体験できる材料を作ってやるさ」

そう言われて、リンは眉間に皺をつくって首を左右に振った。

「政彦が本気で日本の改革を望んでいるとは到底思えないけれど、私達投資銀行にとっては、やりたい放題のアービトラージ（さや取り）天国よ、この国は。ただ、この愚かさぶりが哀しいわ」

「リンさんにも、相手を可哀想だって思う心があったんですね」

アランが真顔で言ったのにムッとして、リンは、皿にあったミニトマトをアランの額にぶつけた。

「アラン坊や、私にそういう口のきき方をすると、あとで酷い目に遭うわよ。私は、同じフィールドで勝負したいのよ。今の状態だと、何だか、竹槍で戦をしている侍に、トマホークミサイルを撃ち込んでいる気分でね」

「まあいい。で、本題だ。どうする、この高級観光ホテルは？」

鷲津の言葉に、二人の顔がビジネスモードに変わった。最初に口を開いたのは、アランだった。

「結論から言えば、今回は速やかに担保不動産を処理して、DONE《ダン》（＝終了）したいですね。このホテルも再建の価値はなしです」

「理由は？」

鷲津は、汚れた窓の向こうに見える相模湾を見ながら尋ねた。

「まず、建物は老朽化が進んでいるだけではなく、メンテナンスも酷い。ここをリゾートホテルとして使うなら、建て直しが必要です。ザッと見積もっても五〇億円ぐらいですか？　さらにサービスが悪く料理も悪い、スタッフの対応は最悪！　ですから、総とっかえが必要です。周辺の旅館街も同様の状態で、はっきり言って、街自体が座して死を待っていると言っても過言ではありません。以上の理由から、このホテルだけではなく、熱海をリゾートとして再生させるのは、金をドブに捨てるようなものです」

鷲津はそこでアランを見た。

「手厳しいな」

アランは肩をすくめた。

「異論、ありますか？」

だが、鷲津はそれには答えず、リンに見解を求めた。

「概ね、アランの言う通りね。新幹線は停車するし、温泉があり、さらに海と山の自然が豊かなど、要素的にはリゾートとして最高だと私も期待して来たんだけれど、街自体が観光とは何かが分かっていないところがあるし、まあ、街ごと全部買い上げてくれるだけのビッグなスポンサーが付かない限り、ここへの投資は無駄ね」

鷲津はアランにコーヒーを頼み、温かいだけが取り柄の泥のようなコーヒーをすすって、二人を見た。

「ここは、かつて代表的な日本のリゾート地だったんだ。戦後暫くは、新婚旅行のメッカでもあった。そんな名所も君らにかかったら、まるでスラム街を評価するよりも酷い有様だな。リン、一つだけ教えてくれ。観光とは何かが分かっていないというのは？」

「つまり、客をホッとさせる態勢がまるで出来てないのよ。新幹線の駅前は、一九六〇年代から時代が止まってしまったように寂れているし、タクシーやバスもしけてる。ホテルの対応に至っては、最悪。ホスピタリティどころか、泊めてやっていると言わんばかりよ。これじゃあ、全然、落ち着けない。ホント、立地としては最高よ。東京からも近いし風光明媚だし、最近急成長しているアジアのリゾート王にでもプレゼンしたら、街ごと買ってくれるでしょう。でも、それぐらいの規模でテコ入れしないと、この街は生まれ変わらないわ。第一見てよ、ここからの海の眺め。何であんなところにコンクリートの無粋な駐車場や看板があるのよ。私達は、海と緑を見に来たのよ。これじゃあ、風情もあったもんじゃない」

鷲津は、それをニヤニヤして聞いていた。

「おっしゃる通りだな。俺ももう少し期待したんだが、ここは、街ごとの再生以外、投資する価値なしだな。ただしアラン、連中は必死だ。精一杯搾り取ってくれよ。それと、ゴルフ場はウチが獲る」

午後から、鷲津とアランは、彼らが泊まっているホテル「金色屋」を経営するリゾート会社のトップと会うことになっていた。

彼らが、ひと月前に日信銀からバルクセールで買い取った中に同社の債権があり、ホライズンが、「債権者移譲のお知らせ」を同社に送りつけたら、すぐに社長直々に「お時間をいただきたい」と電話してきた。

そこで、鷲津は、相手が東京に来るというのを丁重に断り、自分達の方からお邪魔すると告げて、前夜、別の名前で宿泊してみたのだ。

アランは鷲津の話に頷いて、手元に持っていたファイルをチェックしていた。

「了解しました。一応、債権買い取りについては、相手の申し出を謹んで伺います。担保物件については、ここは処分、ゴルフ場は我々が買い取るということにしますか」

「どうせ、債権買い取りの金で四の五の言うのだろうから、ゴルフ場を物納するように仕向けてくれ」

「なるほど。そうすると、我々は競売で競り落とす無駄が省けますね。了解しました。いかほどにしますか？」

「お前さんの見立ては？」

「ええと、同社の評価額では、一五〇億円ですが、二〇億程度ですか？」

「いいだろう。但し、会員から預かっている預託金の返済については、我々はあずかり知らないという一札を入れてもらえ」

「了解しました」

既に、日本国内で数件のゴルフ場の買収に関わっているアランは、日本独特の「預託金制度」について質問を挟むこともなく、メモをした。

「じゃあ、そういうことだ。俺はもうひとっ風呂浴びてくるから、一階のロビーに一二時に。リンはどうする？」

途中から、彼らの話を聞かずにぼんやりと海を見ていたリンは、鷲津の問いかけで我に返った。

「私は、残念だけれど、東京に帰るわ。今晩、ニューヨークの朝会につきあわなきゃならないから」

日本勤務の外資系投資銀行マンの宿命である時差のために、彼女達は、ニューヨークの連中に合わせて深夜や早朝に、衛星を使ったミーティングをしていた。

「それはご愁傷様。何か、新しい動きがあるのか？」

「まあね。このホテルの債権を投げ売りした日信銀と長債銀の危機の分析をしろと言われているの。そして、ゴールドバーグとしての対応をどうするかというコンセンサスを考えないと」

「何だ、あの二つはそんなに危ないのか？」

鷲津は、今年年明けから「危機」が取り沙汰されていた二つの長期信用系の大手銀行の状況に興味を持った。

「まあ、日信銀の方は、七月に全国の銀行から三〇〇〇億円近い資金を寄付してもらって、表向きは再建し始めたばかりだから、もう少しもつとは思うんだけれどね」

「でも、実際は、実質破綻先だけで一兆円はくだらないという話もあるんでしょ」

アランの言葉に、リンは頷いた。

「まあ、あそこは、与党民自党の『貯金箱』と言われるぐらい、政治家絡みの意味不明の融資案件などが膨大だから、怖くて誰もパンドラの箱を開けられないっていうのが本音でしょうね」

「でも、そんな危ない銀行に、よく他の銀行は、お金を分け与えてやりますね。あんなことやって、自分のところの預金者や株主に訴えられないんですかねえ」

アランの疑問ももっともだった。倒れるものは、倒すべき。これはまさに自然の摂理だった。弱肉強食があってこそ、その世界は健全なのだ。だが、今回は住専への公的資金注入時のような世論の反発は少なかった。この日本という森は、地底深くから腐り切っていて、もはや自然淘汰とは何かすら忘れてしまっているんだろう。

鷲津は、アランの疑問を聞き流し、リンの意味深な言葉を質した。

「じゃあ、長債銀の方がやばいのか？」

「そういうわけじゃないんだけれど、今月半ばに、正式にＢＳＣ（バンク・オブ・スイス）と提携したでしょ。策士で知られるあのＢＳＣが、このタイミングで危機を噂されている長債銀と提携するっていうのは、どういう腹かなって思ってね」

あまりに不良債権の中身が酷い日信銀のおかげで霞んでいたが、長債銀の状態もけっして良くなかった。特に「太平洋のリゾート王」と呼ばれた人物が経営する会社との関係が、世間で言われている以上に複雑で、危機は目前かも知れないという観測があった。

「まあ、米銀よりエグいって言われてますからね、ＢＳＣは。大きな目論見があってのことでしょうね」

アランの言葉に、リンは苦笑した。

「当初はそうだったと思うの。ところが、この夏に連中が長債銀のデューデリをしてから、どうも雲行きがおかしくなってきた」

「おかしくなってきたというのは？」とアラン。

「これは、ウチのトップが大蔵省から仕入れてきた情報なんだけれど、BSCの上層部が急遽、大蔵の幹部と会って、BSCは長債銀にまさかの事があっても責任はとらないということを、両行の提携の条文に織り込むからと念を押して帰ったそうなの」

リンは、その話を鷲津を見ながらしゃべった。彼女は、この情報を鷲津が知っているかを探っているのだ。鷲津は、彼女の視線に答えるように小さく頷き、リンはそれをしっかりと受け取った。そんな二人のやりとりに気づかないアランは、少し興奮した口調で言った。

「じゃあ、いよいよ我々の出番が迫ってきたってことでしょうか！」

「まあ、君が言うと何でも簡単そうに聞こえるけれど、私達としては、もし、この両行に何かがあれば、すわビッグビジネスのスタートなんだから、そんな暢気《のんき》なことは言ってられないのよ」

リンは、そこまで言うと、また鷲津を見て尋ねた。

「念のために、ミスター鷲津、この二つが倒れた場合は、どうされます？」

鷲津は、リンの単刀直入の問いに一瞬驚かされたが、彼女の口元に笑みが浮かんでいるのを見て、軽く返した。

「どうすると言われましてもねえ。まあ、債権処理は喜んでお手伝いさせていただきますよ。既に、ウォード君を含め我々も、両行が抱えている債権の内容調査には入っていますからね。でも、ハットフォードさんがお尋ねなのは、我々に両行を買う気があるかどうかということでしょ」

「えっ！　マジですか！　やりましょう、やりましょう！　絶対！　すっごいディールじゃないですか」

アランの興奮をよそに、リンは冷たい笑みを浮かべたまま鷲津に返した。

「如何かしら、鷲津さん？」

「おいおい、我々を買いかぶらないでくれ。ウチは総額二〇〇億の小さなファンドですぞ。そんな大きな案件を買える力はございません」

「何をおっしゃる。あなたが、ニューヨークとロンドン、パリに電話を入れれば、一〇〇〇億円規模のファンドなんて数日でできるでしょ。この辺で、〝ゴールデンイーグル〟と異名をとった鷲津政彦の凄さを見せつけて欲しいものだわ」

鷲津は、そう言われて笑い声をあげた。

「これはこれは、ハットフォードさんともあろう人が、人を見誤るとは」

リンもアランも彼に釣られて笑った。だが、リンはすぐに真顔になって、鷲津に再度尋ねた。

「じゃあ、その気はないのね」

「ないね。俺は銀行は買わない。俺が欲しいのは金のなる木であって、薄い利ざやで汲々としている貯金箱じゃない」

「そう、そんなに酷いのね、分かった。私達も参考にさせてもらうわ」

彼女はそう言うと、鷲津の顎を自分の口元に引き寄せると、鷲津に口づけして身を翻した。

「一ついいか？」

鷲津が、リンの背中に問うた。リンは嬉しげに振り向いた。

「何？」

「山野証券の事で、何か聞いてないか？」

リンは、呆れ顔でこちらに戻ってきた。

「呆れた。知ってるのね、その噂？」

「噂って、何です？」

アランの問いを無視して、鷲津が言った。

「問いに答えてくれ」

「何かって何？　そんな曖昧な日本人は嫌いよ」

そう言われて鷺津は、口元をほころばせながら返した。

「スイスの会社との合併話が動いている一方で、アメリカ最大の証券会社もあれこれと下工作をしているようだね」

「ピンポーン。実は、今晩の会議の本題はそれよ。ゴールドバーグ・コールズが、その某米国大手証券のファイナンシャル・アドバイザーになったそうで、クライアントが山野の実情を知りたいんだって」

「なるほど。で、ミズ・ハットフォードは何と答えるつもりだ」

「何と答えたらいいと思う？」

「それは、俺が決めることじゃない。ただ、あそこは、アメリカだったら大陪審が動くほどの犯罪行為を隠しているという噂がある」

リンは、その言葉にハッとした。そして、今度は他人の目を憚らず、鷺津に抱きついた。

「ありがとう、ダーリン。助かったわ。やっぱり簿外債務の噂は本当だったのね」

鷺津は薄笑いを浮かべたまま、彼女の耳元に囁いた。

「俺は何も知らないよ。だから俺が言ったなんてのは、なしだ」

彼女はそこで、彼から離れ敬礼した。

「イエッサー！　ねえ、今晩、東京に戻るんでしょ」

彼女は、鷲津の返事を待たずに続けた。

「お礼にごちそうするわ。会議終わったら電話する。じゃあね、アラン。あんまりゲームばっかりしちゃ、お仕置きよ」

リンはそう言うときびすを返し、周囲の好奇の眼差しをものともせず、レストランを出ていった。

3

一九九七年九月二九日　日光・中禅寺湖

「うわぁ、きれい！」

目の前のテーブルに出てきた、ブルックトラウトのムニエルを見て、少女は嬉しそうに歓声を上げた。

ずぶ濡れになりながらもめげずに貴子のアドバイスを素直に聞いて、初フライで釣り上げた初釣果だった。

「よし、一枚写真撮るぞ。松平さんも良かったら一緒に入ってやってください」

父親がそう言ってカメラを構えるのに照れながらも、貴子は、中禅寺ミカドホテルのメインレストランのテーブルで嬉しそうにカメラを見つめる一四歳の少女、芝野あずさと一緒にカメラに納まった。

たまたま二人も、このホテルに泊まっていると聞いて、彼女が湯川から携帯電話で料理長に電話を入れ、この席をお願いしたのだ。

初めての釣果なのだ、新鮮なうちに、マスを知り尽くした一流の料理人の手でおいしく料理してもらえれば、こんな素晴らしい想い出はない。それを電話で説明したら、シェフは二つ返事で了解してくれた。

そして芝野と貴子の前にも同じブルックトラウトのムニエルが出され、彼らのそばで笑顔で立っていたシェフが、料理を説明してくれた。

「この季節のブルックは脂がのっているので、白ワインをベースにしたホワイトソースで味付けしてみました。レインボーの方は、せっかくですので、お刺身としてもお出しします。川魚のお刺身のおいしさもぜひ味わってみてください」

そう説明した直後に、捕れたてのニジマスの刺身が丸い色皿に牡丹の花をあしらったように綺麗に飾られて出てきた。

「わあ、こっちもきれい！　本当に花が咲いたみたい！」

川に浸かってべそをかいていたとは思えないほどの眩しい笑顔で、あずさは歓声を上げた。

そうだ、これこそがこのホテルでお客様に味わって欲しいことなんだ……。

貴子はそうしみじみと感じ、目を細めてあずさと父親に料理の説明をしている料理長の嬉しそうな横顔を見上げていた。

こういう機会をたくさんつくればたくさんのファンが出来、不便を押してでもいらしてくださるようになるんだ。

「うわ、とろけそうなぐらいおいしい！　ねえ、貴子さんも、早く食べて！」

「おいおいあずさ。貴子さんは、マスのおいしさは十分ご存じだよ」

芝野がそう言うのに首を左右に振って、貴子もシェフ自慢のムニエルを口に入れた。ホワイトソースのまろやかさと搾ったレモンの味のさわやかさ、それに脂ののったブルックならではのうま味が調和して、何とも言えない味わいの妙を作り出していた。

「おいしい！」

貴子の言葉に、シェフの表情はさらに明るくなった。

「ありがとうございます。お嬢様にそうおっしゃっていただけると無上の幸せです」

長身のシェフは神妙に深々と頭を下げた。

「えっ、お嬢様って、貴子さんってもしかして？」

耳ざといあずさがそう尋ねた。シェフはハッとしたようだったが、貴子が頷くのを見ると、微笑みを浮かべて改めて彼女を二人に紹介した。

「はい、こちらは、手前どものミカドホテルグループのオーナーのお嬢様です」

「ええ、すっごい。何だか今日は滅茶苦茶得した気分だね、お父さん！」

隣にいた父親もびっくりしたように居住まいを正し、頭を下げた。

「そうでしたか、こちらのお嬢様だったんですね。いや知らなかったとはいえ失礼致しました」

「やめてください。別にそんな大層なものじゃありません。ただの跳ねっ返り娘なんです。ただ、このシェフの井筒さんのお料理が、子供の頃から大好きで。それで、差し出がましいことをしてしまいました」

「いいえ、とんでもない。本当にこんなすばらしい昼食をいただけて、私達こそ恐縮しています」

芝野にそう言われて、貴子は赤面してうつむいてしまったが、あずさの明るさがお互いの恐縮した気分を吹き飛ばした。

「あの、このお刺身は、どうやって食べるんですか？」

「おい、あずさ、お前、はしたないぞ！」

　そう言われてシェフは刺身醤油が出ていないことに気づき、すぐに下がって、醤油と三人分の小皿を持って戻ってきた。

「それでは、ごゆっくり。あとで、このホテル特製のデザートもご用意しておりますので」

「ええ、嬉しい！　楽しみにしています！」

　あずさは、そう言って井筒シェフに礼を言うと、箸でニジマスの刺身を取り口に運んだ。

「うん、おいしい！　私、すっかりマスのファンになりそう！」

　芝野は恐縮しきりだったが、それでも贅沢な料理に舌鼓を打ち、そのたびに貴子に礼を言った。

　あっという間に目の前のご馳走は平らげられ、自家製のカシスのシャーベットとコーヒーが出されたところで、芝野が貴子に尋ねた。

「以前、日光の方のミカドホテルには泊まったことがあったんですが、こちらのホテルは、日光とは違う雰囲気で良いですね。スイスにいるような錯覚に陥りますよ」

中禅寺ミカドホテルは、元々、昭和の初期に木造三階建ての黒瓦葺き和風コテージとしてオープンした。平成に入った直後に、より現代的な長期滞在型のリゾートホテルを指向して、総額一〇〇億円の巨費を投入して改築された。

鉄筋コンクリート三階建てなのだが、外壁と内装は全てカナダから取り寄せた樫材を使った豪華な造りで、採光にも工夫を凝らし、自然光がさんさんと降り注ぐレイクサイドホテルだった。

「ありがとうございます。ここにいらっしゃる多くのお客様が、そうおっしゃってくださいます」

「失礼ですが、松平さんは、ここの支配人か何かをされているんですか?」

「いえいえ、実は私は、東京のホテルに勤めております」

「そうですか、ミカドホテルは東京にもあるんですね」

「いえ、そうじゃないんです。私は、ミカドとは関係のないところに勤めております」

「えっ、どこですか? 今度遊びに行きますよ」

アッという間にシャーベットを平らげ、父の分を引き寄せながら、あずさがそう言った。

「こら、あずさ。お前、さっきからちょっと失礼が過ぎるぞ」

「いえ、いいんですよ。お台場のロイヤル・センチュリーホテルです」

「あっ、知ってる！」

そう娘が声を上げると、父親は眉間に皺を寄せて問い質していた。

「何で、お前がそんなホテルを知ってんだ」

「だって、ママと一緒にケーキバイキング行ったもの」

「まあ、そう？　うちのケーキバイキングは、ちょっといいでしょ。実は私も密かにファンなんだ。今度招待券をお送りするから、一緒に行きましょうか？」

「うん、行く行く！」

「おい、あずさ。頼むからもう少しおしとやかにしてくれ」

父親の困惑顔に娘は頬を膨らませるだけだった。

「何かとがさつな娘ですみません。何しろ海外での暮らしが長かったものですから、どうも、ちょっとテンション高くて」

「そうですか、うらやましいですわ。海外はどちらで？」

「ニューヨークに二年余り。私は、合計六年ほど行っているんですが、残りは娘と女房は日本に残った、単身赴任でした」

「ニューヨークですか、良い街ですね。じゃあ、金融関係のお仕事をされているんですか？」

「ええ、まあ」

「つまらん銀行員ですわ。三葉銀行って知ってます？」

あずさが訳知り顔でそう言う。それがおかしくて、貴子も芝野も笑い声を上げた。

「ごめんなさい、ここは笑うところではないですわよね。そうですか、三葉銀行にお勤めなんですね」

「改めまして」

芝野はジャケットのポケットから名刺入れを取り出して、一枚差し出した。

「ちょっと、お父さん、それダサ過ぎ！　こんなところで名刺なんて出さないでよ」

あずさにそう言われて、芝野はハッとして手を引っ込めかけた。だが、貴子が受け取る方が早かった。

「いえ、頂戴します。あの、私は、名刺持ってきていないものですから」

「そうよねえ、バカンスに名刺持ってくるなんて、サイテーよねえ」

あずさの言葉に、芝野は反省しきりだった。

「いえいえ、そんなことないわよ。あずさちゃん。ビジネスマンとしては、たとえバカンスでも名刺はちゃんと携行しないと。失礼ですが、この資産流動化開発室というのは？」

貴子は、芝野の名刺にあるセクション名が気になって尋ねた。

「ああ、それですか。ええと、分かりやすく申し上げると、不良債権の処理を推進する部署です」

「それは大変ですね」

「ええ、まあそれなりには。いやあ、済みません。せっかくのお休みに、名刺切るなんぞという無粋なことをしてしまいまして」

「いえ、本当にお気遣いなく。あの、少しお教え戴いてもよろしいですか？」

貴子は一瞬迷った末に、そう切り出した。

「はい、何でしょう？」

「最近、銀行の貸し渋りとか貸し剥がしとか言われてますよね。実際には、どうなんですか？」

不意に、芝野が背筋を伸ばして言った。

「当行には、貸し渋りも貸し剥がしも一切ございません！　というのが、表向きのスタンスですね。ですが実際は、日本中の銀行がかなり厳しい状況でして、返してもらえるものは一円でも多く返してもらい、少しでもリスクのあるところには、様々な理由をつけてお引き取り願うというのが現状だと思います」

「なんだか、それって酷くない？」

暫く黙っていたあずさが、また口を開いた。芝野は、ちょっと困った顔になった。

「そうだ酷い話だ。だが日本の銀行は今、自分達を守ることで精一杯なんだ。哀しいけどな」

「じゃあ、新しい融資をお願いするには、一番まずい時期ということでしょうか？」

話がまた親子喧嘩に向かう前に、貴子は聞きたいことを口にした。

「そうですね。正直申し上げれば、今は銀行から融資を受けるのは至難の業でしょうね。もちろんソニーやトヨタが相手なら、いくらでも貸すでしょうが」

「そうですか……」

貴子は、少し悄然としてそう呟いた。

「あの失礼ですが、何か融資でお困りなんでしょうか？」

芝野の心配そうな顔を見て、貴子はのみ込みかけた相談を口にした。

「たとえば、このホテルの再建に追加融資をお願いするとすれば、どうすればいいと思いますか？」

「えっ、このホテルの再建、ですか……。参ったな」

芝野はそう言うと、本当に困った顔で腕組みをしてしまった。

「そんな深刻に捉えないでください。ちょっと専門家の方に聞いてみたかっただけですから」

貴子は、すぐに自分の質問を後悔した。

「実は私自身ここに昨日チェックインしたときに、まだハイシーズン直後のこの時期で、この人の入りで大丈夫かなって思ったものですから」

「やっぱり……」

「いや、ふと思ったたっていうレベルなんですけれどね。で、先ほどの松平さんのご質問ですが、このホテルに対しての融資については、ここの財務状態などを拝見しないと何とも言えません。しかし、もし融資の内容が再建のためとなると、限りなく可能性はゼロに近くなるでしょうね」

「そうですか……」

「失礼ですが、かなり厳しいんですか？　このホテルの経営内容は？」

貴子は、どこまで話すべきか迷った。結局、自分の立場ではこれ以上話せないという結論に達した。

「私も詳しくは知らないんです。ただ、こんな時代ですから、そういうことも考えなければならないのかなと思いまして……」

「そうですか。じゃあ、一般論として申し上げると、バブル崩壊の影響を一番もろに受けた業界の一つは、旅館ホテル業だと言われています。特にバブル時代まで、社員旅行などの団体旅行を大量に受けて繁盛していた観光旅館系は、軒並み経営危機に瀕しています。さらに、ゴルフ場や他の遊戯施設などにまで手を広げたところは、もう瀕死ですね。そして、こういうところには、銀行としてもなかなか追加融資できないのが現状です」

「どうして？」

さっきとは別人のようにおとなしくなり、神妙に話を聞き始めたあずさがそう尋ねた。

「それはそれらの旅館やホテルがひと月に返済する借金の額の方が、ひと月に売り上げる収入より高いからだ」

「えっ！　まじで？」

芝野は、娘の驚いた顔に頷いた。

「バブルの時代は、お金をどんどん使って必要以上の贅沢感を出すことが当たり前だった。その結果、建築費用もバカ高かった。しかし、日本中の会社が儲かっていた時代で、社員旅行なんて湯水のように金を使ってくれたから帳尻が合ったんだ。ところが、バブルが弾けた途端、社員旅行を縮小したり、やめてしまったりし始めた。そうすると、最初から団体旅行目当てに造った大型観光旅館なんかは一気に火の車になる」

同じ業界に身を置く以上、貴子もそうした事情は重々承知していた。ホテル業界、旅館業界の惨状をあげれば切りがなかった。

芝野が続けた。

「でも、ミカドホテルの場合、そういう失敗はないでしょう。何しろ、高級リゾートホテルで有名なんですから、団体を最初から受け入れてこなかったでしょうからね」

そうだ。最初からその方針を貫けば、今の危機はなかったのだ。実は建て直された中禅寺ミカドホテルは、アッパー層の団体旅行客を狙って造られた、「無駄な贅沢を尽くしたバブルホテル」だったのだ。

4

一九九七年九月二九日　熱海

熱海国際観光ホテル「金色屋」を経営する株式会社熱海国際観光は、JR熱海駅前に薄汚れた六階建ての自社ビルを持っていた。

鷲津とアラン・ウォードは、約束の時間通り午後二時に同社を訪ね、六階にある応接室に案内された。

六〇年代の日活ギャング映画に出てきそうな古びた応接セットと、手前に熱海の名物「金色夜叉《こんじきやしゃ》」の貫一お宮の像を入れて描いた「金色屋」の油絵があるだけの、殺風景な部屋だった。

アランは、体が沈み込みそうになるソファの端に腰を下ろして、用意したファイルを開き、交渉ポイントをおさらいしていた。

熱海国際観光は、「金色屋ホテル」として一九三六年に熱海に創業。五〇年に法人改組した。

ホテルの名は、尾崎紅葉の名作「金色夜叉」にちなんだ。

「吁《あゝ》、宮さん恁《かう》して二人が一處《いつしよ》に居るのも今夜限《ぎり》だ。お前が僕の介抱《かいはう》をしてくれるのも今夜限、僕がお前に物を言ふのも今夜限りだよ。一月の一七日、宮さん、善《よ》く覚えてお置き。來年の今月今夜は、貫一は何處《どこ》で此月《このつき》を見るのだか！　再來年《さらいねん》の今月今夜……十年後《じふねんのち》の今月今夜……一生を通《とほ》して僕は今月今夜を忘れん、忘れるものか、死んでも僕は忘れんよ！　可《い》いか、宮さん、一月の一七日だ。來年の今月今夜になつたならば、僕の涙で必ず月は曇らして見せるから、月が……月が……月が……曇つたらば、宮さん、貫一は何處かでお前を恨んで、今夜のやうに泣いて居ると思つてくれ」

という名台詞で知られる同作品にちなんで、海岸に立てられた貫一お宮の像の真正面に位置する立地と、豊かな湯量、そして団体客をもてなす大広間を用意して、高度経済成長期の新婚旅行ブーム、続く社員旅行の定番化で、同ホテルは常に人気の上位を守った名門として知られていた。

創業以来の木造瓦葺きの三階建ての本館には、谷崎潤一郎や三島由紀夫、泉鏡花ら文豪や、マッカーサーが訪れたこともある貴賓室があり、今なお旅行ファンには、一度は泊まってみたい高級旅館として名を馳せていた。一方の新館は、鉄筋コンクリート造り七階建ての団体用の典型的な温泉地の観光旅館で、最盛期には、一日三〇〇人の宿泊客に対応できる熱海でも有数の大型旅館の一つだった。

同社の躓《つまず》きは、まずこの新館の過剰投資にあった。新館は、一九七五年に完成したのだが、その後、後背地を利用した大型露天風呂、二〇〇人収容の大ホール、さらには、結婚式場などの建て増しを続け、経営を圧迫した。

にもかかわらず、八七年に静岡県東部の富士宮市で総額一五〇億円を投じて一八ホールの「富士見原カントリークラブ」の建設に着手、九〇年にオープンさせた。しかし募集開始時五〇〇〇万円近くした会員権は、既に一〇〇〇万円台にまで落ち込んでいた。ゴルフ場自体も維持費が嵩み経営は赤字が続き、返済時期が近づいている預託金は、返せそうになかった。

同社は静岡選出の民自党の有力代議士の口利きもあって、経営危機が噂されている日信銀から多額の融資を受けていたがそれも既に不良債権化していた。

ホライズン・キャピタルは、八月に同行から買ったバルクセールで、熱海国際観光の約二〇〇億円分の債権を取得していた。

ホライズンでは売買契約が成立した八月末に、ホライズン・キャピタル名義で各債務者に、債権者が代わったことを知らせる「債権者移譲のお知らせ」を発送した。

毎月決められた額を金利を含めて返済している債務者にしてみれば、債権が移譲されても、従来通りの返済であれば特に慌てることはない。

しかし、いずれもがバルクセールに放り込まれるような「危ない債権」ばかりだ。その通知を受け取ると、それぞれの思惑に則って面白い動きが始まる。

「動き」は大別すると二つに分かれる。

一つは、そもそも債権者の移譲という文化がなかった日本だけに、「自分達は、こんな得体の知れない会社から金を借りた覚えはない！」と怒り出す債務者だ。だが、彼らは文化の違いに怒るのではない。そうしたことにかこつけて、自分達の債務は不当だという理由付けにしようと「騒ぐ」のだ。

だが、債権回収のプロ達は、そんなリアクションには一向に動じない。時には、債務者が前の金融機関と結んだ返済計画を白紙にし、新しい返済計画を一方的に通告し、払えなければ担保の処分や、他の資産の売却等を迫る強面《こわもて》も多い。

二つ目のタイプは、そうした強面の債権回収者を畏れて「とにかく一生懸命返済するので、無体はやめて欲しい」と懇願するタイプだ。だが、これもさほどの効果はない。ただ時に彼らの中に、有り金をはたいて「これで勘弁して欲しい」と頼み込んでくる債務者がいる。たとえば三〇億円の債務が残っているにもかかわらず、担保もなく債権回収者も「回収不能」と諦めているような相手が突然、一億円を手にやってくるような場合だ。そういう相手は、その一億で三〇億の借金を「消却してほしい」と懇願してくる。

そこで債権者は、難しい顔で、「しょうがないですねえ」と債権を反故《ほご》にし、借りた側からは「ホトケ」扱いされることになるのだ。

不良債権ビジネスの世界では「ベターオフ」が理想だと言われる。すなわち、バルクセールでバランスオフできる銀行の負の遺産は前よりは良くなり、債務者側も借りていた額の数分の一で借金が清算できる。もちろん、その間にいる不良債権処理業者も利ざやを得られる。プレイヤー全員が、それぞれに「よりベターになれる」ビジネス。そう考えれば、不良債権ビジネスもけっして悪ではないという発想ができる。

しかし、三〇億円の融資の原資は預金者の預金であり、銀行の手落ちで二九億円も損を出して、「みんなハッピーで、ベターオフになるから良かった」という理屈は通用しない。彼らが真っ当な融資をし、それを不良債権にせずに返済してもらえたなら、預金者の利回りはもっと良くなったかも知れない。

しかし日本の場合、そうした銀行の杜撰な融資が、「バブル崩壊」という社会現象の影に隠されてしまった。さらに政官財が一体となって「この苦難を国民が一致団結して耐えよう」というキャンペーンを展開。結果的には、「不景気だから銀行の金利が下がるのは仕方がない」という諦めを植え付けた。また様々な巨額の債権放棄も、「日本経済の屋台骨を守るためにはやむなし」というムードをつくり上げ、預金者は「自分の預金が減るわけじゃないのであれば致し方ない」と納得してしまう。

その結果、九〇年代以降始まった金融危機の対策には、当初は「預金者保護」というお題目を唱えるのだが、結果的には政官財の鉄のトライアングルの中にいる者だけが「ベターオフ」になってしまう。この構図が、日本がなかなか金融危機から抜け出せない大きな要因にもなっていた。

さて今回の熱海国際観光の場合、どうやら後者のケースのようだった。

彼らは「債権者移譲のお知らせ」を手にしてすぐに、ホライズン・キャピタルに電話を入れてきた。

「一刻も早く、債権回収担当者とお話をさせていただきたい」

財務担当者ではなく社長から直々の電話で、その声はとても切実だったと、電話の応対をしたスタッフがメモしていた。

そこで相手が自分達からお伺いするというのを制して、鷲津達が熱海にやってきたのだ。

待たされること約五分。乱暴なノックの音がして、パンチパーマとゴルフ焼けした顔に小太りの体が印象的な五〇代後半の男と、目つきの鋭い細身の三〇前後の男が入ってきた。

「いやあ、大変お待たせしました。こんなむさ苦しいところにわざわざ足をお運び戴きまして、恐縮です」

年輩の男の方が満面に愛想笑いを浮かべて、二人に深々と頭を下げた。

「社長の金田大作と申します。これは、娘婿で専務の山中です」

金田はそう言うと、金の社章を刻印した厚めの名刺を差し出した。会社の名前以外に、熱海観光協会副理事だとか、熱海ロータリークラブ会員などとくだくだと肩書きが羅列されていた。

「初めまして。ホライズン・キャピタルの鷲津と申します。こちらは、バイス・プレジデントのウォードと申します」

分厚い瞼をしばたたかせて金田社長は両手で名刺を受け取り、アランが流暢な日本語で挨拶したのに感嘆の声を上げた。

「ほお、おたく、日本語がお上手ですな。どうぞ、よろしく」

アランは、相手の押しの強さに辟易しながらもぺこりと頭を下げた。誰もが彼の童顔とどことなく丁寧な日本語、そして、人と会うのが苦手そうな態度に騙されてしまう。

金田社長の隣にいた山中専務は無表情なまま名刺を差し出した。

「いやあ、びっくりしました。突然、外国の会社の名前の入った手紙が来たと思ったら、債権者が代わりましたとあるじゃないですか。一体何が起きるんだと思うと心配でね。そこで、元横須賀銀行におりましたこの山中に相談したら、早急におたく達に返済計画を教えてもらうべきだと申しまして」

社長はそうまくしたてすっかり汗ばんだ額を派手なブランド物のハンカチで拭った。アランはいかにも素朴な好青年の仮面をつけて何度も頷いた。鷲津は例によって微笑みを浮かべながら、静かに傍観していた。

「お気持ちお察しいたします。確かに突然、債権者が代わったという通知は、びっくりするものです。ですがご安心ください。我々は蛇でも鬼でもありません。今まで通りのご返済を続けてくだされば、何のご心配もいりません」

社長はアランの丁寧な物言いに暫く驚いたように黙り込んでしまった。そして、隣にいる娘婿の顔色をうかがってからアランに尋ねた。

「さあ、問題はそこなんです。あなた方がおっしゃっておられる今まで通りの返済というのは、具体的にはどういうことでしょう？」

今度はアランが呆ける番だった。彼は、相手の顔を驚いたように見た後微笑みを浮かべて答えた。

「それは当初、日信銀様と契約された再建計画通りというお話で」

「えっ！　やっぱりそんなことに」

「実は、お恥ずかしいお話なんですが我々の会社も、バブル崩壊以降経営が厳しくなっておりまして、ここ一年ほどは、当初の計画通りの返済が出来ていない状態なんですわ」

「と言いますと？」

アランは、そこで本当に困った顔をする。

「そうでしたか……。それで実際は、いかほど？」

その問いに答えたのは、山中専務だった。

「一年前から、金利だけのお支払いでご勘弁戴いていたのですが、ここ半年は金利の半分相当を返済するのがやっとでして」

「ただ、日信銀さんとは昔からのおつきあいでして、ご存じかどうか分かりませんが静岡選出の民自党の黒居先生のお引き立てもあって、色々とご便宜を図っていただいて参りました。そこで我々がご相談と申し上げたのは、今後もその辺りをご考慮戴ければと思いまして」

途中から話に割り込んできた社長が、揉み手までしてそうねじ込んだ。

鷲津が中延らに調べさせたところ、金田社長は黒居代議士の熱海地区の後援会長を務め、日信銀から融資を受けた際には、最低でも一〇％以上の「謝礼」を出していたようだった。彼らが開発したゴルフ場の開発申請の際も、黒居代議士が地元自治体の許認可に動いたという話もあった。

　アランはいよいよ本領を発揮し始めた。彼は困惑顔をさらに深めて質した。

「済みません。私の日本語に問題があるのだと思うのですが、その辺りのご考慮というのはどういうことですか？」

「いやあ、そう詰められると困りますなあ。ねえ社長さん。あなたなら私どもの申し上げることがご理解戴けるかと思うのですが」

　鷲津は顔をほころばせて頷いた。

「おっしゃる趣旨は分かります。ただ我々のビジネスに曖昧は禁物でして。大変恐縮ですが、具体的にどのような返済計画をお望みか、お聞かせ戴けますか？」

　鷲津は、ビジネス用の物腰の柔らかい落ち着いた口調でそう返した。その言葉に、今度は金田社長が困った顔をした。

「具体的にですか……。ああ、専務、じゃあ君から説明して」

「先の債権者だった日信銀様とは、ここ当分、月五〇〇万円の金利の一部をお支払いするということで話がついておりまして。それを御社にお願いするのは甚だ失礼だとは存じますが、何卒これでご容赦戴ければと思います」

そう言って、二人は鷲津らの前で深々と頭を下げた。

アランは微笑みを浮かべたまま答えた。

「それは無理です。大変申し訳ないのですが、我々の債権回収の方法は二つしかありません」

その言葉に二人がハッとして顔を上げた。

「と、言いますと？」

「一つは、毎月定められた返済額を滞りなくお支払いいただく」

「あなたも分からない人だなあ。ですから」

だが、アランは社長の目の前に大きな手を広げてそれを制して、自分の言葉を継いだ。

「もう一つは、債務を即刻完済戴くかです」

「何を言ってるんだ、あんたは！　あんたじゃ話にならん。ねえ社長さん、お分かりでしょ。急にそんなことを言われても、我々としては無い袖は振れないんだ」

鷲津も、微笑みを浮かべたまま何度も頷いた。

「事情はよく分かります。ですが我々は、債権の回収に当たって日信銀から何の制約も受けていません。我々としても同行から買い求めた債権を回収しなければ、企業として存続できないんです。したがって、今ご提案された内容には応じることはできません。本当に申し訳ないのですが」

「ならば、好きにされたらいい！　取れるもんならお取りなさい。あんたら外人に雇われている似非《えせ》日本人には分からんだろうが、我々は日本の観光の聖地である熱海を代表する老舗《しにせ》旅館なんだ。我々を潰そうとすればニッポンが許さんから、その覚悟でやるんだな」

鷲津は、ニンマリとして頭をかいた。

「これは、恐れ入りました。我々も、ニッポン相手に喧嘩を売ってもいたしかたありません。では、一つご提案を致します。御社にとってもけっして損ではない条件をご提示するということで如何でしょうか？」

その一言で喧嘩腰になった金田社長が怒りを静め、渋面のまま腕組みをした。

「話だけは聞かせてもらいましょう」

一体どっちが債権者なんだ……。鷲津はこの開き直りに呆れながらも、隣でファイルを開いているアランに頷いた。

アランは二人に一枚の紙を差し出した。

「八月末現在で、御社が日信銀から受けられていた貸付残高は、二一三億円余りです。その債権には、本社ビル、ホテル『金色屋』、そして『富士見原カントリークラブ』が担保不動産としてつけられています。

そこでご相談と申しますのは、これらの債権をこれから二週間以内で、二〇億円でお売りします」

「えっ！」

「何だと！」

山中専務と金田社長がほぼ同時に驚きの声を上げた。

「不良債権処理には、ＤＰＯ、つまりディスカウント・ペイ・オフという考え方があります。すなわち、残高を一括払いして戴く代わりに、債権をディスカウントさせて戴く考えです」

「今、おたくは、二一三億円もある債権を我々が二〇億円で出せば、チャラにすると言ったのか？」

アランは、目映いばかりの笑顔で頷いた。

「そうです。いかがですか？　悪い買い物ではないと思いますよ」

金田と山中は信じられないという顔で互いを見合わせた。そこでアランはとどめを刺した。

「さらにゴルフ場に関しましては、我々が改めて買わせて戴ければと思っています。その場合、債権の売却額から、その分を先に引かせて戴きます」

「あんた、『先に引かせてもらう』とおっしゃるが、あれは総額で一五〇億円もかけたんですぞ。それを二〇億から差し引くとはどういう意味だね」

アランは肩をすくめた。

「お言葉を返すようですが、今、あのクラブの市場価値は、一〇億から一一億がせいぜいです。それを我々は一五億円でお引き取り致します」

そこで鷲津がダメを押した。

「もし御社でそれ以上の売却が可能であればそうしてください。我々としてはどちらでも結構です」

再び、金田と山中が顔を見合わせ、山中が訊ねた。

「じゃあ、我々はあと五億お支払いすれば、この債務を消せるわけですな」

「そういうことです」

鷲津の言葉に、二人の表情が緩んだ。

この会社にその五億円が捻出できるのかどうかも既に調査済みだった。彼らが持っている温泉の温泉利用権、ホライズンが取らなかった「金色屋」とこのボロビルも、地元の不動産屋なら地価の半額程度では取ってくれる。そして彼らが債務の処理をしたことで、二番抵当だった地元銀行が第一順位の債権者となることから、そこからのサポートも幾ばくかは期待できるはずだった。それらを集めると総額で約五億円。

そこで、アランがもう一つ条件を提示した。

「ただし、ゴルフ場を我々が、お引き取りするときには条件があります」

「何です？」

もうすっかり浮き足立っている金田社長が尋ねた。

「富士見原カントリークラブは会員権を発行されて、会員の方々の預託金でカントリークラブをオープンされたと聞いております」

「おっしゃる通りです。オープン当初は、一口五〇〇〇万はくだらなかった名コースですぞ」

「そう伺っております。しかし我々が買い受けたいのはゴルフ場とその営業権のみです。したがいまして、会員の方への預託金の返戻につきましては負いかねます」

「負いかねるというのは、どういうことです」

元銀行員の山中専務がすかさず尋ねてきた。アランは当たり前の顔をして答えた。

「それはつまり、ホライズンは会員の方々に預託金の返戻の義務を負わない、という一札を入れて欲しいということです」

「じゃあ、それは誰が払うんです」

金田社長が言わずもがなの質問を投げてきた。アランはまた肩をすくめた。

「それは分かりません。ただ、我々でないことだけは確かです」

「しかし、それじゃあ一五億のはした金で、御社に売却する意味がないじゃないですか」

山中の言葉に鷲津は呆れた。語るに落ちたとはこういうことじゃないか。鷲津は軽い笑い声を上げてそれをいなした。

「あはは山中専務、あなたもお人が悪い。会員の方の預託金の返戻義務を残したままで富士見原カントリークラブを譲られた場合は、我々は破産しちゃいますよ」

「なに大丈夫。過去、会員の中で預託金の返戻を求めた例は一例もありゃせん。だから、そんなことを気にせんでいい。何しろ黒居さんが名誉理事長をされているんだからね」

鷲津は嬉々としてそう話す金田社長の言葉に何度も頷いた。

「なるほど。それで安心しました。では預託金返戻義務の方は、御社の方でよろしくお願いいたします。詳細は数日中に文書をお送りします。それでは二週間後の午後三時に、東京・神谷町の弊社までいらしていただけますか。それまで当方で契約書をご用意しておきます。そんなことはないと願っておりますが、もしその期限が過ぎてしまいますと、我々としては法的手段をとらざるを得なくなりますので」

鷲津は、まだ啞然としたままの二人の役員を残し、アランと共に応接室を出た。

バルクセールの秘密保持契約のもう一つのメリットは、売り手側も各案件がいくらで売却されたのかをけっして口外しないことにあった。だから簿価で二一三億円の熱海国際観光の担保付き貸付債権を、彼らが二億円で買ったことは絶対に知られることはなかった。

エレベータに乗り込んだとき、鷲津はそれでも思わずこう呟いていた。

「またつまらぬビジネスに手を染めてしまった……」

5

一九九七年九月二九日　日光・中禅寺湖

貴子の父親、松平重久が中禅寺ミカドホテルに到着したという連絡が入ったのは、午後三時過ぎだった。

芝野父娘とゆっくり食事をした後、今度は、中禅寺湖でフライフィッシングに挑戦するという二人と別れ、彼女は自室に戻り仮眠した。前日も仕事を終えてから車を飛ばして、ホテルに到着したのが午後一一時。午前一時ぐらいまで、料理長と酒を飲んだ後、四時間ほど睡眠をとっただけだった。

僅か二時間足らずの仮眠だったが、目覚めた時には、随分と体が軽くなっていた。そして一〇分で行くと答え身繕いをした。

父親は、彼の定位置である一階のロビーラウンジの一番奥まった席に座っていた。日光でも中禅寺湖でも、彼はホテル内を見渡せる場所に陣取って、スタッフの動きをチェックするのが常だった。

彼は、貴子がラウンジの入り口に立ったときから気付いていたはずだったが、まったくそんなそぶりを見せず、手にしていた文書に視線を落としていた。

貴子は生唾を一つのみ込み、久しぶりに会う父親にどう対しようかと思い悩みながら、父のいる席にゆっくりと近づいた。

「どうも、お待たせして」

彼女はそう言って、父の正面に腰を下ろした。

「うん」

父親はそう言うと老眼鏡を外し、こちらを見た。

「いつまでいるんだ」

「今晩遅くに帰ります。明日は昼から仕事なので」

「そうか」

久しぶりに会った父娘の会話がこんなものか……。ほんの二時間ほど前に、自分と一緒に賑やかに食事をしていた芝野父娘と大違いだった。だが、彼女は、近況を詮索されるよりは気が楽だと思い直し、本題に入った。

「それで、私に話って何ですか？」

突然、父が立ち上がって声をあげた。

「おい、そこ！　何をやってるんだ。お客様がいらしているだろ。仕事中に私語をするとは何事だ！」

父は、ラウンジの入り口そばにいた若いスタッフに向かって叫んでいた。そう言われた若い女性スタッフは真っ青になり、客ではなく松平社長に何度も頭を下げていた。その向こうでは、客が呆然と見ていた。

今に始まったことではなかったので貴子は驚きもしなかったが、久しぶりにこの光景を見て、高級リゾートホテルと言われるミカドホテルの社長の姿勢に哀しくなっていた。

　彼が、ホテルで常に、そのホールを見渡せる席に陣取るのは、スタッフの動きを「監視」するためだった。そして、スタッフが少しでもミスをすると、客がどれだけいようと、辺り構わず大声で叱責した。その間、客はその場に立ち往生し続けるハメになる。

　こんな事では、お客様がゆったりとした気分を味わえない。

　まだ高校生だった頃に、貴子は一度父にそう意見したことがあった。だが返ってきたのは、無言の平手打ちだけだった。

　貴子は、萎縮してしまったスタッフをさらに叱責しようと近づいた父を呼び止めた。

「お父様、私にご用がないのであれば、失礼しますわ」

　彼女はそう言って毅然と立ち上がった。父はその言葉にムッとして娘を睨み付けたが、貴子は怯むことなく父親を正視した。怖い顔のまま父が近づいてきた。

　殴られる！　そう覚悟した。だが、父親は両手に拳をつくって娘を睨むだけで通り過ぎ、自分の座っていた席に腰を下ろした。貴子は肩で大きく息を吐き出すと、改めて父の正面に座り直した。

「それで、私にお話とは、何です？」

さっきよりも語気を強くして、貴子はそう尋ね直した。だが、父は暫くそれに答えず、テーブルの上に放り投げてあったショートピースの箱からタバコをくわえて、火をつけた。その間、一度も貴子のほうを見ようとしなかった。

「お父様」

貴子は父を見据えるようにしてそう繰り返した。父親は、そう言われてまだ吸い始めたばかりのタバコを灰皿にこすりつけ、あさっての方向を向いたままで口を開いた。

「仕事は順調か？」

「えっ？」

貴子は我が耳を疑った。こういう世間話をする人ではなかったからだ。

「おかげさまで、毎日充実した日々を過ごしております」

「そうか……」

父親はそう言うと、さらにもう一本タバコに火をつけた。

「お父様、本題に入ってくださいませんか？　私を呼びつけられた理由はなんですか？」

「いや、呼びつけたわけじゃない。……ただ、もしよければ、お前に戻ってきてもらえないかと思ってな」

そんな大事な話を、彼はタバコの煙と一緒に吐き出した。

「えっ！……………、どういうことですの？」

父は、そこで初めて娘を見た。しかし、次の瞬間、また視線を手元に落として話し始めた。

「つまり、あれだ。お前に、ここを任せたいと思ってな」

「任せたいって、この中禅寺ミカドホテルを、ということですか？」

「そうだ」

「まあ、お父様、悪いご冗談はよしてください」

その言葉に、父はムッとして貴子を睨み付けた。

「俺は、冗談は言わない。お前に、このホテルを任せたいんだ。どうだ、すぐとは言わない。来春ぐらいからでもいい」

「何をおっしゃっているんですか？　では、財津さんはどうされるんですか」

財津とは、中禅寺ミカドホテルの支配人のことだ。

「財津は、今月一杯で依願退職する」

その話は、昨夜このホテルの料理長である井筒から聞いていた。だが、財津は「辞める」のではなく「辞めさせられる」と聞いていた。

「どっちが、依願したんですか？」

「どっちとはどういうことだ？」

「財津さんがお辞めになりたいとおっしゃったのか、お父様が辞めてくれとおっしゃったのかを伺っているのです」

「辞めることには変わりないだろ」

「そうでしょうか。明らかに財津さんのご都合でというのであれば、残念なことですが致し方ないと思います。ですが、お父様が財津さんを辞めさせたとなれば、話は別だと思います」

「どう別だというのだね。どうやら、口さがない誰かの噂話を聞いたんだろうが、もし、私が奴をクビにしたとしても、それなりに理由があってのことだ」

「どんな理由ですの？」

その言葉に、父親が驚いたようにこちらを見た。彼はこういう反論に慣れていなかった。だが、スイス・ローザンヌのホテル大学で、一流のホテルマンになるために鍛えられた貴子は、聞くべき事を聞く勇気も身につけていた。

「それは、お前とは関係のないことだ」

「お父様は、私に、このホテルを任せるとおっしゃいました。つまり、私は財津さんの後任となるわけですよね。ならば、彼を馘首された理由を伺うのは当然だと思いますが」

「命令不服従だ」

「命令、不服従……？」

「奴は、私のやり方に事あるごとに意見し、挙げ句の果てに勝手な指示をスタッフに出し続けた」

「どんな指示ですの？」

「どんなだと……、例えば、客が喜ぶならホテルのルールを破っても良いとか、客のクレームにいちいち応対して、我々の非を簡単に認めるとかだ」

貴子は、心の中で大きなため息をついた。正しいのは財津支配人の方だった。ホテルは収容所ではない。我々は最大限、お客様のお求めにお応えする。それが、就業規則や上司の命令より優先する。彼女はその大切さを大学で学び、今も日々嚙みしめている。

「私は、財津さんのされたことは正しいと思いますが」

「何を言っている。今は不景気で人が足りず、宿泊費も年々安くしているんだ。そんなクソ丁寧な応対をしていては商売が成立せん」

「お父様」

「黙って聞け！　それだけではない。奴は、このホテルを乗っ取る画策をしていた節がある」

「乗っ取る？」

「外資系のホテルの人間と頻繁に会って、どうやらこのホテルを身売りする相談をしていたんだ。これは重大な裏切り行為だ」

「でも、財津さんは雇われ支配人じゃないですか。どうやってここを売ろうとなさっていたんです」

「そんなことは、知らん。いずれにしても、奴は何かにつけて、私のすることにケチをつけ続けたんだ。お陰でここだけではなく、日光でも鬼怒川《きぬがわ》でも従業員の志気が下がっている」

とんでもない言いがかりのような気がした。しかも、父の目つきが偏執的で、かなり深刻に思い詰めているように見えた。

そういう貴子の心配に気づかないように、父は話を続けた。

「実は、今ホテルをそれぞれ独立採算制にして、各ホテルの経営を支配人に移譲しようと思っている。そうなってくると他人には任せられない。だから、ここをお前、そして鬼怒川は完全に分社化して、一朗君にやらせようと思う」

一朗とは貴子の従兄のことだ。元々ミカドホテルは、明治六年（一八七三年）、日光出身で外務省に勤めていた貴子の曾祖父松平重房が、上層部から依頼され、職を辞して、当時、日本に駐在していた外国人達の夏の避暑先として、日光に「ミカドカッテージイン」という宿泊施設を開いたのが最初だった。

以来、「夏の外務省は、日光に移る」と言われるほどの盛況ぶりを見せ、大正二年（一九一三年）には、東照宮のほぼ正面にあたる大谷《だいや》川流域に一〇〇〇坪の土地を入手し、木造四階建て洋風建築の日光ミカドホテルを建築。日本で最初の長期滞在型のリゾートホテルとしてオープンした。奇しくも大正天皇が日光をこよなく愛され、夏場だけでなく一年を通して滞在されることが多くなり、日光人気はさらに高まった。日光ミカドホテルは、国内外の貴族、富豪、著名人、そして外交官達の社交の場として、世界のガイドブックにその名が記されるほどになる。

そして、祖父重信が当主の昭和三年（一九二八年）、中禅寺湖畔に中禅寺湖レイクサイドコテージを建築した。

彼はフライフィッシングの名人というだけではなく、元外交官だった父の薫陶を受け、東京帝大を卒業後にケンブリッジに留学。経営学を学び、よりハイクオリティなホテルを目指した。

ただ、何事にも緻密だった重信に狂いが生じる。

それは、三人の息子のうち二人を、自分より早く失ってしまったことだ。

若い時代にホテル修業のために、パリに留学までさせた長男重勝が、第二次世界大戦で戦死。さらに、ホテルでベルボーイを買って出るほどミカドホテルを愛してやまなかった三男の重臣を、交通事故で失ってしまう。

貴子の父、重久は、松平三兄弟の中でも秀才と言われ、東大工学部を卒業後、通産省に入省した技官だった。

彼は、ホテル業に全く関心がなかったが、兄と弟が早世したことで、ミカドホテルの経営者というおはちが回ってきてしまう。当初は頑として応じなかったのだが、元気だった祖父が重臣を交通事故で失ってからは急に弱って寝込んでしまったのを機に、重久は通産省を辞め、故郷に戻ってきた。

父が話題にした一朗とは、その重臣の忘れ形見だった。二七歳で重臣が死んだ時、一朗はまだ二歳だった。重勝には子供がなく、重久の子は二人姉妹だったこともあって、一朗はミカドホテルの後継者として、祖母の手で育てられた。

貴子より四歳上の一朗は、上智大学を卒業後、パリへ留学したのだが、そこで何を思ったのか、ホテル経営ではなく料理人としての修業を始めてしまう。

そして、日本に帰国後は、日光ミカドホテルに若き料理長として収まることになり、祖父の時代からミカドホテルの味を支えてきた井筒料理長は、中禅寺の料理長となっていた。

「一朗さんが鬼怒川？　でも、彼はシェフじゃないですか」

「いや、もうあいつにもそろそろ道楽はやめてもらう。パリ仕込みか何か知らんが、食材の費用に糸目をつけず、このところ、料飲部門で赤字が続いているんだ。だからこそ鬼怒川を与えて好きにやらせるつもりだ」

鬼怒川ミカドホテルは、社員旅行などの団体客目当ての温泉観光旅館だった。フランス料理のシェフである一朗が活躍する場所はない。しかもバブルが弾けてから、特に鬼怒川ミカドホテルの経営状態が悪いと言われていた。

「分社ということは、鬼怒川だけを別の会社にするということですの？」

「そうだ。このままだと、日光でいくら頑張っても、鬼怒川の負債がそれを食いつぶしてしまう」

「そんな経営状態のところをホテル経営のいろはも知らない一朗さんに任せて、大丈夫なんですか？」

父は、またタバコをくわえた。そして、煙と一緒に答えを吐き出した。

「人は追い詰められてこそ頑張れるものだ。子供の頃から、ミカドホテルの後継者と甘やかされて来た奴も、それぐらいの試練は必要だろう」

そう言われて、貴子はハッとした。

「お父様、まさか、一朗さんに鬼怒川と心中させる気ですか？」

重久は、煙が目に入ったかのように顔をしかめる。

「心中するか、再生するか。それは彼の頑張り次第だ。骨ぐらいは拾ってやるさ」

「つまり、お父様は、お祖父様との約束を破られるんですね」

「親父との約束？」

「そうです。一朗さんのご両親が交通事故で亡くなられた時、お祖父様が、いずれは一朗さんに四代目を継がせてやってほしいとおっしゃったと聞いています」

父は苦笑して首を左右に振った。

「そんな約束はない。おふくろが勝手に言いふらしているだけだ」

父はタバコを灰皿に押し付けると、まっすぐに貴子を見た。目は怒気に満ちていた。

「第一、それなら俺は何だ。一朗が後を継ぐまでの繋ぎか？　冗談じゃない。ホテル経営なんて興味がなかった俺が、自分のやりたい仕事を断念してまで、この田舎に戻ってきたのは酔狂じゃない。常に祖父や親父を引き合いに出され、挙げ句には、死んだ二人の兄弟と比べられる中で、どんな想いでこの二五年をミカドホテルに捧げてきたと思っているんだ」

声こそ張り上げなかったが、父の言葉は怒りに震えていた。貴子にとって、父は昔から怖い存在だった。だが、こんな父を見たのは初めてだった。怖い人という仮面にかくれた脆さが爆発しそうで、貴子はそこに父の弱さを感じた。

「いいか、俺はミカドを誰にも渡さない。だから、お前にここを任せたいんだ。ここはお前の好きにすればいい。ヨーロッパ仕込みのリゾートホテルに再生してくれるなら、それでもいい。人も金も全部、お前に任す。だから戻ってこい」

父の怒気を帯びた目が潤んでいるように見えた。

だが、貴子は父に圧倒されながらも、彼の申し出を受ける気持ちが湧いてこなかった。彼女は、精一杯の微笑みを浮かべて答えた。

「突然、そんなことを言われても、ご返事できません。第一、お父様は、私が今のロイヤル・センチュリーホテルに勤め始めたときに、私が戻る場所は日光にないとおっしゃったじゃないですか。それが、急に、ここを任せると言われても、私には、理解できません」

「理解などしなくていい。ここはお前のものだ。だから早く戻ってきて、ここを立て直してくれ」

貴子は、父の最後の言葉を聞き逃さなかった。

「立て直す……って、どういうことですの？　ここの経営も厳しいんですか？」

父はそこで、何も言わなくなってしまった。

「お父様、答えてください。ここの経営も逼迫しているんですか？」

だが、父は、じっと腕を組み目を閉じたままだった。貴子はお構いなしに続けた。

「だから、財津さんをクビにされるんですね。つまり、リストラをしようと」

その言葉に、父はカッと目を見開き貴子を睨んだが、そこまでだった。

その時、そばで人の気配を感じた貴子は、そちらに顔を向けた。

小柄で上品そうな銀髪の女性が、車椅子に乗って微笑んでいた。

「お祖母様」

6

一九九七年九月二九日　日光・中禅寺湖

貴子の祖母、松平華《はな》は、この年七九歳だった。足が少し弱く、長い距離の移動では車椅子に乗ることが多かったが、それ以外は元気だった。

元子爵の家に生まれた令嬢ながら自立心が旺盛だった彼女は、重信とオックスフォード留学時代に出会い、大恋愛の末に、松平の家にやってきた。ミカドホテルが、戦前、一流の社交場となりえたのも、彼女の存在が大きかった。日本古来の伝統・文化に通じているだけではなく、外国留学の経験もあることから、英語も話せ、ヨーロッパの上流階級のマナーを心得ていたからだ。

また、夫を立てながらも、必要とあらば、自らの意見を的確に言い、数字にも明るかった。ホテル経営には全くの門外漢だった貴子の父、重久が今日までやってこれたのも、陰になり日向になり、華が支えてきたからだった。

華は、二人を見ると嬉しそうに言った。

「本当に、お前は昔から人に隠れて何かすることが出来ない人ですねえ」

そう言われて重久は、慌てて腰を浮かせた。

「お母様、何のことです」

「貴子さんを日光に呼んでおきながら、この子が中禅寺に泊まっていると聞くと、自分だけこちらに来て話をつけようとする。あなたがそういう抜け駆けをするのは、薄々感じていましたからね。念のためにこちらに電話を入れたら、やっぱり貴子さんと会う約束をしていると言うじゃないですか。それで、まあ私も久しぶりにここまで上ってきたわけです。首尾は如何でしたか。貴子さんは、あなたの申し入れを受けてくれたのかしら」

「いえ、まだです。ただ、必ずや引き受けてくれると思います」

重久は華を見てそう言い切った。だが、華は重久を見ず、貴子に言った。

「貴子さん、今から少し、一緒にお散歩しません？」

この気詰まりから脱出したくて、二つ返事で応じた貴子は、立ち上がると車椅子を押している祖母専属の看護婦に一礼して、華の後ろに立った。

「お母様、これは私と貴子の問題です、口出ししないでいただきたい」

重久が、そう二人に追いすがった。それを祖母は一蹴した。

「お黙りなさい、重久。私は貴子さんに話があるのです。あなたは、先に日光に戻っていなさい。四時半に足助銀行の方がいらっしゃるそうですよ」

その言葉に、父はハッとしたかと思うと、貴子に近づき耳元で、「いいな、俺はお前を信じている。お前をなぜスイスの大学にまで行かせたのか、それを忘れないことだ」と囁いた後、大股でラウンジを出ていった。

ラウンジを出ていく父の姿が、いつもより小さく老いたように貴子には見えた。そして祖母に促され、ホテルの前にある湖畔へ向って車椅子を押していった。

陽は既に傾き始め、やわらかい秋の日差しが湖面を照らしていた。何人かの釣り人が湖に入り、ロッドを握っていた。

祖母は、湖畔で車椅子を止めさせると、貴子に手を取られ、そばにあったベンチに静かに腰を下ろした。

「朝から湯川に行っていたんですってねえ」

祖母は、きらめく湖面に目を細めて、そう呟いた。

「ええ、今年最後だと思って、お祖父様のロッドとフライで」

「そう。天国のお祖父様も喜ばれたでしょう。釣果はいかがでしたか？」

「ええ、ブルックを七尾ほど、レインボー（ニジマス）を二尾ほど上げることができました」

「神様のおかげね？」

華は祖父の口癖を続け、微笑んだ。

「あなたは、昔からお祖父ちゃん子でした。そして、湯川を愛しトラウトを愛し、中禅寺湖と日光を愛してきた」

「だって、故郷ですから……」

華は貴子の言葉に目を細めた。

「ありがとう。あなたは、私の誇りよ」

そう言って彼女は皺だらけの細く華奢な手で、貴子の手を握りしめた。

「お父様は、何ておっしゃっていたの？」

暫く湖面を見ていた後、ぽつりと祖母がそう切り出した。

「中禅寺ミカドホテルを、私に任せると」

「そうですか。それであなたは、何と？」

「そんな大切な話を急にされても、お答えできませんと」

「そうよね、ほほほ、あなたの言う通りよ」

「あの、お祖母様、一つ伺ってよろしいですか？」

「何かしら？」

「ミカドホテルが危ないという噂があります。今日のお父様のお話を聞いていて、噂は本当に思えたのですが」

「形あるものは、必ず滅びる。それが自然の摂理なんですよ」

華は婉曲的な言い方で、貴子の問いに答えた。

「つまり、相当悪いということですね」

祖母は、またしばし穏やかな中禅寺湖の湖面を眺めていた。貴子は黙って、祖母の横顔を覗いていた。やがて、そばでキャスティングを繰り返していた男性がブルックを釣り上げた時、祖母の口が開いた。

「あなたのお父様は、秘密主義ですから、詳しいことは知りません。しかし、数十億単位の負債が焦げ付いて、融資先の銀行にご迷惑をおかけしているそうです」

「じゃあ、さっきおっしゃっていた足助銀行も」

「ええ、あそこも今、大変だそうね。それで、少しでも返済額を増して欲しいとお願いしにいらっしゃるようね。そうは言っても足助さんは、昔からのおつきあいを大切にされるところですから、まだ大丈夫。でも、もっと大手の銀行は、相当厳しく返済を迫っているようです」

「そんなときに、どうして私をここに呼び戻すのです」

貴子の疑問に、祖母は初めてこちらを見た。久しぶりにじっくり見る、祖母の顔には、皺が深く刻まれ、瞳は、今まで見たこともないような哀しみを宿していた。

「もう、頼れる身内が、あなたしかいなくなってしまったからですよ」

「えっ……？」

「やっぱりお父様は、肝心なことをあなたにお話ししていないようね」

「肝心なこと？」

「そう。実は先月、寿《ひさし》さんが会社のお金を持って失踪してしまったの」

「寿さんて、珠香《たまか》の？」

「そう。一昨年、あなたがロンドンから日本に帰ってきた直後に、彼を養子として迎え、お父様は、日光ミカドホテルの副支配人に据えたの。でもね、元々要領の良さだけで、重久に上手に取り入って婿養子に納まったような人だから、お父様の厳しい指導に耐えられなくなったみたいね。ホテルのフロント係の若い女性と一緒に、どこかへ行ってしまったわ」

初めて聞く話だ。

「じゃあ、珠香は？」

「すっかりふさぎ込んでしまってねえ。半ばノイローゼみたいになってしまって、それで今は、宇治の別荘で静養しているわ。もう二度とここには戻ってこないでしょうね」

「そんな……」

「お父様、一朗さんのことは何かおっしゃっていて？」

「ええ、鬼怒川のミカドホテルを分社して彼に与えるんだって。でも、それじゃあ、お祖父様とのお約束を破ることになると言ったら、ひどく叱られました」

「まあ」

華は貴子の肩に手を回し、髪を撫でた。

「それは可哀想に。でもね、お父様のお怒りももっともなの。一朗さん、知らない間に会社のお金で商品先物に手を出して、五〇〇万円もの穴をあけてしまったの。それ以前もね、勝手に赤坂にフランス料理店を出す計画を進めたり、もう滅茶苦茶……。あの子が、あんなだらしのない大人に育ったのは私のせいよ」

貴子に身を寄せていた祖母の肩が、小刻みに震えているのを感じた。

「お祖母様、そんなにご自分をお責めになっては」

「責められて当然なのよ。そこまでとんでもないことをしても、私は、重久に穏便に済ませて欲しいと頼み込んだの。その結果が、鬼怒川を一朗に与えるという選択になったわけ」

これじゃあ、まるで浦島太郎……。

自分が東京にいる間に、日光で起きた松平家の悲劇を聞かされ、貴子は何とも言えない疎外感を感じた。

「それでね、お父様はあなたに戻ってきて欲しいって思ったの」

「そう……」

そんな大切なことを、実の娘にすら直接に言えない父。そのことも、貴子には哀しかった。

「でもね、貴子さん。あなたは自分の人生を生きなさい。ミカドホテルがここまで追いつめられたのは、何も寿さんや一朗だけのせいじゃない。私や重久の放漫経営が原因なのですから。それを、あなたが被る必要はないわ」

「……………」

今度は、貴子が黙り込む番だった。本当なら、二つ返事で「戻ってきます。お父様と一緒にミカドが復活できるように必死でやります」と誓うべきなのだ。

だが、貴子は素直にそう言えなかった。理由は分かっていた。父が、なぜ自分をここに呼び戻そうとしているのかが分からなかったからだ。さっきは、中禅寺ミカドホテルはお前の好きにやればいいと言っていた。だが、父は、ホテルマンとして当たり前の改革に努めていた支配人を馘首しようとしているのだ。それに、彼は今まで一度たりとも、自分がスイスで何を学んできたのかを、聞こうともしなかったのだ。

そんな私に、なぜホテルを一つポンと差し出すのだ。

「お祖母様、一つ伺っていいですか？」

「何です？」

「お父様は、どうしてあんなに必死に、私をここに呼び戻したいんですか？」

「それは、お前が本場で学んできたホテル経営の成果をここで発揮してほしいからじゃないかしら」

「うそ」

貴子は、反射的に言葉をこぼしていた。華が、驚いたようにこちらを見たので、彼女はすぐに詫びた。

「ごめんなさい。でも、お祖母様、そんなことはあり得ないわ。わたし、さっき久しぶりに見たんです。お父様が、お客様の面前でホテルのスタッフを怒鳴り散らすのを。あの人は、何も変わっていない。そんな人が、なぜ私を呼び戻すんですの」

その言葉に、祖母は大きなため息をついた。そして、不意に貴子を抱きしめた。

「ごめんなさいね、あなたにこんな哀しい想いをさせて……。日光と中禅寺湖を愛し、誰よりもミカドホテルを愛しているあなたを、私達は」

祖母は、そう言って不意に言葉を失った。貴子は、祖母の狼狽ぶりに激しく動揺した。いつもニコニコと微笑んでいる祖母しか知らなかった。そんな彼女が涙を見せたりする姿を初めて見た。最愛の夫を失ったときですら、彼女はただ、哀しげに微笑んでいただけなのに……。

貴子は祖母をそっと抱きしめ、背中をさすった。

「お祖母様、私、戻ってきます。理由は何にせよ。私はミカドホテルをもっと良くしたいと思って、ローザンヌの大学に行かせてもらい、ロンドンと東京で修業してきたんです。愛するホテルを守るために、私が役に立つのであれば、喜んで」

「そうじゃないの。そうじゃないのよ、貴子さん」

祖母は、そこで何とか理性を取り戻し、貴子から離れた。そして、黒のニットのカーディガンのポケットからハンカチを取り出し、涙を拭うと、湖面を見ながら話し始めた。

「この一〇月、お父様はミカドホテルの会長になり、寿さんが社長に就任することが決まっていたの。寿さんもそれを励みに、お父様の厳しい指導に耐えてきたの。でもね、それはごまかしだったの」

「ごまかし？」

「そう。融資の焦げ付きが解消されないことから、銀行側がお父様に経営責任を問うてきたの。そこで、お父様は責任をとって会長に退き、人心を一新。寿さんを社長に据えて、再建を推進すると発表した」

「…………」

「でもね、お父様は最初から寿さんにホテル経営を任せるつもりなんて全然なかったの。ただ、表向きだけでも、それで銀行が納得してくれたなら、追加融資を取り付けることを考えたの」

「どういうことなんです？」

「つまり、寿さんを社長に据えることで再建計画を出し、その再建のために資金を引き出そうということ。寿さんは個人として借金なんて何もなかったから、彼個人の名義でもお金を借りさせ、それを運転資金に回そうと考えたの」

「そんな……」

つまり、寿はミカドホテルの人身御供《ひとみごくう》に捧げられたということじゃないか。

そこで、祖母は微笑んだ。

「でもね、相手は一枚上手だったのよ。寿さんは、自分が利用されることを知ると、会社やお父様を保証人にして、借りられるだけお金を借り、それを持って消えてしまったというわけ」

呆れた話だ。まるで三流喜劇だ。

「ミカドホテル再建の人柱になるはずだった寿さんに逃げられたことは、持ち逃げされたお金以上に、次期社長が消えたという意味で、もっと重大な危機を生むことになった」

ようやくそこまで聞いて貴子の頭の中で、父の筋書きが見えた。

「そして、その逃げた次期社長に代わる、新しい人身御供が必要になった。見渡すと、適任者が一人いたということなんですね」

そこで祖母は、口元を震わせ、貴子の両手を握りしめた。

「ごめんなさい。私も必死で重久を止めたのよ。でも、結局、それしかミカドが生き残る方法はないって言うの。でも、そんなことをしても、結局は半年か一年、延命できるだけのことなのよ。だから、この話は忘れて頂戴。形あるものは必ず滅びる。私達にとって、ミカドホテルが二一世紀を迎えられないのであれば、それは紛れもなく重久と私の責任なの」

そうだ、そんなことではミカドは再生しない。根本からホテルを生まれ変わらせる努力をしなければ……。そんな簡単なことに、父も、そしておそらくは祖母も、今なお気づかずにいることが貴子には哀しかった。

私は喜んでミカドホテルのために、捨て石にでも人身御供にでもなる。だが、それは捨て甲斐《がい》のある結果が望めてこそだ。

もし、祖母が言う通り、ミカドの危機の責任が、祖母や父にあるのであれば、何より最初にやることは二人を解任することのはずだ。なのに彼らは、ミカドの功労者であり、ミカドを愛してやまない人達の想いを踏みにじることしかしていない。

貴子の腹の奥底から、激しい怒りが込み上げてきた。

赦《ゆる》せない。そんな無責任は赦せない……。

「貴子さん……」

祖母にも、貴子の怒りが感じられたのだろうか。彼女は貴子から少し離れ、貴子のほうを恐ろしげにじっと見つめていた。

「お祖母様、私、お父様の申し出をお受けしてもいいです」

「だめよ、貴子さん、そんなことをしてはいけません」

祖母はそう言って首を激しく左右に振った。貴子は、か細い祖母の両肩をつかみ、祖母のそばに顔を近づけ言った。

「聞いてください、お祖母様。ただし、条件があります」

「条件？」

「そうです。もし私が、ミカドホテル再建のお手伝いをする場合は、お祖母様とお父様には役員を辞めて戴きます。それを実行してくださるのであれば、私はここで闘います」

7

一九九七年九月二九日　東北自動車道

山間部の日没は一瞬だった。同様にあずさも、途中で食事をとった後、アッという間に、助手席で寝息を立ててしまった。

芝野は、自分にも襲ってきた眠気を追い払おうと、サービスエリアに車を滑り込ませ、自販機でブラックコーヒーを買い、ひと息入れた。

来て良かった……。

芝野は規則正しい寝息を立てている娘の横顔を見つめながら、しみじみそう思った。

芝野が「あずさの将来のことをじっくり話してくるから」という約束で、学校を一日休ませて連れてきた二人旅だった。本当は、妻も一緒にと随分誘ったのだが、このところ何かとつきあいに忙しい彼女は、「先約があるから」と頑として同行を拒み、あずさも「お母さん、いない方が話しやすいから」ということで実現したのだ。

最初は話が嚙み合わず、互いにぎくしゃくして先が思いやられたのだが、中禅寺湖の夕陽を見ながら、あずさが幼い頃、一緒にいろんなところに行った想い出を話し始めてからやっと会話がスムーズになった。そして夕食後にはビールを飲みながら、なぜ彼女が、ニューヨークへ留学したいかという想いの丈を、じっくりと聞いてやることもできたのだった。

今時の若者に覇気を感じなくなっていた芝野は、娘のたくましさが嬉しかった。

だが、その一方で、計画の甘さを感じたし、現実の厳しさを思い知るにはまだ幼すぎるのではないかという危惧は拭えなかった。

結局、結論は出せなかった。だが、何より、思春期を迎えてから初めて娘と水入らずで語り合えたことが大きかった。そして、全部ではなくても、理解し合えたことが……。

松平貴子と出会えたことも幸運だった。彼女も周囲の反対を押し切り、一八歳で言葉もまともに話せないスイスに単身留学したという。その時の体験談を、デザートを食べながら彼女はあずさに語ってくれた。一年で語学をマスターし、翌年には難関と言われたローザンヌホテル大学に見事入学したという。

フライフィッシングを教わった時から、あずさは完全に貴子に魅せられていたこともあって、芝野が言っても耳を貸さなかったであろうことも素直に聞いていた。結局貴子とは、改めて東京で、あずさの将来を一緒に考えようという約束までして、別れたのだ。二人のやりとりを聞いていて、芝野自身ももっと頑張らねばと自戒させられた。

本当に来て良かった。

芝野は、心からそう思った。

その一方で、自分達大人は、若い世代に胸を張って自分の生き様を誇れるだろうかと考えさせられてしまった。

俺達が過ごしてきた日々は、ずっと言い訳の連続だった。

自分はそうじゃないと思っているんだが、それがままならないのが社会。会社員に求められるのは、定められたルールの中での適合力。

長い物には巻かれよ、一時の義侠心や変な正義感を振りかざせば、それは一生のツケとなって戻ってくる——。

俺達は、闘うことも挑戦することもせずに、ただ自分達の都合の良い結果だけに満足して、先に進むことを避けてしまっている。

これが人生か……。これが生きているという意味なのか……。

彼は、フライフィッシングを貴子から教わっている時に、彼女が言った言葉を思い出した。

「フライを生きた本物の虫のように見せるためには、『ように見せる』のでは、ダメなんです。アングラーが自らの魂をフライに吹き込み、無心で自然の中に溶け込むことができなければ、トラウト達の目は人間の邪心を見破ってしまいます。亡くなった祖父からよくそう言われました」

その言葉は、今の自分のふがいなさを指摘されたようで、心が痛かった。

その時、不意に親友である瀬戸山克宏の恵比寿顔と、彼の言葉が蘇ってきた。

「いえいえ、冗談でさすがに僕もこんなこと言いませんよ。本気です、マジです。叶うなら、ウチの会社を君に預けてみたいんです」

俺は今、胸を張って「俺も自分のやりたい仕事に情熱を注いでいるんだ」と言えるだろうか……。

だが彼の自問は、答えが湧き上がる前に、携帯電話によって遮られた。

部下の宮部みどりからだった。

「はい、芝野です」

「ああ、芝野さん、せっかくの休暇中に済みません。あの、何でしたら電源切ってください。留守電に用件入れますから」

彼が電話に出たことに驚き、心底恐縮したように言う宮部に、芝野は苦笑した。

「大丈夫だ。何だい？」

「ええ、あの大したことじゃないんです。ただ、一応、上からのお達しなので」

「上というのは、迫田さんか？」

「ご名答！です。その我らの専務殿が、芝野に伝えておけ！　と、さっき電話を掛けてこられたものですから」

「伺いましょう。その『お達し』とやらを」

「御意！　今年中に一〇〇〇億規模のバルクを二本、まとめるように。で、明日、迫田専務がお会いしたいそうです。専務は朝一〇時を希望されていますが、いかが致しましょう？」

芝野は、せっかく休暇で溜めた充実感が色褪せていくのを感じながらも、返事を返した。

「俺の予定はどうなっている？」

「明日は、特に。まあ、中間決算前ですから、小休止ってところですね」

「そうか、じゃあ、その時刻で予定を入れておいてくれ。専務には、俺から連絡しておいた方がいいのかな」

「いえ、変更がなければ連絡は不要とおっしゃっておられました。一応、専務の秘書にはメールしておきます」

「よろしく、頼む」

「了解しました。マスは釣れましたか？」

不意に、おどけた声に変わって宮部はそう聞いてきた。

「まあね。久しぶりだったけど、俺もなかなかのものだったよ」

「それは凄い！　今度、私にも教えてください」

「いいとも。でも、人間の男は釣れんぞ」

アハハハ、と電話の向こうで愉快そうに笑った宮部は、一呼吸おいて電話を締めくくった。

「室長、あした座布団一枚、置いておきます」

8

一九九七年九月二九日　六本木

情報調査会社クーリッジ・アソシエートの主任調査員、サム・キャンベルが、鷲津の隣に腰を下ろしたのは午後九時過ぎだった。アメリカのＣＩＡ（中央情報局）の元局員だったからではないが、彼はいつも気配を消して現れ、用が済むと静かにフェイドアウトしていく。一度だけサムとの密談に同席したことがあるリンは、以来、サムのことを「忍者」と呼んでいた。

だが、身長二メートル近いスポーツマンタイプのサムは、「忍者」というイメージにはほど遠かった。常に髪をきれいに刈り上げ、真夏でもスーツのボタンをきっちり留め、汗をかいているのを見たことがなかった。アメリカ人にありがちな押しの強さや、賑やかさも全くなく、物静かで寡黙なところは、「忍者」というより、「御庭番」の頭領のような風情だった。

熱海から戻った鷲津は、神谷町にあるホライズンのオフィスをのぞいた後、リンと合流するために、六本木交差点から二筋ほど北にあるバー＆グリル「エージェント」

という店にやってきた。

明かりを落とした店内は、入った正面にコの字形のカウンターがあり、右手にはボックス席が並んでいた。鷲津が来たときには、カウンターに外国人の二人連れが二組いただけで、ボックス席の方は閑散としていた。常連の彼は顔見知りの若いバーテンに頷き、店内の全てが一望できるカウンター席に陣取り、ペールエールを舐めていた。

やがて九時五分過ぎに、「忍者」が鷲津の隣の席に静かに腰を下ろし、トマトジュースとシーフードサラダを頼んだ。

「肉を食わずに、よくそんなでかい図体が動くねえ」

鷲津は、ステーキとシーザースサラダ、生ビールを頼み、サムの方を見ずに言った。

「私に言わせれば、そんなに肉ばっかり食べて太らないのが不思議ですよ」

「脳味噌のエネルギー消費量が、並の方とは違うんでね」

鷲津は口元を歪めてそう漏らすと、運ばれてきたサムのトマトジュースに、乾杯した。

サムは世間話や、くだらないジョークには興味がない。彼は隣の座席に置いたジュラルミンのアタッシェケースを開くと、黒いファイルを数冊取り出した。

「相変わらず仕事が早いね。全部揃ったのか」

「あと、一社。東京相愛銀行だけが残っています」

鷲津はそれに頷き、一番上にあったファイルを手にして開いた。

「鷲津さん、書類広げるなら、奥のボックス使ってくださって結構ですよ」

さりげなく近づいてきた若いバーテンに言われて、彼らは奥のボックス席に移った。そこは、隣の席との間が分厚い樫材の板で仕切られていて、話声が隣席に漏れる心配がなかった。

鷲津は席に着くと、サムに尋ねた。

「調査の結果、有望だったのは？」

「リストの上から順に並べています」

サムは最小限の説明をすると、ファイルを改めて、鷲津の前に差し出した。銀行とのバルクセールを続けても、再生ビジネスとして面白そうな案件がなかなか出てこず、苛立ち始めた鷲津は、三葉銀行が抱えている不良債権のリストを密かに入手し、その中から四社の調査をサムに依頼した。そしてそれとは別に、危機が噂されている第二地銀の東京相愛銀行についても調べるよう頼んでいた。

鷲津が、三葉銀行の破綻懸念先・実質破綻先の五〇〇以上のリストからピックアップしたのは、中堅菓子メーカーの太陽製菓、関西の足袋《たび》メーカーの老舗・福萬、東大阪の金型メーカー・大春、そして栃木県のスーパーえびす屋の四社だった。

ファイルの一番上にあったのは、太陽製菓だった。

ハチミツを絡めたコーン菓子「ハニーコーン」で知られる太陽製菓は、過去五年、売上高は二〇〇億円前後を維持し、経常利益も一〇%前後で推移していた。本来であれば破綻懸念先どころか、優良企業として追加融資のお願いすら銀行がしてくるような企業だった。

ところが、一つだけ問題があった。バブル時代に開発したゴルフ場投資が焦げ付き、経常利益を上回る借金返済に追われていた。

「また、ゴルフ場か……。どうしてどいつもこいつも、ゴルフ場を持ちたがるのかね」

「ここの場合、ほとんどの自己資金を使わない投資だったために二〇〇億円程度の融資を受けてゴルフ場を九一年にオープンしました。しかしバブルが弾けた直後だったため、造成費が嵩み、しかも運営自体が毎年赤字続きで、借入残高は、四〇〇億円近いようです」

「メインバンクの三葉が持っている債権は、これで全部か？」

総額で、三〇〇億円強だった。

「あと、株式を四％ほど持っています」

サムは、次のページにある「株主一覧」を見せた。株主の上位には、個人名がズラリと並んでいた。典型的なオーナー会社である証拠だった。そしてその下に三葉などの複数の銀行、さらに商社が名を連ねていたが、オーナー一族を除くと、三葉銀行が筆頭株主のようだった。株式は上場されていない。

「債務の返済状況は？」

「金利を払うのも、厳しくなっているようですね」

「ここを一番に挙げた理由は？」

鷲津の問いに、サムが肩をすくめた。

「ここの負債は、ゴルフ場さえ処理すれば、随分楽になります。さらに経営トップに問題があります。日本の企業によく見られる創業者一族の企業の私物化が蔓延していますから、この決算書は当てになりません。それに、彼らは一族で大半の株を持っていますから、落としやすい」

サムの答えに、鷲津は納得したように頷いた。そもそも鷲津が、この会社に目を付けた理由は五つあった。

一つは、事実上経営破綻していて、その債権の大半を三葉銀行が握っていること。

二つ目は、本業の製菓部門の売上げが堅調であること。

三つ目は、バブル時代にゴルフ場開発に手を出し、それが本業を圧迫していたこと。逆に言えば、本業だけを残せば、再生は十分可能だということだ。

四つ目は、株式会社でありながら同族会社で、株の大半は創業者一族が握っていること。つまり、創業者一族さえ取り込めば、経営権を握ることができるわけだ。

そして五つ目は、経営陣と創業者一族との間で内紛が絶えず、今回の経営危機についても、双方で激しい責任のなすり合いが続いていることだった。つまりコーポレートガバナンスが悪すぎて、乗っ取りやすい条件が揃っているということだった。

確実なキャッシュフローが見込め、債券《デット》や株式《エクイティ》が創業者などに集中していることは、「ハゲタカファンド」にとって、最も魅力的な案件だった。

日本でホライズン・キャピタルを立ち上げて一年。不良債権ビジネスばかりに明け暮れている中、自分達の腕と勘を狂わせないためにも、この辺りで一本バイアウト（企業買収）をやってみたかった。

「一つ気になることがある」

鷲津の言葉に、サムは黙って頷いた。

「ここは、三葉が再三にわたって、系列ノンバンクを使って追加融資をしている。おそらく、彼らがやっと払えている金利の出所もそこだろう。三葉が、そこまでかばう理由は何だ？」

「ゴルフ場への投資を、三葉が相当強引にお膳立てしたようです」

「というと？」

「創業者が堅実な人物だったそうですが、彼が八七年に亡くなり、長男が後を継ぎました。その際、より会社を大きく強くするには、多角化が重要とかうまいことを言って、三葉が、新社長に相当売り込んだようですね。それまでの同社は無借金経営で、三葉との関係も、社員の給与の支払い程度だったそうです。それを創業者の亡くなった直後から、若い後継者の籠絡に走ったということでしょう。ゴルフ場開発のための自己資金もなく、開発資金全額を三葉と系列地銀、ノンバンクが用意しています。さらに、ゴルフ場会員権の販売業務、会員権を購入したがっている者へのローンの用意までしたようです」

「つまり、銀行丸抱えで、全く無計画にゴルフ場開発に手を出し、大やけどをしたってことか……」

典型的なバブル型破綻のケースだった。

「この融資の責任者は、迫田専務です」

サムの言葉で、三葉が同社を特別扱いする理由がより鮮明になった。鷲津は、ニンマリと笑みを浮かべてサムを見た。

「それは好都合だ。了解した。まずは俺は三葉を切り崩して債権を手に入れる。あんたは、創業者一族のアキレス腱を探してくれ」

サムは一度だけ頷き、自分の黒い手帳にメモをとった。

「ネタ集めは、ほぼ終わっています。一週間もすれば絞り込めると思います」

そこで、彼らの席に注文した料理が届けられた。鷲津は、ナイフとフォークを手にすると、脂がまだジュージューと焼けている鉄板の上の、血の滴ったレアステーキにナイフを入れ頬張った。サムはフォークでサラダをつつきながら、黙って鷲津が話し始めるのを待っていた。

「ここを物色しているライバルは、いないんだろうな」

肉を噛みながら鷲津が尋ねた。

「一つだけ気になる動きがあります」

「何だ」

「どうやら次の株主総会までに、現社長が更迭される可能性が高いようなんです」

現在の社長は創業者の長男（前社長）の妻が務めていた。

「だが、彼女は三〇％以上を持つ筆頭株主じゃないか」

「一族の関係が複雑で、彼女に社長の座を奪われた義弟らを担ぐグループがいます。その反社長派の株数を合わせると、社長グループを凌ぐとか」

「で、どちらかにスポンサーが付きそうなのか？」

「社長です。義弟グループを後押ししているのは、三葉だそうで。それに怒って社長が、自分の株を全部、五菱商事に売る気でいるとか」

「五菱商事？　何で、ここに商社が出てくるんだ？」

「太陽の商品の輸出を一手に引き受けているためです。その関係で、五菱サイドから近付いたようです。日本独特の総合商社は、必要とあればM＆Aのアドバイザーもやります。これほど銀行に元気がない時代だと、かえって商社などの方が厄介でしょうね」

「まさに、〝よろず屋〟の面目躍如ってところか。しかし、この社長が五菱に売るのは、単なる感情的な理由だよな。ならば、打つ手はある」

「そうですね。『五菱商事が、太陽を乗っ取りか』とでも業界紙にスクープさせたら、この短気社長のことですからまた怒りだして、約束を反故にするでしょう」

ずっと肉を食べながら話を聞いていた鷲津がそこで手を止め、サムに悪戯《いたずら》っぽく笑って見せた。

「まあ、その辺りは、おたくらの独壇場だからな。分かった。こっちでも三葉の関係者から情報を集めてみる。いずれにしても年内に決着をつけたいんで、そのつもりで頼む」

アッという間に料理を平らげた鷲津は、自分にはシングルモルトのロックを、サムにはカプチーノを頼んで、残りのファイルにざっと目を通した。不可抗力は別にして、鷲津は一度に複数の案件に手を出すことはしない。ある程度目処《めど》をつけるまで、短期集中で案件に当たる。したがって、残り三社については、次のディールに備えてのチェックだった。

「この中では、『えびす屋』が面白そうだな。構図としては、太陽と似たような状況だし」

「そうですね。ただ、メインは三葉ではなく地銀の足助銀行なので、その辺りがちょっと」

「なんなら、足助を先に取るということを考えてもいい」

その言葉に、サムは真意を測るように鷲津を見た。鷲津は、その無言の問いかけにニンマリするだけで、補足を加えなかった。

そこでサムは、何やらメモを取ったあと、運ばれてきたカプチーノをすすり、おもむろに別の話を切りだした。

「今、政府筋で、日本の長債銀をバイアウトできる人間を探しているそうなんですが」

「なんだ、あそこは、スイスの銀行が食べちゃうんじゃないのか?」

サムは否定も肯定もせず、黙ってカプチーノをすすっている。それは、肯定のしるしだった。鷲津はため息を落として答えた。

「興味ないね。あそこは、元々あんたの古巣の資金源だったって噂もあるじゃないか。危なくなって色めき立ったわけだ」

ほとんど表情を見せないサムが、珍しく驚いたように鷲津を見た。サムは自分の表情が見抜かれたことに気づいたのか、すぐに無表情になって話を続けた。

「日本政府が泣きついてきているそうです」

「日本政府がねえ」

鷲津は、疑い深そうにそう返した。

「いずれ、あなたに正式な依頼があるはずです」

「なぜだね？　俺は、銀行をバイアウトした経験なんぞないよ」

「しかし、あなたは日本人だ」

「何？」

「日本政府は、かなうなら日本人の手で長債銀処理を進めたい。かといって、日本の金融機関で長債銀をのみ込めるようなところはないですから」

「失礼な話だな。俺の腕を見込んでっていうのであれば聞かない話じゃないけれど、俺が日本人だから頼みたいとはね」

鷲津は、ムッとしてシングルモルトをなめた。

「しかし、あそこを手に入れれば、うま味もあるのでは？」

「ないね。俺は、あんながたいの大きな銀行に興味はない。やるなら地銀の方が面白い」

「なぜです」

「地元の優良企業をたくさん融資先に持っているからだよ。地銀を一つのみ込めば、もれなくその地域の優良企業ものみ込める可能性が高い」

「なるほど、さすがに鷲津さんだ。だったら、さっきの足助の話もうなずけます。それでは長債銀処理は、第二の手段をとるしか仕方ないですね」

「第二の手段？」

「アメリカで傀儡《かいらい》を見つけてきて、遠隔操作をする」

そう言われて鷲津は、呆れ顔でサムを見た。

「何だ、既存のＰＥ（投資ファンド）に頼まず、そんなやり方をするのか。よっぽど、他に知られては困る情報が満載されているんだろうな」

「あなたがやれば、日米政府の首根っこを押さえられるかもしれませんよ」

「あるいは、俺がこの世から消えてなくなるかだろ。くわばらくわばら。君子危うきに近寄らず。そういう政治色の強い案件は、手を出さないことにしている」

サムは、そう言われて頷いた。

「日本政府の話が出たついでに、ちょっと聞きたいんだが、米政府はちゃんと、日本の倒産法の早期是正をプッシュしているんだろうな」

「そう聞いています」

「会社更生法は、手続きに時間がかかるだけじゃなく、厳格すぎて我々のうま味も少ない。早く日本版チャプター・イレブンを作るように仕向けてくれ。第一、長債銀や日信銀のような大きな銀行を潰すわけにもいかんだろう」

チャプター・イレブンとは、アメリカ連邦倒産法の第一一章のことだ。会社更生法が債権者重視であるのに対し、チャプター・イレブンは、債務者の保護と再生を主眼にしている。アメリカで企業再生ビジネスが盛んになったのも、七八年にこの章を加えたためだと言われている。

「既に、九六年秋から政府の法制審議会倒産部会で、日本版チャプター・イレブンの制定を検討しているのですが、どうも今ひとつ進捗していないようで」

「ったく、この国は、餓死者が死屍累々と街を埋め尽くしてようやく、『食糧をどうやって手に入れようか』と思案するぐらい狂っているからな。このままじゃ俺達も餓死しそうだな。いずれにしても、国内でいくら喚いても埒《らち》があかない。あんたのお国の偉い人達にしっかり発破をかけてくれ。せっかくの宝の山を、死臭漂う屍《しかばね》の山にする気かとな」

それにはサムは答えなかった。現在の彼の籍は、私企業であるクーリッジ・アソシエートにあるのだ。今の鷲津の言葉に答えれば、彼がまだ政府機関のエージェントだということを認めることになる。

「最後に、別件でご依頼されていたことですが」

サムの言葉に、鷲津の顔から笑みが消えた。

「何か分かったか？」

サムは、そこで珍しくまっすぐ鷲津の方を見た。鷲津にはその視線が意味することが分かったが、何も言わずサムを見つめ返した。やがてサムは、足下のアタッシェケースから、ブルーのファイルを取り出した。

「今のところ分かっていることは、さほど多くありません。小さな進展が二つほどです」

鷲津が依頼した「別件」とは、一九八九年に大蔵省で起きた元会社社長の割腹自殺事件だった。

「今までの調査では、自殺した花井氏が、死ぬ間際に叫んだという『おのれ！　大蔵省！』という意味は、大蔵省に脱税の濡れ衣を着せられたこと、さらに会社の資産を隠すために計画倒産をしたと、大蔵省がマスコミにリークした事への恨みを指すと見られています」

「恨みなのか？」

「と、いいますと？」

「つまり、計画倒産して資産隠しをしたということは事実なのか」

「いいえ、失礼しました。彼が社長を務めた『ワープ・ジャパン』が脱税をした事実も、また資産隠しのために計画倒産した事実もありません」

　鷲津は、そこでグラスに半分ぐらい残っていたシングルモルトを一気に飲み干した。その液体が喉を焼き、胃まで沈んでいくのをしっかり味わってから言った。

「だが、遺族がその濡れ衣を晴らそうとしたのに、裁判所は門前払いをしたそうじゃないか」

「おっしゃる通りです。ただ、疑わしい事実はあったというのが裁判所の判断です」

「疑わしい事実、何だね、それは？」

　鷲津は、そばに来たボーイにグラスを掲げた。

「どうも、花井氏が大蔵省に睨まれた最大の理由は、国税庁の査察の際に、彼が証拠物件の開示を頑なに拒否したことのようですね。それで数日後、大阪地検は令状を取って証拠物件を押収しようとしたのですが、既に焼却されていたそうです。また、資産隠し疑惑に関しては、花井氏が会社の清算を行う直前に妻と離婚。二人いた子供は妻方の籍にいれたそうで、その際、花井氏の個人資産の一部が、妻と子供に移された。その移された資産が、会社の資産の一部だという疑惑があったそうです。しかし、こちらの資料も、ガサ入れの前に焼却されていた。そうした行為によって地検と大蔵省のメンツが潰れ、その結果、大蔵が『悪質な経営者』というレッテルを花井氏に貼りたかった。そんなところです」

「えらく簡単に言うじゃないか。レッテルを貼られた側にとってはたまらない話だろ」

サムは、鷲津の言葉が意図するものが読めないようで、怪訝そうにこちらを見た。

鷲津は、相手の不可思議な表情を見て薄ら笑いを浮かべながら尋ねた。

「で、進展は？」

「二つあります。一つは、大蔵省や警視庁の発表では、花井氏は遺書を持っていなかったことになっていました。しかし、割腹自殺を遂げた直後に、彼から遺書を手渡されたという、事件当時の警備員を見つけました」

鷲津の目が鋭くなった。

「遺書があった……？」

「その警備員は、確かに駆けつけた捜査員に手渡したというのですが、警視庁の当時の調書には、そんな記録がありません」

鷲津は、〝民間人〟のサムがどうやって警視庁の調書を調べたのかは聞かずに、事実を追った。

「それは、誰かが嘘をついているということか？」

「かも知れません。しかし、誰も嘘をついていない可能性もあります」

「誰も嘘をついていない可能性だと」

「警視庁の捜査員達は、遺書を手渡されなかった。つまり、その警備員が勝手に捜査員だと思い込んだ相手が、遺書を代わりに受け取ったのかも知れません」

　そこで、鷲津の前に新しい酒が届いた。彼はそれを少し口に含ませてから、皮肉な笑みを浮かべ、サムを見た。

「おいおい、もうすぐ二一世紀なんだぞ。それとも、あんた達は、未だに下山事件のようなことをやっているのか？」

　サムは、鷲津の挑発には乗ってこなかった。逆に、笑みを浮かべて首を静かに左右に振った。

「鷲津さん、冗談はなしです。あなたは、私がまだ政府機関に所属していると思っているようだが、そんな事実はない。さらに、下山事件とアメリカ政府との関係は、噂の域に過ぎない。そして、そもそもどうしてアメリカの諜報機関が、大阪の一介のアパレル会社の社長をマークしなければならないんです」

「なあ、サム。俺はあんたに何のサジェスチョンもしていないぞ。捜査官になりすました誰かが、花井氏の遺書を持ち帰り隠蔽したと、あんたが言ったんだ」

「失礼しました。それは私の言葉足らずです。ただ、そういう可能性もあったということです」

その言葉に、鷲津は声をあげて笑い始めた。そして、サムのそばに体を寄せて、彼の分厚い肩を何度も叩きながら、彼の名を何度も呼んだ。

「サム、サム、サム。俺達つきあっている年月は短いが、お互い相手の事は知り尽くしているはずだ。あんたは、裏付けのない憶測は絶対に言わない。先の発言には何か裏付けがあるはずだ。さあ、吐けよ。さもないと、この酒一気させるぞ」

鷲津はそう言うと、実際にサムの目の前にグラスを近づけた。サムは無表情のまま答えた。

「花井氏は、大蔵省に現れる前に、潜伏していた墨田区のアパートから三度もタクシーを乗り換えています。それが気になったんです」

「つまり、彼は誰かに監視されていて、尾行を巻こうとしていたということか」

「可能性に過ぎませんが……」

ありうる話だ。しかし、だとすれば彼を監視していた人間は誰だ。当時の新聞記事によれば、彼には詐欺罪などで逮捕状が出ていたはずだ。もし、尾行していたのが警察であれば、すぐに逮捕すればいい。鷲津は、そこでサムの視線に気づき、彼を見た。

「進展が二つあると言ったな。もう一つを聞かせてもらおうか」

「この事件には、三葉銀行が関与している可能性があります」

「『ワープ・ジャパン』の計画倒産の告発をしたのは、三葉だったからな」

「それもあります。ただ、花井氏は、失踪するひと月ぐらい前から、当時の三葉銀行の幹部達と頻繁に連絡を取り合っていました。また、その後は、三葉に対して脅迫めいた発言をしたこともあったと言います。大蔵にあれだけ追いつめられた理由の一つは、三葉側が大蔵に強くアピールしたからかも知れません」

「アピール？」

「そうです。花井氏は相当悪質だ、見逃すわけにはいかないというような類のことです」

「しかし、悪質だったのは、三葉も同様だろう。当時の信金大手で、九五年に破綻した木根信金に、三葉は『紹介預金』をして手数料を稼いでいた。確か、『ワープ・ジャパン』も一〇〇億単位の定期預金をして、それを担保に木根信金から三〇〇億円の融資を受けているはずだ」

バブル時代に盛んだった「紹介預金」とは、都市銀行が、取引先企業の運用資金の調達のために別の金融機関を紹介することだ。それだけなら慈善事業のような話だが、裏がある。

当時地銀や信金は、慢性的な資金調達不足に喘《あえ》いでいた。中でも不動産事業で拡大成長にあった木根信金は、融資する先がいくらでもあったために、預金獲得に躍起になっていた。そのため、他の銀行よりも高い金利の定期預金をつくることぐらいは、何でもなかった。

そこで、木根信金は、関係が深かった三葉銀行に対して、同行の取引先の紹介を求めたのだ。

日本中が「財テク」に走っていた時代だけに、企業にとって預金は最も安全な投資だった。それでより高い利回りが稼げれば「おいしい話」だ。しかも、木根信金に口座を開けば、都銀より遥かに緩い審査で資金調達も可能になる。一方紹介した都銀は、その預金づくりのために、取引先企業にコマーシャルペーパー（CP）を発行させ、手数料を徴収する——。まさに、当事者全員が潤う仕組みがあった。

三葉と木根信金の間に「紹介預金」が始まったのが一九八七年。三葉が四国の流通会社を木根信金に紹介し、数億円の資金が木根信金の預金となったのが最初だった。以来、三葉からの「紹介預金」だけで三〇〇〇億円以上の額が、木根信金の「預金」

となり、同信金の預金量は、わずか三年間で三倍以上に膨らんだ。

「よく、ご存じで。おっしゃる通りです。しかし、三葉が意図的に『ワープ・ジャパン』を破綻に追いつめた痕跡があるのは事実です」

「追いつめた理由は何だ？」

「それがまだつかめません。ただ、どうやら融資の返済の催促に『ワープ・ジャパン』が応じないだけではなく、何か三葉にとってありがたくない情報を、『ワープ』側が握っていたようです」

「さっき、花井氏が死ぬ直前まで三葉の幹部と頻繁に連絡し合っていたと言ったが、連絡を取っていた幹部は特定出来ているのか？」

サムは、そこで暫し沈黙した後、底溜めのカプチーノを飲み干して答えた。

「当時の企画担当専務で、現在の三葉銀行会長の真鍋寛雄です」

今度は、鷲津が黙り込む番だった。彼の予想を超えたビッグネームが突然出てきた。

「あんたの表現通りだとすれば、〝大阪の一介のアパレル会社の社長〟が、頻繁に電話連絡を取る相手が、日本屈指の大手都市銀行の企画担当専務というのは、どういうことなんだ」

「分かりません。私に言えることは、それこそが三葉が、強力に花井氏を追いつめる理由だったかも知れないということぐらいです」

鷲津はロックグラスを両手で包み込みながら、グラスの中にあるボール形の氷を見つめていた。

俺は、ここから何を導き出せばいいのだろう……。

さすがの彼にも、答えが見つけられなかった。

店の中は徐々に騒がしくなってきた。時刻は午後一一時前、外資系各社の「朝会」が終わり、ようやく日本駐在のスタッフも晩飯にありつけるときが来たようだった。まもなくリンも姿を現すだろう。

鷲津は話のまとめに入った。

「ありがとう。限られた、しかも随分古い情報にもかかわらず、よくここまで調べてくれた。心から礼を言うよ。とにかく、この件については引き続き調査を進めてくれ」

サムは、いつにない鷲津の低姿勢に驚いたようだったが、労《ねぎら》いを素直に受け入れた。鷲津が、一度手元に落としていた視線を再びサムに戻して言った。

「もし可能なら、この件について、あんたの古巣の資料に当たってもらうわけにはいかないだろうか。過去の資料に花井淳平という名がないか。あれば、その資料を読みたい。金はいくらでも払う。だから」

「鷲津さん、私はあんたを一流の投資家として高く評価しているし、人間的にも好きだ。だから、悪いことは言わない。これ以上、この話に首を突っ込むのはやめた方がいい」

「なんだ、サム、語るに落ちたか」

鷲津の挑発に、サムは真顔で首を左右に振った。

「そうじゃないんだ、政彦。あんたは、私が全てを承知していて、隠していると思っているようだが、それは違う。確かに、今ここで話したこと以外で、私が知っていることもある。だが、それは言わずもがな、あんたも知っていることばかりだ。本当のところは、あんたの方が、この事件についてよく知っているんじゃないか？　ただな、私は長年こういう仕事をしてきた勘として言うんだ。このヤマは、これ以上深入りすべきではないとな。眠れる獅子を起こしても何のメリットもない。下手に尻尾でも踏んだ日には、目も当てられない。だから」

そこで、鷲津がサムの前に手を開いた。それ以上聞く必要はなかった。だが、鷲津としては、この話は引くわけにはいかなかった。おそらく、サムは、自分がなぜこの一件にここまで固執するのかを知っているはずだ。鷲津はそれも承知で、サムの申し出を拒絶した。

その時に、二人の深刻な雰囲気をかき消すような声が背後からした。

「あら、お取り込み中かしら？」

いつからそこにいたのか、リン・ハットフォードが悪戯っぽく笑いながら二人を見下ろしていた。

先に笑顔を浮かべたのは鷲津だった。彼はすかさず立ち上がると、恭《うやうや》しく頭を下げて、リンを迎えた。

「これはこれは、女王陛下。お待ち申し上げておりました。ちょっとできあがってはおりますが、ささ、中へ中へ」

リンは、軽く会釈をしながら差し出された手を取ると、鷲津の隣に滑り込んだ。それを見てサムが腰を上げた。

「それでは、私はこれで」

「何なの、サム。私が来ると逃げるみたいに。そんなに私のこと、嫌い？」

「冗談はよしてください、ハットフォードさん。野暮な男は去るに限る。それだけです」

さっき鷲津との間にあった殺気めいた雰囲気も、どこか得体の知れない怪しげなムードもすっかり消し去ったサムは、若い女性の挑発に戸惑うただの中年男になっていた。

「よさないわ、サム。どうして、あんた達二人は、一番おいしい儲け話に私を噛ませないのよ」

「そんなことはありませんよ。私どものビジネスは、全てのお客様にフェアですから」

「あたしはフェアとラブって言葉が、一番嫌いよ。どっちもこの世にあった例《ため》しがないんだから」

「おい、よさないか、リン。何だ、酒でも入ってんのか」

鷲津にたしなめられて、リンはムスッとして通りがかったボーイに、生ビールとレアステーキを頼んだ。

「では、私はこれで」

サムは、もう一度そう言ってボックス席から出ようとした。再びリンが、彼の方を向くと言った。

「そういえば、ウチのボスがあなたを捜していたわよ。また携帯切ってるでしょ」

「失礼しました。大切な商談中でしたので」

「まあいいわ。大至急お願いしたいことがあるそうだから、よかったらオフィスに寄ってみて」

「承知しました。それでは」

サムはそう言った次の瞬間、薄暗い店の闇に溶けていった。

「何だ、おたくのボスが、サムに急用って」

「聞きたい？」

リンは、頰杖をつきながら鷲津を見た。

「ああ、聞きたいねえ」

「じゃあ、交換条件。サムとの悪巧みの中身を教えてくれたら、私も話してあげる」

そこに生ビールが届けられ、鷲津は自分のロックグラスを掲げて乾杯した。リンは一気にジョッキの半分ぐらいを飲み干した。鷲津は紙ナプキンで彼女の口元についた泡を拭ってやり、答えた。

「いいとも。三葉から出てきた不良債権リストから、ピックアップした会社の調査報告を聞いていたんだ」

「へえ、それってウチが、以前あそこの審査部からもらってきたやつかしら」

「こらこら、おたくは曲がりなりにも三葉銀行のファイナンシャル・アドバイザーだろ。そこが、相手先にクライアントの情報を流したなんてとんでもない話だ」

「ふん、勝手にきれい事言ってなさい。そんなことは、まあいいわ。ねえ、鷲津さん、私が知りたいのは、あなたとサムを、あんなに険悪なムードにした話の方よ」

「それは、サムと俺の男同士の会話」

瞬間、リンの細い手がいきなり出てきたかと思うと、不意に鷲津のネクタイをつかんだ。

「Hey、政彦。冗談はそこまでよ。私はマジで聞いてるの。あなた、時々私に隠れて何だか怪しい話に首つっこんでいるわよね。教えなさいよ、その話」

鷲津は、そう言われて優しく両手でリンの手を包み込むと、突然彼女の唇に自分の唇を合わせた。最初は抵抗していたリンが、おとなしく彼にされるままになるのを待って、鷲津は唇を離した。

「サムが、お前のことを真剣に好きだって話だ。それで、俺に相談」

最後まで言い終わる前に、リンの平手打ちが鷲津に飛んできた。

「なめないでよ、坊や。あたしは、あなたのことを真剣に心配しているんだ。それを、キスや戯《ざ》れ言《ごと》で誤魔化さないで」

リンの目は怒りで燃えているようだった。しかし、鷲津に見つめられていることで瞳が潤み始めた。鷲津は視線を外し、タバコをくわえた。

そこに二杯目の生ビールと二〇〇グラムはありそうなステーキが運ばれてきた。

鷲津は彼女から少し離れ、煙が彼女の方に飛ばないように注意しながら、黙々とステーキを食べ始めたリンを眺めていた。

どう誤魔化してもリンは、いつか全てを見抜くはずだ。おそらく彼女のことだ、すでにある程度は、鷲津が調べている内容も知っている。だが、彼女にとって大切なのは、それを鷲津の口から聞くことなのだろう。

だが、この話に彼女を巻き込むわけにはいかなかった。

大体、彼女が日本にいることすら、ゴールドバーグ・コールズ（GC）には大きな損失なのだ。

「GC始まって以来の女社長だって夢じゃないんだ。なのに、極東くんだりまで男について行くっていうのは正気じゃない」

鷲津は、ニューヨークの本社で、そう嫌みを言われた。本当なら、一刻も早くリンにニューヨークへ帰れと言うべきなのだ。だが、鷲津の勝手にいくら振り回されても最後は黙って全てをのみ込んでしまうリンに、そう言えるほど鷲津も強くなかった。

ステーキを半分ほど平らげたところで、リンは視線を逸らしたままで言った。

「富士見銀行が、山野証券の救済依頼を蹴ったそうよ。いよいよ、行くわよ」

「おたくのボスが、サムに用があるというのは、それか」

「そう。山野証券が隠している簿外債務の額と山野で使い道のある幹部の割り出し、さらに、MOF（〈旧〉大蔵省）の動きもフォローしたいみたい」

「また大がかりだな」

「そりゃあそうでしょ。山野といえば、腐っても日本の四大証券の一角なんだから、サムのところを総動員してやってもらわないと」

「だが、現状、どうやって山野をのみ込む気だ。日本の会社更生法だと大変だぞ」

そこで、リンは鷲津のほうを見てナイフをつきつけた。

「それがね、どうも、会社更生法では処理しないみたいよ」

「何？　じゃあ、どうやって」

「自主廃業だそうよ」

さすがに鷲津もリンの言葉に驚いた。

「つまり、再生せず解体するということか？」

「みたいね。酷いことするわ。で、そこで我がクライアント殿が白馬の騎士になって、山野証券の支店、社員を救うべく手を挙げるって算段よ」

呆れるしかなかった。だが、これも日本が倒産法の整備を蔑《ないがし》ろにしてきた報いだった。会社更生法による再生では、山野クラスの大手だと時間がかかりすぎて連鎖破綻が起きる。そこで会社を潰してしまい、おいしいとこ取りでハゲタカに餌をまくわけだ。

「最初は、あなたにバイアウトしてもらおうって提案するつもりだったけれど、解体後の会社じゃあね、ゴールデンイーグルの名が廃《すた》るわ」

「それはどうも……」

「そうそ、そして遂に都銀も一つ、逝っちゃうみたいよ」

「都銀？」

当時、危機が噂されていた大手銀行はいくつもあった。中でも最も危ないのは、日信銀と長債銀の長信銀二行と山野証券と同じ富士見銀行系の安井信託銀行、そして、北海道開発銀行、さらに、住倉銀行との合併がご破算になった大亜銀行だと喧伝されていた。

「一番危ないと言われていたのは、安井だと聞いていたが」

「私もそう聞いていた。でも、結局富士見が二者択一を迫られて、山野を切り、安井信託を残したのよ」

「で、その潰される都銀というのは、どこだ？」

リンは、そこでまたステーキを食べ始めた。鷲津はそれをじっと眺めて、彼女が答えるのを待っていた。やがて、鷲津の視線に耐えられなくなったらしく、リンはビールで肉を流し込み、こちらを向いた。

「教えて欲しかったら、今夜私に尽くすことね」

鷲津はその言葉に、ニンマリした。

「それはもう、私はいつも女王陛下には誠心誠意お尽くし申し上げていますから……」

「よろしい。じゃあ行くわよ」

彼女はそう言うと、膝に広げていたナプキンで口を拭くと立ち上がった。

「何だ、もう帰るのか？」

「あなたの気が変わらないうちにね。言ったでしょ。私はフェアとラブって言葉が、一番嫌いだって。大事なのはパッションよ」

第三章　ラスト・ウォッチ

1

一九九七年一一月二一日　大手町

山野、自主廃業へ

という見出しが、日本産業（日産）新聞の一面に躍っていた。

一一月三日、三海証券の更生法手続き申請によって蓋が開いた戦後最大の金融危機は、一七日、「絶対に潰さない」と大蔵大臣が保証していた大手都市銀行の一つ、北海道開発銀行があっけなく破綻したことで深刻度が一気に加速した。

そして、この日の日産新聞の記事が、日本中をパニックに陥らせることになる。

しかし三海証券のメインバンクにもかかわらず再建に及び腰だった三葉銀行は、遥かに甚大な山野の自主廃業で非難の矛先が変わりそうだと、ホッとしていた。その空気を感じて芝野は、何とも言えない恐怖を感じていた。

迫り来る危機は、もはや一銀行の責任問題では済まなくなっている。にもかかわらず、我々はただ、嵐が通り過ぎるのを首をすくめて待っているだけだ。

本来、こういう危機こそ、国として企業として、そして一個人としての真価を発揮するチャンスだった。逃げまどうのではなく、当事者はみな身を挺して自らの責任を全うし、この危機に立ち向かうべきだった。

「どういう神経しているんでしょうね？」

デスクの前にお茶を持って立っていた宮部みどりが、珍しく怖い顔でそう言った。芝野は、彼女の怒りの出所が分からず、怪訝そうに彼女を見上げた。

「え、何の話だ」

「この記事です。何だか、『お前はもう死ぬんだ』って告知されたみたいで」

そう言われて芝野は、宮部の言いたいことを理解した。

「彼らも仕事だからね」

「仕事っていいますけどね、せめて死に際ぐらい、しかるべき手順を踏んで欲しいもんですよ。こういうの、スクープっていうんですか？　この記事書いた人、記事の影響とか、関係者の気持ちとか考えないんですか？」

彼女の怒りはもっともだった。山野証券が危ない程度の話は芝野の耳にも入ってきた。

おそらくは、大蔵省も日銀も、そしてメインバンクでも、「終焉」の覚悟はしていただろう。しかし、山野の社員達は、わずかの可能性を信じて必死で闘っていたはずだ。

それが、いきなりこんな記事が出たら、社内の混乱は半端ではないはずだ。さらに、こうした記事が危機感を煽り、時に思わぬ連鎖破綻やデマが飛び交うこともある。

「私、こういうのいやですよ。ウチが潰れる時には、まず芝野さんから説明してもらわないと」

彼女の怒り心頭の言葉に、芝野はただ戸惑い、適当な返事を見つけられなかった。

「しかし、これで政府も本腰を入れて、金融システムの改革に打って出てくれるだろう」

「そうでしょうかね。私は、室長のように楽観主義者にはなれません」

芝野は、宮部の物言いに口元を歪めた。

「まあ、ここはお国に骨のあるところを期待しようじゃないか」

「だといいんですけれど、日本って国は、とっくの昔にクラゲになってしまったように思いますよ」

「分かった。じゃあ、せめて俺達だけは頑張って不良債権処理にいそしもう」

そう言われて、宮部は思いだしたように芝野に言った。

「そうでした。先ほど、芝野さんがいらっしゃらない間に飯島常務からお電話があり、戻られたら連絡してほしいとのことでした」

芝野は、少しぬるくなったお茶を一口すってから、常務取締役総合企画部長席に電話を入れた。

前任者が自社で調査開拓したM&Aデータを盗み出し、それを手みやげに外資系銀行に転職するという不祥事から約一年。以来空席になっていた取締役総合企画部長の席が、この一〇月の定期異動で埋まった。

空席の間も、企画担当専務である迫田が総合企画部をしっかりと掌握していたために、さしたる支障はなかったし、芝野のようなタイプには、直属の上司が空席というのはとても居心地の良い環境だった。だが、銀行にとって要のセクションであり、頭取候補が必ず通る重要ポストが空席というのは行内外への影響も大きかっただけに、そのポストが埋まることは至極当然だった。ただ、芝野にとって、そのポストに就任した人物が問題だった。

新しい常務総合企画部長は、飯島亮介五五歳。九月まで大阪本店取締役営業企画部長を務めたやり手で、芝野が船場支店にいた当時は営業課長だった。

大阪生まれで、慶応の経済を卒業後、三葉にキャリア採用での入行。だが、将来の三葉を担うエリートというよりも、目端ばかりが利く陰謀家という印象が強く、権力者に絶妙に寄り添う一方で、自らに歯向かう者には容赦しないところがあった。

血気盛んだった芝野は、船場支店時代、人間関係の微妙な駆け引きや社内政治が苦手で、飯島からはことあるごとに目の敵にされてきた。彼が大阪人を嫌う一つの理由は、強い関西訛《なまり》があった飯島のせいかもしれなかった。

「ああ悪いな、すぐ来てくれるか」

大手都市銀行の取締役総合企画部長という印象とはほど遠い、軽薄な関西言葉で、飯島は電話を切っていた。

芝野は大きくため息をつくと、飯島のところに行って来ると宮部に告げて、部屋を後にした。

をしていた。

「お呼びと伺いました」

「ああ、忙しいのにすまんなあ。ちょっとそこにかけといて」

飯島は顔も上げずにそう言った。彼が言う「そこ」とは、デスクの前にある応接セットのことだった。

三葉では常務以上には個室が与えられる。個室の中をどう飾るかは、基本的に各役員次第なのだが、個性とビジネススタンスが、そのまま部屋の雰囲気に表れる。

たとえば、国際派で知られる真鍋会長の部屋は機能と品格が重視され、無駄なものは全くないが、居心地の良さを考えた落ち着きがあった。一方、迫田専務の部屋は、とにかく金に糸目をつけない贅沢さが目立った。毎月のように新しい〝宝物〟が増えていて、部屋に案内された者は、自分でそれに気付き、気の利いた一言を言わなければ査定に響くとさえ言われていた。

そして、飯島の部屋は、そこがインテリジェントビルの三〇階にある大手都銀の役員室とは思えないほどの品のなさが漂っていた。壁中に写真や賞状がベタベタと貼られ、彼のデスクのそばには「一意専心　二一代目巴屋清兵衛」と揮毫《きごう》された額が掲げられ、その反対側の壁には大阪巴銀行創業一〇〇年を記念した藍染めの暖簾が張られてあった。さらに壁際の飾り棚には、芝野にはがらくたにしか見えないような郷土みやげの類が、所狭しと並んでいた。

どうやら大阪から運んできたらしい傷だらけの机の上には、パソコンの影もなく、古ぼけた算盤が置かれていた。

「待たせたな。何飲む？」

飯島は、一〇分ぐらいしてようやく椅子から腰を上げて、芝野に近付いてきた。芝野は何とも言えない不安感を抱きながら何でもいいと答えると、飯島はそのまま部屋のドアを開けて、秘書に大声で言った。

「わしと芝野君に、おいしいコーシィ、プリーズ」

そして、ニタニタとした笑みを浮かべて、芝野の正面のアームチェアに座った。足下は革靴ではなくサンダル履きだった。

グレーのネクタイがぶら下がった皺だらけの白のワイシャツの上に赤茶色のカーディガンを羽織った飯島は、一六〇センチ足らずの背丈でガリガリに痩せていた。そして鳥ガラのような顔に唯一の贅沢と言える鼈甲《べっこう》縁の眼鏡を掛けた眼だけが、いつも狡猾に光っていた。

「いやあ、東京で働くのは疲れんなあ。ガラスケースの中に入れられている気分が嫌や。君、ようこんな窓も開かへん部屋に一日中おれるなあ」

「常務は、本店が長かったですからね」

「長いもなんも、わし、入行してから大阪から出るの初めてなんや。おたくとちごて、英語もできんし、第一、標準語もしゃべれんよってなあ。何も、もうゴールが見えとるこんなロートルを呼びつけんでも、東京には優秀なもんがなんぼでもおるやろうに」

私も同感です、と言いそうになるのをのみ込んで、芝野は曖昧な笑みを浮かべた。

飯島はそんなことに気づかず、応接テーブルの上にあるピース缶の蓋を開けてタバコを取り出した。芝野は、すかさず彼の前に卓上ライターの火を近づけた。飯島は軽く会釈をして火を受けると、天井めがけて吹き上げた。そこに、秘書が二人分のコーヒーを持ってきた。

「おっ、悪いな。ありがと。ほんま、東京来て一番嬉しかったんは、真名ちゃんのおいしいコーシィを毎日飲めるこっちゃ」

そう言われると秘書は頬を赤くしお辞儀をして、逃げるように部屋を出ていった。

「あかんなあ、東京の女は。大阪やったら、あそこで、『そら常務のコーヒーには、愛と憎しみをいっぱい込めてますから』とかいうつっこみが入るんやけど、ひと月た

って も無視や。ほんま、コミュニケーションっちゅうのが分かっとらん」

彼は一人でそうまくし立てると、クリームをなみなみと注ぎ、さらに角砂糖を四つも放り込んでから、勢いよくコーヒーをかき混ぜた。ところが不思議なぐらいソーサーにはこぼれず、飯島は音をたててコーヒーをすった。

「まあ、いずれにしても、君がここにいてくれたんが何よりや」

「はあ。私も、久しぶりに常務の下で働けて、身が引き締まる思いです」

「そらせやろ。で、忙しい君を呼んだんは、ほかでもない。一二月初めに予定されている『福袋』のことや」

「はい」

一二月初め、三葉銀行は、二度目のバルクセールを予定していた。芝野は、そこで前回とは違う方法でのセールを考え、その提案書を一週間ほど前に飯島に提出していた。そろそろ返事が欲しいと思っていただけに、この呼び出しはありがたかった。

「わしも君の意見に賛成や」

「えっ！」

「何や、そんな不思議そうな顔して、わし、何か変なこと言うたか？」

「ああ、いえ。私の意見は、いつも上の方には受けいれられないことが多かったものですから」

「そうかあ、お前さんも苦労してきたんやなあ。けど、どうせやるなら、競争入札にするというのは当然ちゃうか」

前回のゴールドバーグ・コールズとホライズン・キャピタルによる相対《あいたい》でのバルクセールに強い不信感を感じていた芝野は、迫田専務らに反対されるのを承知で、競争入札によるセールを提案していた。上にはとことんごまをすり、黒い物でも白と言うタイプの典型と言われた飯島だけに、今の言葉は、芝野をキツネにつままれたような気分にさせた。だが、飯島は、芝野の気分など気にもしていないように続けた。

「大体、えげつない話やないか。いくら不良債権化しているとはいえ、総額七〇〇億円からの貸出債権を七〇億に値切るとは、盗人《ぬすっと》とおんなじや」

「おっしゃる通りです」

「大体、わしは外資ちゅうのが大っ嫌いなんや。知っとるか、アメちゃん達が、槍投げてくるインディアン相手に闘っとった頃から、わしら大阪人は米の先物相場をやっとったんや。そんなガキどもに好き勝手やられてたまりますかいな。ここは、強気で行くこっちゃ」

なるほど、そういう論理か。芝野は、飯島の旧態依然とした論理に呆れながらも、結果的には自分の提案を支持してくれたことを大事にしようと頷いた。問題は、飯島が、迫田専務の意向を知ったうえで賛成しているかどうかだった。

「了解いたしました。ただ、実は、前回のバルクセールでも競争入札での売却を提案したのですが、迫田専務から却下されたのですが……」

「何、迫田専務から拒否されたぁ？」

さあ、どう出るか。芝野は、飯島の豹変を予感した。しかし、彼は思いもよらないリアクションをした。

「そういう奴が専務をやっているようじゃ、ウチも先はないな。かまわん、わしが責任取る。競争入札で行け！」

本気か？　芝野は、またびっくりして新任の総合企画部長を見た。迫田専務は次期頭取の呼び声すらある実力派専務なのだ。そんな人を相手に、この人は喧嘩を売るというのか……。

「何や、不満か？」

「と、とんでもありません。常務の男気に感服致しました」

「ほおか。わしらがこれから大事にせなあかんのは、正しいことをやる人間を評価することや。迫田が何と言おうと中央突破や！」

そこで、芝野は、迫田専務と飯島常務が同期だったことを思い出した。だからこそ専務を呼び捨てにするし、ライバル心をここまで剝き出しにするわけだ。今回はそれが吉と出たということか……。

「ただ、お前さんは詰めが甘い」

「はっ、と申しますと？」

「入札にするところまではええ。けど、何で一発で決めるんや」

「では、ビッド争いをさせろということですか？」

「せや、いわゆるオークションっちゅうやつやな。それで争わせて、一円でも高いところに売る。それが商いっちゅうもんやろ」

そこまでやる気なのか……。

だが、それは芝野も望むところだった。

「至りませんで失礼いたしました。では、オークション形式の線で進めます」

「そうしてや。目標は三割以上や。それ以下やったらご破算にしたらええ」

「三割、ですか……」

「別に五割でもええねんで」

「いや、それは無理だと思いますが」

「何でや」

「バルクセールというのは、そもそも回収不能の債権を叩き売る場ですから」

「せや。けど、買い手の言い値で売ったら向こうは丸儲けやろ。銀行は慈善事業やってんのとちゃうんや。値段は、向こうやのうて、こっちが決めるぐらいの強気やないと舐められるだけやで」

「はあ」

どうやらこのオヤジは、八〇年代の邦銀が米銀を買い漁った時代から時間が止まっているようだ。今、そんな理屈は通らない。

「なあ、芝野。お前、商売の鉄則を忘れてへんか」

「商売の鉄則、ですか……」

「せや、ルールを決める方が主導権を握る。こっちが劣勢やったら、ルールを変えることや」

そう言われて芝野はハッとした。それは、アメリカでは「ゲーム理論」と呼ばれるビジネス理論だった。もちろん、「大阪から出たことないねん」という飯島は、「ゲーム理論」という言葉すら知らないだろう。だが、彼の理屈は、まさに「ゲーム理論」そのものだった。

「つまり、我々でルールを作れということですか」

「その通り！　わしは今二つ、アイデアがあんねん。聞きたいか？」

「はい、ぜひ！」

「一つはな、バルクセールっちゅうのは、今、外資の間で、はやりやろ。どこの馬の骨か分からんような奴まで外資を名乗って参入してきよる。そういう連中が、欲しいもんて何や」

「さあ、何でしょうか？」

「実績や！　つまり、どこの馬の骨か分からんようなところも、大三葉銀行のバルクセールを競り落としたっちゅうことになると箔がつくやないか。それを狙わんでどうすんねん」

なるほど、それは良いアイデアかも知れない。

「つまり、名を売るためにビッドを釣り上げるようなファンドを入札のメンバーに入れればいいと」

「その通りや。ウチの東京本店の悪いところは、変なメンツにこだわることや。畏れ多くも三葉のバルクセールやったら、ゴールドバーグ・コールズやゴールドマックス、あるいはジャーマン銀行や、メリレ・リンクなんていう有名ブランドとビジネスをしたい。けどな、ゴールドバーグ・コールズが払う七〇億円よりも、得体の知れないファンドの一〇〇億円の方がおいしいやろ。金にはブランドもクソもないんや。そ
れやったら、一番高《たこ》う買うてくれる先に売れればええんとちゃうのか」

芝野は生理的に飯島が好きになれなかった。しかし、彼の理屈は気に入った。

「分かりました。では、入札業者をあまり絞り込まないオープン・オークション方式
で、広く集めることにします」

「そうしい。でもな、まだ甘いで」

「はあ……」

「なあ、芝野ちゃん、わしはさっき三割いかへんかったら、その商いはチャラや言い
ましたな。けどな、絶対にチャラにならへん方法がありまんねん」

「チャラにならない方法、ですか？」

「せや。聞きたいか？」

「ええ、ぜひ！」

俺は今日、いったい何度この言葉を、このおっさんの前で吐くんだという芝野の忸《じく》
怩《じ》たる思いなど全く斟酌せずに、飯島は言い放った。

「当て馬をつくるこっちゃ」

「と、いいますと？」

「最初から、買う気はないねんけど、買い取り価格をどんどん釣り上げてくれる業者を一社いれればええんやろうが」

「つまり、ダミー会社をつくって、そこにビッド額をリードさせるってことですか？」

「別にダミー会社をつくらんでも、野島証券でも日産銀行でもええで。連中に裏から手数料を支払えばええことやからな」

「しかし、常務、名案だとは思うのですが、まかり間違ってビッドを釣り上げている最中に、競争相手が降りたらどうしますか」

「おいおい、こういうもんにはリスクはつきもんや。そんときはそんときや。ウチが差額を払《はろ》たったらええ。けど、そうなると見ず知らずの相手に金払うのは、けったくそ悪いよって、よっしゃ、こうしょ！」

芝野は、だんだん目の前の役員のいい加減さに嫌気がさし始めていた。それでも、彼は何とか言葉を継いだ。

「どうするんですか？」

「うん、その当て馬会社、ウチでつくろうやないか」

本気か、あんた！

「それじゃあ、飛ばしになってしまいますが」

「あかんなあ。お前さんは、いつまでたっても詰めが甘い。飛ばしにならんようにすればええんやんか。そのための必要十分条件は、ウチがその会社の出資比率を五〇%未満にすればええんやろ」

「理屈としてはそうです。しかし、では五一%を出資してくれる先をどうやって見つけるんですか？」

そう言われて、飯島は「うーん」とうなり声をあげて天井を見上げた。しかし、すぐに妙案が浮かんだようで、体勢を立て直し芝野を見た。

「ほな、こうしょう。さっき言うてた、どこの馬の骨か分からん、怪しいファンドの一つを取り込も。ほんで、そこにどんなことしても競り勝たせるんや」

「取り込むということは、その得体の知れないファンドに五一%の株主にならせるということですよ」

「せや。連中に金がないんやったら、系列ノンバンクから資金貸したったらええやろ」

それを「飛ばし」って言うんじゃないのか！　と声高に叫びたいのを堪えて、芝野は尋ねた。

「分かりました。では、そこに競り勝たせるとしましょう。しかし、どこの馬の骨だか分からないファンドでは、最後までビッドを競り上げる資金力はないと思いますが、それも我々が調達するということですか」

「まあ、そうなるな」

「それでは、行内の健全化が一向に進まないどころか、逆に財務を圧迫することになります」

「なあ、芝ちゃん。今、我々に求められていることは何や。一刻も早く、財務内容が良くなったと思わせることやろ。実質はどうでもええんとちゃうんか」

「しかし、それでは単に危機を先送りしているに過ぎないと思いますが」

「先送り、結構じゃないですか。我々はずっと先送りして生き延びてきたんですから」

やはりこの人とは、基本的な生きるよすがが違う。

芝野は、改めてそう実感した。

「よっしゃ、それで行こ」

すっかり乗り気になった飯島を止めるには、相当の労力が必要だ。

「お言葉を返すようですが、常務、次回のバルクセールは、一二月初めにはスタートさせたいと思っているんですが、そんな大がかりな戦略をするには時間が足りません」

「ほな、遅らしたらよろしいやん。何か問題あんのか？」

「既に、大蔵省に報告済みですし」

「そんなもん、頭下げたらしまいやろ。何のために普段、高い金使《つこ》うて連中を接待してますねん。こういうときに無理を聞いてもらうためや。別に、バルクセールをやらへんちゅうているわけやない。少しずらすだけの話やないか。第一、連中は今、バルクセールどころやないやろ、次はどこが潰れよんのやろって戦々恐々としてるんや。今やったらあっさり通るんとちゃうか」

それを俺が、MOF担と迫田専務にねじ込むのか……。

「どないしたんや、まさか芝野先生ともあろう方が、そんなことぐらいがでけへんわけやないやろ」

「あの、常務。こうしませんか？　我々は今年度中にあと二回バルクセールを行う予定です。今の常務の戦略は、次回にするということで」

「なんでや？」

「何事もあまり拙速に運ぶと、上手の手からも水は漏れるものです。こういうことは慎重を期すべきだと思うんです。さらに、この一件は会長も注目されていますし、企画担当の迫田専務も相当深く介入されています。そこで、私としては、今回は競争入札という新しい方法を採ることで、前回よりどれぐらい価格が上がるかを見てみたいという気もしています。ですので、まずそれで様子を見てから次の作戦を練るべきかと思うんですが」

「あかんあかん、そんな悠長な話では。なんや、芝野、お前さん、ニューヨーク行ってえろう牙が丸なったんとちゃうか。船場支店時代のカミソリのような鋭さと、大胆な行動力はどこへ行ったんや。ええか、その線で進め。とりあえず三日やる。その間にウチが取り込む先を探せ。お話は以上や」

飯島はそう言うと腰を上げた。そして自分の席に戻ると、眼鏡を掛け替え書類を読みふけり始めた。

芝野はとりつく島もなく立ち上がり、一礼して部屋を出ようとした。

「ああせや、いっこ忘れとった」

「はい、何でしょうか？」

「お前さん、次もアドバイザーの手を借りんと、バルクセールやれんか？」

「は？」

「いや、前回の報告書を見とったら、アドバイザリー料として、月五〇〇〇万、三ヵ月で一億五〇〇〇万。さらに、成功報酬として三％も持って行かれとるやろ。そんな大枚はたかなあかんほど、ウチは出来が悪いんかってことや」

いちいち癇《かん》に障る言い方をする人だった。芝野は肩をすくめて答えた。

「いえ、私も常務と同感です。アドバイザーの必要は感じません」

「よっしゃ、ほな。次は、なしや。以上！　ご苦労さん」

芝野は入室前よりも数倍肩に重たいものを感じながら、もう一度一礼して常務室を後にした。

3

一九九七年一一月二六日

この日未明、危機が取り沙汰されていた東北の第二地銀・北誉銀行の破綻を同盟通信社が配信。金融破綻が都銀から地銀へ広がったことを告げた。

日銀、大蔵当局の打ち消し会見にもかかわらず、マスコミ各社は同配信記事を追走。結局午前八時、北誉銀行は本店がある仙台市で記者会見を開き、大東北銀行に営業譲渡すると発表した。北誉銀行は、三村大蔵大臣のお膝元の銀行。蔵相の地元の銀行ですら破綻するという〝事件〟は、「危ないと噂されている銀行は、もうもたない」という恐怖となり、全国を震撼させた。

大阪では、近畿財務局長と日銀大阪支店長が揃って会見し、関西で危機が噂されていた紀州銀行、幸甚銀行などの経営危機を否定。また、栃木では、日銀営業局長が宇都宮まで足を運び、同県の地銀大手・足助銀行の経営危機を「ありえない！」と全面否定した。

しかし、日銀幹部がわざわざ宇都宮まで足を運んだこと自体が、「危ない証拠」と逆効果になり、栃木県内の足助銀行各支店では、一時、取り付け騒ぎが起きた。

まさに恐慌前夜となったその夜、米国投資銀行ゴールドバーグ・コールズのリン・ハットフォードは、神谷町にある投資ファンド運営会社ホライズン・キャピタルの会議室で怒りをぶちまけていた。

彼女はこの日の午後、三葉銀行に呼ばれ、資産流動化開発室室長の芝野から次回以降のバルクセールについてはアドバイザー契約を結ばないと通告されたのだ。

「もう我々でやれるので、今回は御社のご協力をご辞退しますだって！　ったく、なめてやがるわ！」
リンは、そう言って鷲津とアラン・ウォードに喚き散らしていた。
「連中は、今回は競争入札でやるそうですね」
アランは、リンの怒りなど全く気にもせずにそう言った。
その言葉に、リンはさらにムッとしてアランを睨んだ。
「何で、そんな情報知ってんの？」
「夕刻、芝野さんからメールが来ていました。よりフェアなビジネスを実現するため
というのが理由だそうです」
「フェアが聞いて呆れるわよ。少しでも高く債権を売りつけたいだけでしょうが！」
「でも、リンさん、それは経済的合理性から見れば、至極当然のことですよ。ゴール
ドバーグ・コールズにとっては、ご愁傷様ですが」
アランは真顔でそう言い放ち、リンから殺されんばかりの視線をぶつけられた。
「それにしてもゴールドバーグは、最近、下手を打ちすぎだな。あれほどやめろと言
った三葉の赤坂・六本木の案件に手を出し、占有屋や危ないお兄さん達に手を焼き、
今度は、いきなりこれか……。迫田専務をしっかり抱き込んでいたんじゃないのか
ね」

鷲津はリンの怒りをやり過ごして、そう指摘した。リンも痛いところを突かれたのか、憮然として黙り込んだ。

「それが、今度三葉に来た常務の総合企画部長というのが、相当のくせ者で、大の外資嫌いなだけではなく、MOFの圧力にも全然屈しないオヤジでして……」

左目のそばに傷を創った鍔淵が代わりに答えた。彼は、ここふた月近く、三葉のバルクで手に入れた都心の不動産の売却で酷い目に遭っていて、その傷はまさに「酷い目」の象徴だった。

「大蔵省の圧力にも屈しないって凄いですね」

すっかり日本の銀行通になってきたアランは、感心したように呟いた。

「三葉は伝統的にそういう体質を持った連中がいるんです。特に大阪本店の人間は、今の日本政府を育てたのは自分達だと言ってはばからないのが、いっぱいいますからなあ」

ホライズン・キャピタルの不動産部長、〝コマネズミ〟中延五朗は、神経質そうな声でそう言い放った。アランが言う通り、典型的なネズミ顔に加え、額の後退も激しく、鋭い目つき以外はくたびれた小太りのネズミ男としか言いようのない容姿だった。そして、このミーティングの席上では最年長でありながら、常に物言いは卑屈なほど丁寧で、「冴えない」印象を強めていた。

「大阪本店って、そんな旧態依然としているんですか」

そう尋ねたのは鰐淵だった。中延は団子鼻の上にのせた黒縁の眼鏡の奥から、鋭い視線を彼にぶつけてから説明を加えた。

「連中の前身は『巴屋』っていう大阪の豪商で、江戸時代から時の政権と密接な関係を築いてきたという歴史があります。最近はすっかり他の都銀と変わらない風情になりましたが、大阪本店の体質は、今なお傲慢を絵に描いたようなところがありまして……。中でも今回、総合企画部長に就任した飯島は、『奥の院の大番頭』と言われた怪物です。迫田みたいに長い物に巻かれよ式の世渡りは、持ち合わせちゃいないでしょう」

「えっ、中延さん、新しい総合企画部長、知ってんですか？」

鰐淵は驚いてそう尋ねた。

「面識はありません。ただ、私が住倉の大阪本店にいたころには、既に伝説の人でしたよ」

「伝説というのは？」

そう尋ねたのは鷲津だった。彼は会議室のテーブルに両肘をつき、いつものように両手で三角形を形作っていた。

「みなさんはご存じないかも知れませんが、あそこには、随分以前からプライベートバンク部門というのがあるという噂です。それを、連中は『奥の院』って呼んでるんです。歴史は戦前にまで遡《さかのぼ》るそうで、預け主は皇族筋から軍閥、軍人、さらに財界トップや高級官僚、大物政治家にまで及ぶとか。実態は定かではないのですが、連中が窓口になって、スイスやタックスフリーの銀行に資産を預け、管理するという役割を担っているようです。そして、その件を知っているのは、巴屋の一族と大阪本店の『奥の院の大番頭』だけだそうです。中でも飯島ってのは、慶応出のエリートなんですが、二〇年近く『奥の院』に君臨して、バブル期には一気に顧客を増やしたと聞いてます」

「そんな人が何で、この時期に東京に出てくるんです」

アランの問いは、部屋の中にいるメンバー全員の共通の疑問だった。中延は眼鏡を外し、目の前の渋茶をすすってから答えた。

「そこなんです、私にも分からないのは……。ただ一つ言えるのは、このところ幹部らが外資に移ったりして、三葉内のガバナンスが甘くなっていますよね。連中が本当にプライベートバンク部門を持っているんだとしたら、そういう情報が漏洩するのを防ぐためなのかも知れません」

「それだけじゃない。三葉の財務状態は、周囲が考えているより遥かに悪い。前回のバルクセールでもそうだったが、本来であれば抱え続けなければならない『危ない案件』を、バルクに紛れさせて売却している。その取捨選択をする必要があるんじゃないか」

鷲津の言葉に、中延は感心したように頷いた。

「なるほど一理ありますな。まあ、誰が買うかにもよりますが、買い手によっては、実際の担保物件より遥かにおいしい案件もあるでしょうからな」

「担保物件よりおいしいってどういうことです」

〝おいしい話〟には、条件反射する鰐淵が、すかさず尋ねてきた。

「アラン、お答えしろ」

鷲津に声を掛けられ、アランは驚いたようにボスを見たが、自分が試されているのに気づくと答えた。

「たとえば、その物件が大物政治家への裏金づくりのためのものだったり、貸出先の経営トップが私物化したものだったりすると、そういうネタだけをことさらに高く買ってくれる人がいるってことですよね」

「良くできたわ、アランちゃん。ゲーム以外の知識も、着実に豊富になってきたわね」とリンは茶化した後に、鰐淵の方を向いた。

「でも、あなたは手出ししちゃだめよ。今度は、東京湾に沈むことになりかねないからね」

「脅しっこなしですよ、リンさん」

「何言ってんの。あれだけ私達が手を出すなといった三葉の怪しい不動産を大量に買い込んで、あなた何度怖いお兄さん達に脅されたのよ。こういう情報っていうのは、使い方を知っている大人が買うもの。あなたのような下の毛も生えてないようなガキは、占有屋とバトってるぐらいがちょうどいいのよ」

鰐淵は反論しかけたが、他のメンバーが薄ら笑いを浮かべているのを見てのみ込んだ。リンが、鷲津に言った。

「でも、そういうことになると、私達としてはアドバイザーを降りるわけにはいかないわ。単にディストレスト（不良債権）の利ざやを稼ぐだけの連中には屑案件でしょうが、私達はそういう情報を高く買ってくれる先を持っているんだから」

「なら、どんな手を使ってもアドバイザーに返り咲くことだな。それと、中延さん、一度、その噂の大番頭さんと会ってみたいんだが、ルートはないですか？」

り始めた。
鷲津の問いに、中延は意外そうな顔をしたが、すぐに眉間に皺をつくって記憶を辿
「なくはないですが、少々金がかかるかも知れませんよ」
「それはかまわない。こういう話は、いきなり本丸を攻めるのが一番だからな」
鷲津は、そこでリンの視線を感じた。さっきまでの敏腕インベストメント・バンカ
ーのそれとは違う非難がましい、そしてどこか哀しげな目だった。鷲津は気づかぬふ
りをしてアランに告げた。
「三葉のメールが何社ぐらいに送信されたのか、調べられるか?」
「ええ、大丈夫だと思います。あと、一つ言い忘れましたが、今回の入札はビッド方
式でやると言っています」
その言葉に、全員がアランを見た。
「アラン坊や、そういう大事な話は、もっと早くママに言うのよ」
リンの言葉に、アランは怪訝そうな顔をした。
「ビッド方式だと何か問題ですか?」
「さらに値が釣り上げられるんです。名を売りたい連中、あるいは、この辺で落札し
ないとビジネスが成り立たない連中が値を釣り上げていく。せっかく前回で我々が築

き上げた『適正価格』も意味をなさなくなります」

どうやら鰐淵も分からなかったようで、中延の話に興味深げに、頷いていた。

「そして、我々もその後者に当たる。三葉、日信銀と連続してバルクをものにして以降は、三回連続で入札で負けている。今後の事を考えても、この辺りで落としておかないとまずい」

鷲津は不本意ながらそう言った。ニューヨークからも業績改善の指示が来ていた。いくら鷲津が「ディストレストは俺の領分じゃない」と言ったところで、彼らが抱えているファンドの利回りを維持出来なければ、次のファンドでは投資家から資金が集められないのだ。ホライズン・キャピタルの場合、資金調達はニューヨークが仕切っているため、そうした指示には従わざるを得なかった。

また、このところ連続して入札に失敗しているために、コストも嵩んでいた。通常デューデリジェンスの費用で、一件三〇万円から四〇万円かかる。近頃ではバルクの大型化が進んでいるので、多い場合、一〇〇件を超えることもある。一件四〇万円として一〇〇件だと、デューデリ費用だけでも四〇〇〇万円。さらに、クーリッジへの調査費用や、アランや中延らスタッフの報酬を考えると、バルク一件あたりで二億円近い費用がかかる。それも落札できれば「お安いコスト」なのだが、競り負けるとそのままロスになる。

ただ鷲津が、過去三回のバルクで無理な入札をしなかったのも、「三葉は次回も相対で」というゴールドバーグ情報を信じたためだった。しかし、今の話だと、今回は今まで以上に厳しいディールになりそうだった。

「バルクセールごときをビッドするなんて聞いたことがない。何とか阻止できないのか」

珍しく鷲津は、苛立ちを込めた言葉でそう言った。そう言われて鰐淵は顔をしかめる。

「お言葉ですが、鷲津さん。三葉にとってはビッドにする方が高く売れるわけで、それを翻させるのは難しいと思いますが」

「難しいと思われることを可能にするのが、ゴールドバーグ・コールズの本領じゃないのか。高い給料もらっているんだ。頭を使え!」

そう言われて鰐淵はふてくされたが、リンが代わりに答えた。

「望むところよ。でも、そっちもしっかり競り落としなさいよ」

「おかげで一つ私が引っかかっていた謎も解けましたよ」

鷲津とリンの一触即発の雰囲気を、中延の惚《とぼ》けた口調が救った。

「謎？」

「ええ。実は、先週あたりから三葉が、複数の新興不良債権ファンドと接触しているという情報があったんですよ。それは、このためだったんですな」

「つまり、たくさんの買い手を集めるという意味ですか？」

アランの問いに、中延は一瞬間をおいてから答えた。

「それも理由の一つでしょう。しかしそれ以上に、連中はビッドを競り上げる当て馬を探しているんです」

「当て馬だって！」

驚いたのはアランと鰐淵だけだった。

「左様。最初から競り落とすつもりがなく、ただ他の入札業者を煽るために当て馬の会社を一つ入れておくんです。当て馬はギリギリまで値を釣り上げて、土壇場で降りてしまう。結局、それに釣られて落札したところが損をするというあんばいです」

「つまりキツネと狸の化かし合いということだな。ハットフォードさん、この対策も考えてくれよ。中延さん、その噂、もう少し追ってみてくれませんか？　何ならサムを使ってもいいので」

鷲津の念押しにリンは渋い顔をし、中延は合点のいった顔をした。

「ただ、その調査の時に、一つ確認して欲しいことがあります」

鷲津の言葉に、小さな黒い手帳にメモをしていた中延は顔を上げた。

「連中が狙っているのが、単に〝当て馬〟レベルかどうかです」

「と言いますと？」

「その飯島ってオヤジが、どこまでも狡賢《ずるがしこ》い奴なら、飛ばし目的のダミー会社を作る可能性もありますから」

「飛ばし目的のダミー会社って？」

だが、鷲津はアランの質問には答えず、彼に言った。

「今回のディールは、お前がやれ。俺はタッチしないから」

その言葉に、会議室にいた全員が驚いた顔を見せた。中でもアランは、動揺を隠しきれない表情を浮かべて鷲津を見た。

「あ、あの、鷲津さんがタッチしないっていうのは、表向きの話ですよね」

鷲津は、そう言われて静かに微笑んだ。

「そうじゃない。名実共に、何もしない。お前さんは、未来のゴールドバーグ・コールズを背負って立つ人間だ。ここら辺りで、一つ腕試しといってくれ」

「しかもこのディールは絶対取れと」

「そうだ。それは至上命令だ。もちろん中延さんが設定した上限を超えることはまかりならない。幸運を祈るよ」

鷲津が立ち上がった。ミーティング終了の合図だった。

4

一九九七年一一月二九日　お台場

松平貴子は、フロントに妹の珠香が来ていると聞いて我が耳を疑った。珠香は、夫の寿が日光ミカドホテルの女性従業員と出奔したショックで、宇治にある松平家の別荘にこもっていたはずだ。

時刻は午後三時過ぎ。ホテルの業務としては比較的暇な時間だったこともあって、彼女は隣席の後輩に一時間ほど席を外すと断ると、制服のブレザーを脱ぎ、ロッカーにあったジャケットを羽織ると、四階にあった経営企画室から二階のフロントへ降りていった。

父と祖母から、実家が経営するミカドホテルグループを助けて欲しいという申し出をされてから、二ヵ月。二人からは、何の音沙汰もなく、彼女は今なおお台場のロイヤル・センチュリーホテルにいた。そして一〇月には、フロントから経営企画室へ異動になり、二六歳という年齢では異例の早さで、マネージャーのポストについていた。

日本ではまだ卒業生がほとんどいないローザンヌホテル大学卒というキャリアは、このホテルで威力を発揮した。しかも彼女の場合、ロイヤル・センチュリーに就職してからの実績も素晴らしかった。年齢や性別、あるいは勤続年数よりも、能力を買う外資系では当然の人事だった。

そして今回の異動は、彼女自身が望んだものでもあった。父や祖母からの話がなくても、いつかはミカドホテルに戻りたい。そのために自分に一番足りないのは、マネージメント能力だと自覚していた。もちろん、ホテル大学ではホテル版MBAのような学問も修めている。しかし、机上と実践では全然違う。それを痛感して、彼女は、一年前から、経営企画室への異動希望を出していた。それが遂に実現し、現在は、厳しいホテル事情の中でのサービス向上戦略の立案を担当していた。

チェックアウトとチェックインのピークの狭間ということもあって、フロントフロアは閑散としていたが、周辺に妹の姿はなかった。彼女に連絡を入れたスタッフがそばに近づいて来て、耳元で囁いた。

「ラウンジ・シーガルでお待ちです」

「ありがとう」

貴子はそう言うと、海が一望できるラウンジに向かい、奥の窓際の席に妹の姿を認めた。彼女は一人ではなかった。繁華街にいる黒服系を思わせる長髪の優男《やさおとこ》が、隣で彼女の肩を抱きかかえるように座り、窓の外を二人で眺めていた。

何となく胸騒ぎを感じながらも、貴子は、努めて明るく声を掛けた。

「いらっしゃい」

彼女の言葉に、二人は貴子のほうを見上げた。

一年ほど見ないうちに、妹の顔は別人のように変わっていた。祖母に似て、小作りで凜々しさを感じさせる貴子と違い、珠香は丸顔のベビーフェイスで、身長も一五〇センチ余りだった。どちらかと言えば幼さを感じさせる印象だったのに、頰がこけ目がくぼんで、一〇歳以上は老けて見えた。

「あら、お姉様、お元気？」

甲高い声で妹はそう言って、笑みを浮かべた。

「おかげさまで。珠ちゃんはどう、調子は？」

「私？　私はもう元気あり余っているわよ。それにしても、いいホテルよねえ。これじゃあ、栃木の田舎ホテルになんか戻りたくないって思うのも分かるわ」

依存心が強く、言葉遣いもどこか舌っ足らずで頼りなげだった珠香とは思えないすれっからしの物言いに、貴子は怒りではなく心の痛みを覚えた。

それでも貴子は微笑みを浮かべたまま、隣に座る男のことを尋ねた。

「こちらは？」

そう言われると男はいきなり立ち上がり、キザな笑みを浮かべた。

「申し遅れました。僕、滝下次朗と申します。どうぞよろしくお願いします」

彼はそう言うと不意に右手を前に差し出した。貴子は、それをやり過ごして会釈した。

「姉の松平貴子です。ここ、よろしいかしら？」

そう言って、二人の正面の席に腰掛けた。滝下次朗と名乗った男は、無視されたことなど全く気にもしない様子で、むしろ貴子を品定めするように見つめた。

「いやあ、びっくりしちゃいました。珠ちゃんにこんな素敵なお姉様がいらっしゃったなんて。感激です」

その馴れ馴れしさに不快感を感じながらも、貴子は精一杯の微笑みを浮かべた。

「お二人は、どういうご関係なのかしら？」

そう言われて「お二人」は顔を見合わせ、珠香はけたたましい笑い声をあげ、滝下は照れくさそうに頭をかいた。

「単刀直入に尋ねられると困っちゃうんですが、僕達、婚約したんです」

「えっ……」

貴子の顔から笑みが消えた。珠香が、テーブルの上に置かれた滝下の手を握りしめて言った。

「びっくりした？　私もなの。もう男はこりごりって思ってたんだけれど、次朗ちゃんと出会って、私、人生観変わっちゃったの。やっぱり大切なのは愛だってね」

そう言われて、次朗はもう一方の手を珠香の手に重ね、見ている方が目を背けたくなるような淫靡《いんび》な視線を互いに絡め合った。

「そう……。それはおめでとうって言うべきなのかしら？」

「ご愁傷様って言いたい？」

「珠ちゃん」

「だって、顔にそう書いてあるわよ。またろくでもない男にたぶらかされて、不潔って思ってるんでしょ」

珠香は、今まで貴子が見たこともないような挑発的な表情を浮かべてそう言った。

「よしてちょうだい。そんなこと思っていないわ。お二人が愛し合って一緒になると言うのであれば、心から祝福させていただくわ」

「まあ、お姉様ったら、愛し合っているなんて、よくも顔色一つ変えず言えたもんだわ」

その時、フロアスタッフがオーダーを尋ねに来た。既に、珠香達の前には、残り半分になっていた派手な色のカクテルが並んでいた。

「アールグレイをストレートでください」

「ああ、私達は、これをお代わりね」

スタッフは丁重かつ自然な笑みを浮かべて下がっていった。

「失礼ですが、滝下さんは何をされている方ですの？」

貴子は、昼間っからカクテルを飲んでいる妹を見ないようにしてそう尋ねた。だが、答えたのは珠香の方だった。

「彼ね、こう見えて、なかなかの実業家なのよ。六本木と渋谷にバーを持っていたの」

「持っていた？」

「以前はね。今はちょっと充電中でして」

「充電中……？」

「六本木のクラブで雇われ店長やってます」

甘ったるく不思議なイントネーションの話し方をする滝下への不信感は募るばかりだった。

「でね、こないだ、日光のバーを見せたら、彼、すっかり気に入っちゃって。一緒にホテルを守り立てていこうってことになったわけ」

既に酔いがまわっているのか、頬を染めた珠香がそう切り出した。

「そう、日光に戻っていたのね、珠ちゃん」

「そういうわけじゃないのよ。今はね、東京で、友達の家を泊まり歩いてるわ」

「宇治の別荘からいつ出てきたの？」

貴子は、妹の生活の乱れに極力干渉しないように話を続けた。

「先月。だって駅から車で三〇分はかかるド田舎よ。第一、宇治って言っても何もないしね。最初は、気晴らしに東京の友達と会う約束して出てきたんだけれど、そのまま何となくね……」

「そう……」

「そこで次朗ちゃんと運命的な出会いをしたわけ」

二人は、カクテルのお代わりをウエイトレスが届けに来ても、憚ることなくいちゃつき続け、貴子が用件を尋ねたことで、ようやく離れた。

「用件っていうのはね。お姉様にお願いがあるの」

「お願い？」

「そう。お祖母様とあの頑固親父に、ミカドホテルのことは私達に任したって手紙を書いて欲しいのよ」

「どういうことかしら？」

「先週日光に帰って、母さんに次朗ちゃんのこと紹介したの。で、二人でミカドホテルを手伝いたいって話をしたわけ。そしたら、ミカドは、お姉様が戻って来ることになっているからダメだって言うじゃない。でも、よくよく聞けば、お姉様は、戻るに当たって色々条件を出していて、それが叶わないうちは、戻ってこないって言うじゃない。じゃあ、私達がやってもいいわけよね」

どう見ても「お願いに来た」ようには見えなかった。

「今日来て分かったわ。お姉様が、どうして日光に戻ってこないのか。だって、こんな凄いホテルで将来を嘱望されてんでしょ。もう課長さんなんですって。やっぱりいいわよね外資系って。だからさ、無理にあんな壊れかけのホテルのために、自分の将来、棒に振ることないわよ」

貴子は毅然と背筋を伸ばして、妹を見据えた。

「珠香さん、ちょっといいかしら」

「何？　急に改まって」

「どなたとつきあおうと婚約しようと、それはあなたの勝手です。でも、ミカドホテルは、あなたのおもちゃじゃないのよ。一〇〇年以上の歴史を刻み、国内外の多くのお客様や、あそこで働くことを誇りに思ってくれているスタッフ一人一人のものです。勝手なことを言うんじゃありません」

「勝手ですって！　勝手なのは、どっちよ！」

不意に珠香は大声を張り上げ、周囲の者の視線が一斉に集まった。だが、貴子は怯まず、変わり果てた妹をじっと見据えて、彼女の言葉を待った。

「あんた、ミカドホテルのためだとか勝手に言って、家を飛び出してスイスで好き勝手やったじゃないの。卒業したらすぐに日光に戻ってくるって約束したくせに、適当な言い訳つくってロンドンに行っちゃって、日本に戻ってきたらきたでこんな豪勢なホテルに勤めて、あげくに年の離れた外人に入れあげたって話じゃん。そんな身勝手な女から、勝手呼ばわりされるいわれはないわ！」

貴子は、全く動じなかった。

「言うことは、それだけかしら？」

自分でも驚くほどの冷たい口調だった。さすがの珠香も明らかに怯んで言葉を失った。

「ねえ、珠香さん。私がどれぐらい身勝手な人間かは、あなたに教わらなくても十分承知しているわ。でも、私は人から後ろ指を指されるようなことは、していないと思っているわ。確かに、ローザンヌホテル大学を卒業してすぐに日光に戻らなかったことは約束違反かも知れない。でも、私にはちゃんと理由があるし、それはお祖母様やお父様にはお伝えしたわ。それに、そのことと、あなたが私にお願いしていることとは、筋の違うことじゃないのかしら」

そう言われると、珠香は頬を膨らませて、鮮やかすぎるスカイブルーのカクテルのストローをくわえた。昔から、自分の思い通りにならない時に見せる仕草だった。貴子は続けた。

「もし、あなたと滝下さんがミカドホテルで一緒に働きたいというのであれば、それは社長であるお父様に言いなさい。私とは関係のない話です」

珠香はまだふくれっ面のままだった。代わりに滝下が、不気味なほどの愛想笑いを浮かべて答えた。

「あの、お義姉様《ねえ》、ちょっと僕らの間に誤解があると思うんです」

「誤解？」

「ええ、僕ら、あのホテルで働きたいって言ってるんじゃないんです。僕らはミカドホテルのマネージメントをしたいって思っているわけでして。まあ、早い話が、僕らにあのホテルをくださいというお願いですよ」

貴子は一瞬カッとなったものの、それを深呼吸一つでのみ込むと、にやけ顔の滝下に向かって言った。

「滝下さん、っておっしゃったかしら？　あなた、何か勘違いをされていませんか？　ミカドホテルは、私のものでも珠香のものでもないですよ」

「そうです。社長のものでしょ。でも、彼はやがて会長に退き、お義姉様がいずれ譲り受けるわけでしょ。でも、お義姉様にその気がないとお聞きしたから、僕らが代わって日光と中禅寺湖のミカドホテルをマネージメントして差し上げますよというお話ですよ」

「帰って下さい」

貴子はそう言うと立ち上がった。一瞬、彼女のリアクションに驚いたものの、優男はすぐに笑みを取り戻し、攻めてきた。

「じゃあ、ご承諾戴けるということですね」

「だれが、そんなことを申し上げました？　そんな話をあなた方とするつもりはないから帰って下さいと申し上げているんです」

「どうしてです。僕らは、お義父様の命を受けてここにいるんですよ。十分、お話しする資格はあると思いますが」

「珠香さん、それは本当のことかしら？」

突然、名を呼ばれた珠香はビクッとしたが、それでもこわごわ頷いて見せた。

貴子は、その瞬間、必死で守ってきた自制の牙城が崩れていくのを感じた。

あの人は、一体何を考えているんだ。自分がやろうとしていることが分かっているのか……。

ここを攻めどころと見た滝下はさらに畳みかけてきた。

「伺うところでは、ミカドホテルは火の車だとか。既に、会社としても、個人としても、融資をしてくれる先はない。さらに、メインバンクの足助銀行も、今回の金融危機で今にも倒れそうで、経営危機はどんどん深刻になるばかり。今、お義父様は藁にもすがる想いで僕に助けを求められているんですよ。だから僕がこの世界で培ってきた経験で、栄光のミカドホテルを再生させる。こんな男冥利に尽きる仕事はありません」

既に、貴子の耳に、目の前の詐欺師のような男の嘘八百は、入っていなかった。九月末に祖母に示した覚悟は、こんな男にあっさり踏みにじられるほどのものだったのか……。そう思うと、悔しくてならなかった。

「ねえ、お義姉様。僕、ちゃらちゃらしたように見えますけれど、心から珠香さんのこと愛しているんです。彼女が、前の結婚で受けた傷、僕なら癒してあげられるって思っているんです。だから、どうか僕らの将来を祝福してください」

そう言って、滝下はテーブルに両手をついて頭を下げた。それに釣られて、珠香も上目遣いに頭を下げた。

あまりの怒りで、理性を見失いそうだった。貴子は、それを抑えて席を立った。

「もう一度申し上げます。ミカドホテルのことは私が決める事ではありません。社長である松平重久が決めることです。私ごときがとやかく言う必要はありません。では失礼します」

貴子はそう言うと、深々と頭を下げた。そして最後に、妹に向かって言った。

「珠香ちゃん、幸せは誰かに叶えてもらうものじゃないと私は思っているわ。あなた自身がつかみ取らなければ、あなたは何度でも同じ繰り返しをするだけよ。今度は、しっかりとつかみ取ることを祈っているわ。お幸せに」

彼女は、妹が何か言おうとするのも待たずに、二人に背を向けた。そして、レジで、伝票にサインをしてラウンジを後にした。

形あるものは、必ず滅びる——。

不意に祖母の言葉が浮かんだ。

「ならば、滅びればいいわ。私には関係のないことよ」

貴子はそう呟き、山積みの仕事が待つ自分のデスクに戻った。

5

一九九七年一二月二日　大手町

「こういうことが起きるから、アドバイザーが必要になってくるんです」

三葉銀行東京本店の役員会議室で、ゴールドバーグ・コールズのリアルエステート・ファイナンス部のアソシエート・鰐淵和磨は、小柄な体をのけぞるようにして仁王立ちし、得意げに言い放った。

「こういうこと」とは、三葉銀行が来週に予定している第二回のバルクセールを指していた。一般入札方式を採った結果、入札業者が殺到。国内外から実に三七ものファンド、投資銀行、不動産投資会社などがエントリーしてきたのだった。

応募締切から丸二日。バルクセールの実務担当セクションである資産流動化開発室のメンバーは、泊まり込みで、応札してきた業者の資格チェックに明け暮れていた。

エントリーしてきたうちの半分余りは、日本でも名の知れた投資銀行や投資ファンドだった。問題は、残りの十六社で、彼らの資格の確認作業に想像以上に手間どったのだ。

「大体、貴行ほどの伝統と格式のある銀行が、バルク入札業者を指名ではなくオープンで行うとは、正気の沙汰ではありませんよ」

鰐淵は嬉々としてそう喚き散らしている。芝野はうんざりとしながらも、項垂《うなだ》れているしかなかった。

昨日は、大蔵省に迫田専務が呼ばれ、同様の内容でこっぴどく叱責された。

「バルクセールの適正価格のベンチマークづくりをした三葉が、こんなことをしてもらっては困る。早急に事態の収拾にあたるように。また、今後二度とこういうことがないように、しっかりとゴールドバーグ・コールズに指導を仰ぐように」とまで言われたという。

迫田は怒り心頭で、同省から戻るなり、新しく担当責任者となった飯島常務と芝野を専務室に呼びつけ、三〇分にわたって叱責した。

その席上、飯島が「不慣れで、全てを芝野君に一任した私のミスでした」と頭を下げたときには、芝野は我が目と耳を疑った。しかし、これこそが「飯島の処世術」であることは、昔から嫌というほど知っていただけに、芝野は反論すらせず黙って叱責を受けた。

結局、今日からゴールドバーグ・コールズのリン・ハットフォードと鰐淵が、会議に参加することになり、芝野は、屈辱的とも言える現状報告をさせられた後、鰐淵が嬉々としてまくし立てる「苦言」を聞くはめになっていたのだ。

しかも今朝一番に芝野を呼びつけた飯島からは、ゴールドバーグ・コールズが、今回のファイナンシャル・アドバイザーの依頼について、当初難色を示したことも聞かされた。そして、結果的に前回よりも一・五倍も高いアドバイザリー料と成約額の五%という成功報酬を条件に、「渋々」アドバイザーの復活を了承したのだという。

迂闊《うかつ》だった。そんな言い訳は通用しなかったが、まさか、こんなに多数の「ハゲタカ」達が、バルクセールという甘い蜜に群がってくるとは思わなかった。今さら言っても仕方のないことだったが、芝野にはそれが悔やまれてならなかった。

会議室には、開発室のメンバー全員、そして沼田をはじめとする審査第三部のバルクセール担当者、さらには、融資管理部や融資部の課長クラスが出席していた。まさに、仲間の前でのさらし者状態だった。

芝野は、自分が鰐淵から指名されたことで我に返った。

「はい、何でしょうか？」

「芝野さん、困るなぁ。僕の話、全然聞いてなかったんじゃないんですか？　そんなことじゃあ、またポカしますよ」

「失礼致しました。恐れ入りますが、もう一度お願い致します」

芝野は直立してそう言い、頭を下げた。

「しょうがないなぁ。私が伺ったのは、この三七社全部にまさか入札させるわけじゃないんでしょうね、ということです」

「明らかに会社として実体がないものや、バルクセールを処理できるほどの資金力がないと分かったところは除きますが、それ以外はそのまま入札してもらうつもりなのですが、いけませんか？」

その言葉に、鰐淵は大げさに反応した。彼は呆れ顔で首を左右に振った。

「三葉銀行きってのバルクセール通が、それじゃあ困るなぁ。芝野さん、そりゃあ、ダメでしょう」

芝野の我慢はその辺りまでだった。彼は毅然として立ち上がると、まっすぐに鰐淵を見て尋ねた。

「出来が悪くて申し訳ありません。恥ずかしながら、なぜいけないのか見当もつきません。どうかご教示戴けませんでしょうか?」

その言葉に、ゴールドバーグのアドバイザーは怯んだ。

「何だって! そんなことぐらい自分で考えてよ。それで、その対策としてですが」

「待ってください、鰐淵さん。これは重要な問題だと思うのですが。私の至らなさでバルクセールを混乱させていることは、この場をお借りして改めてお詫び致します。申し訳ございませんでした。ただ、鰐淵さんがおっしゃったように、実際の入札者をこちらで選別するということになった場合、我々はそれを説明する義務があるかと思います。私には、その説明ができません。なので、どうか」

「おい、芝野、やめんか!」

たまりかねたように迫田専務が、苦々しげに言った。

「元はと言えば、お前さんが蒔いた種だろ。そんな言い訳ぐらい君が考えろ」

そう言われて芝野は唇を嚙みしめ、鰐淵はホッとして先に進もうとした。そこに飯島が押っ取り刀で斬り込んできた。

「いや、わしもぜひ伺《うかご》うてみたいもんですなあ。ウチの芝野は、昔っから謙虚な男で、とにかく自分が詫びてことが済むと思たら、全部被って頭下げる悪い癖がおまんねん。まあ、頭下げんのはよろしいやろ。けど理由も分からんというのは、下げ甲斐がおまへんなあ。なあ、鰐淵はん。あんたはん、アドバイザーちゅうありがたいお仕事をしに、ここへ来てはるんでっしゃろ。ほな、出し惜しみせんと、わしら田舎もんに、その答え教えてくれてもよろしおまっしゃろ。なんせ、一ヵ月に七五〇〇万円も、アドバイザリー料お支払いしてまんねんから。なあ、五味はん。おたくはんも、知りたおまっしゃろ」

アドバイザリー料が、月七五〇〇万円もするというくだりで会議室がどよめき、飯島が、自分の隣で腕組みをしていた取締役融資管理部長の五味靖夫に話を振ったことで再び静まりかえった。

五味は指名されて椅子に預けていた体を起こすと、口元を少し歪めて答えた。

「まあ、知って損はないでしょうからなあ」

それで大勢は逆転した。飯島は得意げに頷いて鰐淵に迫った。

「そういうわけですわ。鰐淵はん、ほんま申し訳おまへんけど、一つ頼みますわ」

鰐淵は、そう言われてたじろいだ。

「き、急に説明しろと言われてもねえ。たくさんの業者が入ると何かと業務が雑になるし、時間もかかるでしょう……」

鰐淵はそう言葉を濁した。それに反論しようと芝野が立ち上がりかけたとき、静かに成り行きを見守っていた主任アドバイザーのリン・ハットフォードが立ち上がり、芝野を制した。

黒のスーツに白のシルクシャツという機能重視の出で立ちをした彼女は、猛禽類を思わせる大きな目で会議室の全員を見渡してから、流暢な日本語で話し始めた。

「失礼しました。私から、もう少し分かりやすく説明します。理由は二つあります。一つは、情報を守るためです。過去に何度か申し上げた通り、バルクセールの中に放り込む案件は、可能な限り世間に知られずに処理したいものが大半のはずです。そのために、セール開始前には、入札参加者に対して厳しいペナルティをつけた『秘密保持契約』を結ぶわけです」

彼女はそこで言葉を切り会議室を見渡し、自分の話をメンバーが理解しているのかを確かめてから続けた。

「たとえその契約が破られたとしても、参加者が数社であれば、情報の漏洩元を辿ることはさほど難しくありません。しかも、指名される業者は常連ばかりです。今回が最後の買い取りではないですから、そんなところで信用を毀損するような馬鹿なまねはしないでしょう。そのため、案件の秘密は非常に高い確率で守られます。それが、これだけの数になると、秘密情報の漏洩を防ぐことは至難の業です」

そこまでの説明で、なるほど、と多くの出席者が頷いていた。

「もっと問題なのは、バルクセール入札のためには、入札者にバルク内の全ての案件をディスクローズする必要があることです。三七社が入札に参加する場合、落札できなかった三六社も三葉銀行の不良債権事情を知ることができます。秘密は、守るべき人の数が少なければ少ないほど守られる。それは、飯島常務ご自身がよくご存じのはずです」

突然、名指しされて飯島もさすがに驚いたようだったが、彼はそれをニンマリとした笑いで返すだけで、何も答えなかった。しかし芝野は、ハットフォードが飯島が三葉でどういう存在なのかを重々承知していることを匂わせたことに気づき、改めて彼女達の情報収集力の凄さを思い知らされた。

「さらにもう一つ。アメリカでもそうですが、大手銀行のバルクセールを処理できるのは、処理能力と資金力を持っている限られたプロフェッショナルだけです。その結果、競争入札を行うとしても、参加者は銀行側が指名した業者だけに絞られるのが常識です。それを、オープンでされるということは、貴行の評判を著しく貶《おとし》める可能性があります。そう言われるのは時間の問題です。一ヵ月七五〇〇万円もの大金を、貴行からアドバイザリー・フィーとして戴いている弊社としましては、ここは断固としてオープン入札をやめられるように進言致します」

会議室は重苦しい沈黙に包まれた。リンの言うことはもっともだった。自分より彼女の方が愛行精神があると思えるぐらい、彼女の言い分は「栄光の三葉」を守るための「正論」と言えた。

しかし芝野は、ゴールドバーグ・コールズと鷲津政彦が率いるホライズン・キャピタルとは、同じ穴の狢《むじな》だと思っていた。日本では利益相反の考えがとても曖昧なために、よほど確固たる証拠でも挙げられない限り、彼らの関係は「疑惑」で終わる。しかし、売り手側のアドバイザーと買い手側が、同じ側の人間ならば、最初から売り手側は、彼らのするがままを唯々諾々と受け入れるしかない。芝野としてはそれを防ぎ、さらにこの国におけるバルクセールの本当の〝適正価格〟を探ってみたかった。

それが、今回、リスクを承知でオープンの競争入札方式にした目的だった。

彼女は、「ホライズン・キャピタルにとって良いこと」を「三葉銀行にとって良いこと」にしっかり置き換えて、百戦錬磨の連中を納得させてしまった。

変わり身の早さでは日本一の飯島は、それ以上食い下がらなかった。むしろ彼は笑みを浮かべてリンを褒め称えた。

「いやあ、さすが天下のゴールドバーグ・コールズでんな。話が分かりやすい！　今の理屈やったら、芝野君、やっぱりもうちょっと絞りこまなあかんな」

芝野は渋々頷くと、半ば自棄気味に言った。

「では、ハットフォードさん。アドバイスついでに、現状を打破してもう少し入札業者を絞るためのお知恵を拝借できませんでしょうか？」

主任アドバイザーは、お安い御用だと言わんばかりに頷いた。

「ちょっと荒っぽいやり方ですが、入札に際して保証金をとったらどうですか？」

「保証金といいますと？」

「つまり、応札企業に本当に支払い能力があるかどうかをチェックするために、保証金を積ませるのです」

席のあちらこちらから、「ほお」という納得の声が挙がった。

「しかし、そういうことをすると、自分達を信用しないのかと、大手行が入札から抜けはしませんか？」

芝野の問いに、ハットフォードは微笑んだ。

「いいじゃないですか。抜けたい人は抜けてもらって」

「しかし……」

「この方法なら、入札参加者の〝本気度〟を測ることも出来ます。ひと月すれば全額返すんです。それぐらいの金が積めずにバルクセールに参加しようなんてところは、最初から落札する気なんてありませんよ。第一、私達が求めているのは、三七社の中の一社。すなわち、私達が売却するバルクを、一番高く買ってくれるところだけです。去る者は追わず。それでいいんじゃないですか」

反論の余地がなかった。飯島は何度も大きく頷いた。

「なるほど、理にかなってますな。結構、それでいきまひょ。問題は保証金の額ですな。どれぐらいにさしてもろたら、よろしおまっしゃろ」

リンは、そこで手元の資料に視線を落とした後、顔を上げた。

「今回は、簿価で約一〇〇〇億円規模を予定されていると伺っています。ならば一％ぐらいでいかがでしょうか？」

「つまり一〇億ちゅうことですな」

「一〇億円の保証金！」という言葉を、複数の会議参加者が声に出して言った。だが、ハットフォードは何のためらいもなく頷いた。

「そうなりますか」

飯島は頷いた。

「承知しました。ほな、みなに口座をお作りして、そこに一〇億円を入れていただくということにしよか」

誰からも異議が出なかった。

ハットフォードはさらに続けた。

「さらにもう一段階、安全を期するために、お奨めしたいことがあります」

「ほお、なんでっか？」

すっかりハットフォードとの会話が気に入った様子の飯島は、嬉しげに彼女を見た。

「おそらく、これで絞れる入札業者の数は半分程度でしょう。可能なら、実際の競争業者は五業者以下にするべきだと思います。そこで、バルクセールを二段階にされることをお奨めします」

「ほお、二段階でっかぁ」

「そうです。ご存じかも知れませんが、チェリーピッキング方式をお採りになることをお奨めします」

6

一九九七年一二月二日　大手町

「チェリーピッキング方式」というやり方は、芝野も聞いたことがなかった。

飯島は自分の無知を気にすることもなく、投資銀行の主任アドバイザーに質した。

「チェリー……なんですってぇ？」

リン・ハットフォードは、表情一つ変えず説明を始めた。

「チェリーピッキング方式。言葉の意味は、籠《かご》に集めたサクランボの中からいくつかを取り出して、品質をチェックするように、まずそれで実際の業者の実力を測るということです」

「ほお」と感心したようなどよめきが、また会議室に広がった。

「つまり、たとえば、総数で一〇〇件あるバルクセールの中から一〇件ぐらいを抜き出し、それについてまずデューデリと値付けをさせて、相手を見極めるっちゅうことでんな」

「おっしゃる通りです。この方式を採用すれば、本物で本気の業者を選別できるだけではなく、さらに情報保護のレベルも高くなります」

なるほど、意味を説明されると至極当然な名称だが、外資系企業はこういうネーミングがうまい。芝野は、彼らのそういう巧妙さに感心しながら、それが本当に自行にとってメリットのあるやり方なのかを、頭の中で考え始めていた。

「ほお、それは至れり尽くせりでんなあ。芝野君、どや?」

予想された飯島からの問いに、芝野は立ち上がり、ハットフォードに尋ねた。

「はあ、即答出来ないのですが、そのチェリーの選別も、こちらでやれるわけですね?」

「もちろん」

「そして、そこで競り落とされた案件は、その業者に売却するということでいいんですか?」

「それは当然です。彼らは遊びで入札しているわけではありませんから。最高額を入れた社に落札させます。それに、我々がチェリーピッキングを採用するのは、参加業者の実力とやる気を試すためです。ならば、落札した案件をその業者が本当に買い取れるのかどうかを知るためにも、売却しなければ業者の実力は測れません」

至極ごもっともな話だった。それは、まさに「ベターオフ」と呼ばれる不良債権ビジネスの精神を貫いた方式だった。しかし、芝野は、その裏に隠れているものを探そうとしていた。

「その先を少し伺いたいんですが、チェリーピッキングで落札した業者には、自動的に残り全部のバルクの買取権も与えられるのでしょうか」

「それは、裁量の余地がありますね」

「裁量の余地と言いますと?」

「つまり、いくつかの選択肢があるということです。いくつか典型的な例を挙げましょうか。まず、チェリーピッキングの落札は、最高額入札業者ということになりますが、最終的な残りのバルクセールについては、上位三社で改めて入札させるという方法があります。複数の業者を残しておくというのは、最高入札業者が万が一期限までに支払いを終えられない場合でも、慌てずに済みますし、それぞれが牽制し合いますから良いディールになる可能性があります。ただ、これには時間がかかります。ということは、同時に費用もかかるということになります。

もちろんチェリーピッキング落札者にそのまま残りのバルクセールを買い取る優先権を与えるという選択もあります。安全性、情報の保守性、そしてコスト性を考えると、けっして悪くない選択だと思います。

それ以外に、折衷案として、落札者に与えるのは買い取り交渉の優先権だけに止め、他の業者がこちらが求めている金額以上を提示すれば、そこに売却するという方式です。これなら先の二つの長所を一部取り込み、リスクを抑えることができます」

「ゴールドバーグ・コールズとしてのお薦めはどれです？」

芝野の問いにリン・ハットフォードは、愉快そうな笑みを浮かべ、会議室のメンバーを見渡してから答えた。

「それは、貴行が一番望んでおられることが何かによりますね。売却額であれば第一案でしょうし、迅速性・安全性というのであれば第二案。そして、無難に行きたいのであれば第三案ってところでしょうか」

外国人の彼女が日本語で、「無難にいきたいのであれば」という微妙な言い回しを使ったことで、会場に笑い声が広がった。しかし、芝野は真顔で、リンに向かって言った。

「我々としては、フェア性を重視したいので第一案を選択したいと思いますが」

「それは、貴行の総意と見てよろしいんでしょうか?」

ハットフォードが涼しい顔で見たのは、芝野ではなく、迫田専務や飯島、五味ら役員の席だった。最初に口を開いたのは、飯島だった。

「それを答える前に、一つ教えて欲しいんやが、その三案で、売却額に大きな差が出るもんでっしゃろか?」

さすが飯島は、単刀直入に聞き難い質問をぶつけた。ハットフォードは肩をすくめて答えた。

「正確なデータを取ったわけではありません。しかし私の経験上から意見させてもらえば、どれも大差はありません。一見、第一案は高い落札価格が出そうな気もしますが、やり方が実質的に入札ですから、交渉の余地がありません。その上、三社に全部の案件情報を提供してしまうというリスクもばかになりません。そういう意味で、チェリーピッキングの落札者にその後のバルクセールを全部任せる方が、最後に交渉の余地を与えるだけではなく、迅速な処理も可能です。第三案も悪くはないのですが時間がかかりすぎです。不良債権ビジネスはスピードとの闘いです。貴行がお持ちの貸出債権の中からバルクセールされる案件情報が、売却契約完了前に外部に漏れないようにするには迅速さが必須です。しかし、第三案で交渉にもたついた結果、情報が外部に漏れ、案件に駆け込みの担保設定がされたり、価格が急騰したり急落したりという事態も起きます」

本当に見事な論調だった。何気なく聞いていると、彼女は明らかに第二案を推しているのに、それは全部「三葉銀行にとってプラスになるため」という姿勢を崩していない。

飯島が、迫田と五味に向かって一言二言話し、両者がそれに頷いたのを見て発言した。

「どやろう、諸君。ここは第二案でピュッとやってまいりましょか」

ほぼ全員が、飯島の言葉に頷いた。しかし、芝野は最後の抵抗を試みた。

「しかし、そのやり方では、残りの九〇件ほしさに最初の一〇件だけに高値をつけた業者が勝って、本番のセールで安く買いたたかれる危険性があります。せめて第三案を選択すべきだと思いますが」

「なあ、芝野君、君の懸念も分かるが、我々はもうあまりもたもたしている余裕がないんだ」

迫田が不快そうにそう言い放った。

「と、申しますと？」

「一一月の金融危機で、業界だけではなくMOFも政府も、大手行への公的資金注入まで視野に入れ始めている。ただそのためには、我々は徹底した体質改善が求められているんだ。確かに、いくら焦げ付いているとはいえ、貸出債権を少しでも高く売れるにこしたことはない。だが、今、何より重要なのは、我々が今年度中にどれぐらいの不良債権を処理したのかという実績なんだ。年度末まであと、四ヵ月。そこで、我々は最低でも二度、可能なら三度のバルクをやろうとしているんだよ。それが、こんなことでもたついていては話にならん。ハットフォードさん、結構です。第二案で行ってください」

「しかし」と芝野が反論しかけたのを、飯島が制した。

「どうでっしゃろ、専務。ここは、芝野君らのチームの頑張りに免じてこうしませんか。第二案でいくのは結構やけど、我々で予定落札価格を設定するっちゅうのは？」

「予定落札価格だと？」

「ええ。つまり、チェリーちゃんで一番になったところに、残りを買う優先権を与えまっけど、それにあたって、我々で最低売却価格を用意しておいて、それを下回る額しか提示してけえへんかったら、チェリー第二位の業者に権利を譲るっちゅう風にしたらどないです。それやったら、いらん交渉もなくて済みまっしゃろ。そして、我々としても、最低限の目標額を達成することができる。なあ、芝野、これでどや？」

限りなく第三案だった。芝野に否定するいわれはなかった。

「ありがとうございます。飯島常務。それであれば私も賛成させていただきます」

「ほおか。ほな、リンはん、こういう線でどないでっしゃろ」

リンは、微笑みを浮かべたままで頷いた。

「承知しました。では、その線で早急にレジュメを作りましょう」

多くの出席者にとって、一体何が争点なのかもわからない会議が終了した。

7

一九九七年一二月四日　神谷町

ホライズン・キャピタルの鷲津政彦は、毎朝六時前には麻布十番にある自宅を出て、徒歩で神谷町のオフィスまで通っていた。明け方まで遊び歩いたニューヨーク時代では考えられなかったのだが、早朝、街を歩くことで、日々心の底に溜まっていく都会の澱《おり》を吐き出しているような気分になるからだ。

東京という街は、不思議な街だ。ビジネスを迅速に進めるには、地下鉄を利用するのが一番良いのだが、そうするとこの街は、灰色のコンクリート要塞になってしまう。あるいは車で移動しようとすると、至る所に人と車が溢れ、まさに都会を象徴した「混沌」の機能不全を感じさせる。

それが、ひとたび徒歩で街を動き始めると、途端にこの街は別の魅力を見せ始めるのだ。ビル街の間に点在する緑、そして古い民家が散在して、人間という生き物が必死で呼吸しようと、街とせめぎ合っている——そんな生命力に溢れている。特に人がまばらな早朝の東京は、彼が生まれ育った大阪以上に、日本らしい空気を感じさせてくれた。

ニューヨークで長く暮らしユダヤ式のビジネスを身につけ、外資系の企業に籍を置こうとも、自分が日本人であることは、好むと好まざるとにかかわらず意識することだった。こういう時間を持つことで、日々の殺伐としたビジネスでの消耗や、どうしようもなく日本人をやめたくなった時のやるせなさが癒された。

そして、このひとときだけは、鷲津ひとりの時間だった。リンが部屋に泊まった時は一緒に歩くのだが、その時でも、完全に自分の世界に浸り、彼女が隣にいることを忘れてしまう。最初はそれに癇癪《かんしゃく》を起こしていたリンも、この朝の〝散歩〟が、鷲津の心の渇きを癒しているのだと気づくと、滅多に一緒に歩こうとはしなくなった。たとえ一緒に歩いても、一言も話しかけず、彼女は、故郷のボストンの街並みの面影を、この極東の大都会の中に探すことにしているようだった。

今朝は、久しぶりにリンも鷲津と一緒に歩いていた。

さすがにこの季節の夜明け前は、頬が凍るほどの寒さだった。だが、二人とも背中を丸めることもせず、コートの襟を立てて黙々と散歩した。

リンも文句一つ言わず、一人鼻歌を歌いながら鷲津の数歩後を歩き続けた。やがて、地下鉄神谷町駅のそばまで行くと、彼女は黙って鷲津のそばから離れた。既に店を開けていたベーカリーに、三人分のコーヒーとサンドイッチを買いに行ったのだ。今日の午後に予定されている三葉銀行のバルクセールの説明会のために、アランを交えてこれから打合せするのだ。

先に一人、夜間通用口からビルに入ろうとしていた鷲津は、不意に声を掛けられた。

「ああ、社長さん。お待ちしておりました」

ビルの陰から出てきたのは、熱海国際観光の社長・金田大作だった。

鷲津の仕事柄、暴漢かと身構えたが、相手が誰かを知るとホッとして声をかけた。

「あなたは、確か熱海の？」

「熱海国際観光の金田です。すみません、こんな朝早くから押し掛けてしまいまして」

「どうされました？」

「ぜひ折り入ってお願いしたいことがありまして、不躾《ぶしつけ》を省みずお邪魔させていただきました」

相手はまともに鷲津の目を見ることもなく、ひたすら平身低頭していた。

鷲津は相手の「お願い」の趣旨を察したが、無下に追い返すわけにもいかず、通用口のロックを外し彼を招き入れた。ちょうど、そこでリンが追いついた。彼と面識のないリンは珍客に驚いたようだったが、黙ってビルの中に入った。

最上階のオフィスに入ると、鷲津は金田を応接室に通して、一度部屋を出た。

リンがアラン・ウォードを叩き起こそうとしてオフィス奥の仮眠室に入った。早朝ミーティングの時は大抵、アランはオフィスに泊まる。自宅に戻ったが最後、明け方までゲームに明け暮れて遅刻するためだ。リンに手荒く起こされたアランは、二人に朝の挨拶をして体を起こした。そしてシャワーを浴びに行こうとするのを、鷲津に止められた。

「今、応接室に、熱海国際観光の金田社長がお見えなんだが……」

「誰ですって？」

寝ぼけ眼《まなこ》でそう言うアランの代わりに、リンが納得したように頷いた。

「あの『金色屋』の主《あるじ》ね」

「そうだ。アラン、あそこの案件については滞りなく処理が済んだと、先月末に君から報告を受けた気がするんだが」

「ええ、あれはもう処理しましたよ」

「どういう処理だ」

「どういうって、ええと、ちょっと待ってくださいよ」

「ねえ、アランちゃん。大事な話だからファイル持ってくれば？」

リンにそう言われて、アランはブツブツ言いながら部屋を出ていった。

「また泣き落としかしら？」

リンの言葉に肩をすくめて、鷲津は彼女からベーカリーで買ったホットコーヒーを受け取った。

「そんなところだろうな。悪いんだけれど、リン、彼に、何か温かい飲み物をあげてくれないか。どうやら夜通し待っていたようだ」

リンは、ちょっと驚いた顔をしたが、鷲津が真顔なのに気づき、黙って頷いた。そして、アランのために買ってきたカフェラテのカップを手に部屋を出ていった。入れ違いに、顔を洗ってきたらしいアランが少しまともな顔になって戻ってきた。

「お待たせしました。熱海国際観光の一件は、社長もご存じの通り、債権の買い取り期限を過ぎても、先方から回答がなく、その翌日確認の電話をしたところ、一週間の猶予が欲しいということでしたので待ちました。ただ、同時に中延さんに、同社の債権の買い取り先を物色してもらっていて、熱海でホテル業などを経営している熱海観光という会社が、三〇億円で債権を買い取ってもよいという話が出てきました。結局、一週間経ってもご回答がなかったために、熱海観光に債権の全額を三〇億円で売却。先月末に同社から入金があり、売却契約は完了しました」

そして今朝になって、熱海国際観光の社長が朝駆けしてきたわけか……。

鷲津はアランの説明で、金田社長の早朝の来訪の目的を合点した。

「ゴルフ場はどうなったんだ？」

「はい、熱海観光と熱海国際観光との間での交渉が難航していたので、ひとまず断念しました」

「つまり、我々はもう熱海国際観光とは縁もゆかりもなくなったということか」

「おっしゃる通りです」

「分かった。じゃあ、行くぞ」

「えっ！　あの、僕もですか？」

「当然だろ。お前の案件だ。こういうトラブルも体験しておけ」

鷲津はそう言うと仮眠室を出た。応接室の前ではリンが立っていた。

「何だか、あのオヤジ、危なそうよ。目が虚ろだし、何日も風呂に入っていないみたいで臭うもの」

鷲津は、彼女に礼を言い、クーリッジに連絡をして、まさかのための応援をよこして欲しい旨を伝えるように頼んだ。そして、応接室のドアをノックしながら開けた。

暫く見ない間に、金田社長は体が縮んだように見えた。リンの言う通り目は虚ろで、髪もひげも伸び放題。この状態では、既に住む家にも困っているように見えた。

「大変、お待たせしました。金田社長、それで、私にお願いというのは」

その言葉で虚ろだった金田の目がカッと見開かれ、いきなり椅子から飛び降りると、カーペットの上に土下座した。

「どうか、社長さん、わしを助けてください！　この通りです。わしらにもう一度チャンスを下さい！　この通りです。お願いです！」

アランは呆然と金田を見ていたが、鷲津は、涼しい顔で静かに金田のそばにしゃがみ込み、彼に言った。

「どうぞ、顔をあげてください。いきなり助けてくださいとおっしゃっても、わけが分かりません。まずは落ち着いて事情をお話し願えますか？」

金田は何とか顔を上げ、席に戻った。そして、ぽつぽつと話し始めた。

鷲津らの訪問を受けた直後から、金田は、鷲津からオファーされた債権買い取りのための資金集めに奔走した。ところが、追加融資をしてくれる先がないどころか、娘婿である山中専務の横領が発覚し、複数の銀行に五億円もの負債を抱えていることが判明した。さらに資金難から、経理担当者が、「融通手形」に手を出した結果、闇金にも一億円近い借金があり、その額が日々膨らんでいることも分かった。結局は、約束の二週間で資金を一円も集められなかったうえに、思わぬ借金ばかりがごろごろ出てきて、彼らは窮地に立たされた。

「しかし、ここで御社に助けてもらって、従来通りの返済にしてもらったら何とか切り抜けられるんです。だから、ここは無理を承知でお願いに上がりました次第で」

金田はそう言って、疲れ果てた表情で額をテーブルにこすりつけた。

鷲津は穏やかな表情のまま、金田に答えた。

「それは、大変でしたね。だが、金田さん、手前どものウォードが二度にわたり、御社に最後通告をお出ししたかと思うのですが、その際、『もう少し待ってくれ』というご返事だけだったと伺っていますが？」

「あのときは、もう社内がごった返しておりまして失礼なことを致しました。しかし」

鷲津はそこで、相手の話を遮った。

「これは、前回御社にお邪魔致しました時にも申し上げましたが、我々のような弱小企業は、粛々と商売を進めていくことでしか成り立っていきません。それはご理解戴けますよね」

「ええ、わかっとります。しかし、わかってはいるのですが、これはもうわしらの生き死にの問題なんです。ですから、そこを曲げてお願いに上がった次第で」

「もう少し早い段階でご相談戴ければ、せめてゴルフ場分だけでも処理の手続きを致しましたのに、残念です」

最後の言葉に、金田はそれまでずっと伏せていた顔を上げた。

「既に、御社の債権は我々の手元にございません」

「債権がない、とおっしゃいますと」

「御社の債権を買いたいとおっしゃったところがあり、そちらにお売りしました」

「な、何だって！　何で、そんな勝手をするんだ！」

そう言って金田は、鷲津につかみかかろうとした。しかし鷲津は、すかさず体をかわして、それをいなした。

「金田さん、落ち着いてください。私達は、債権を破格の値段でお求め戴けないかというお話を、一番最初にあなた方にお持ちしました。しかし、それをあなた方は、理由はどうあれ反故にされてしまわれたのです。ならば、買いたいとおっしゃる方が他にあれば、お売りする。これは当然のことですよ。したがって、金田さんがお願いに行かれる場所はここではなく、新しく債権をお買い求め戴いた先かと思うのですが」

「どこに、どこに売ったんです？」

鷲津は、そこでアランの方を見た。アランは少し緊張気味に答えた。

「熱海観光株式会社様です」

「何だとぉ、てめえ、よりによってウチと一番仲が悪いところに売りやがって、許さねえ！」

そこで応接室のドアが開いてリンが顔を覗かせた。

「警察、呼ぼうか？」

鷲津は首を横に振り、アランも外に出した。その時、彼の耳元に一言、用を言いつけた。

リンが絶妙のタイミングでドアを開けてくれたおかげで、金田はふてくされて椅子に腰を下ろし直したが、怒りはまだ沸々とたぎっているようだった。鷲津はスーツのポケットからタバコを取り出すと自分でくわえ、相手にも一本差し出した。最初は無視していた金田も、鷲津が辛抱強くタバコを差し出し続けているのに根負けして受け取った。

暫し、部屋の中には煙と沈黙だけが漂った。やがて、鷲津がすっかり冷めたであろうカフェラテを金田に勧め、自分もコーヒーをすすった。

カップの半分ぐらいを一気に飲むと、金田は無精ひげに付いたミルクを拳で拭いながら呟いた。

「あんた達、世間ではハイエナだ、ハゲタカだって言われているそうだな」

「そうおっしゃる人達もいるようですね」

「恥ずかしくないのか？」

「恥ずかしい？　私達は、世間様に後ろ指をさされるようなビジネスをしているつもりはありませんが」

そこで金田は正面を向き、凶暴な目つきで鷲津を睨み付けた。

「青息吐息になっている日本の中小企業や銀行をいじめて、債権を安く買いたたいて大儲けしているそうじゃないか。一体わしらの債権をいくらで日信銀から買い受けたんだ」

「お言葉を返すようですが、金田さん。では、おたくが経営されている『富士見原カントリークラブ』は、会員権募集でいくらのお金を集められ、実際の建設費にいくらお使いになられました？」

「何だと！」

鷲津は、そこで微笑んだ。

「それは、おっしゃれないでしょう。我々もそうです。そんな話をしてしまったら、我々の信用は台無しです。ただ、一つだけ言えることは、私達は御社が五億円お支払いになれば、二〇〇億円もの借金を、チャラにしようと申し上げた。これは、先ほどのあなたの言い分からすれば、青息吐息の中小企業に対して福音をもたらしたと言えるんじゃないんでしょうか？

あなたのメインバンクは何をしてくれたんですか。頼みもしないのに莫大な資金を融資しながら、自分達が危なくなると、返済しろと矢の催促。挙げ句に、その債権をハゲタカに売り払う。そういう連中は責めないんですか？　それに我々の商売も世間が考えるほど楽じゃないんです。確かに、一〇〇件ぐらいまとめて不良債権を買ってきますから、その中のわずかは〝大儲け〟できるものもあります。しかし逆に、額面では一〇〇億円の債権でも一円にもならない場合だってある。御社の債権でも、もう少しでそうなりかけていたんですよ。けっしておいしいばかりの商売じゃないんです」

「だが、合点がいかねえ。あんたら、融通とか情とかを無視してないか。俺達が大変なときに、少しぐらい助けてやろうって気になるのが情けってもんだろ。大体知ってるのか。俺達が六〇年も守り続けてきた『金色屋』は日本の財産なんだ。それをあんたら、単なる金でしか計算しねえ。俺はそういうやり方が赦せねえんだ」

鷲津はそう言われて、また微笑んだ。

「金田さん。赦せないのは我々じゃなく、あなたご自身じゃないんですか」

「何だと！」

「先祖が連綿と築いてきた伝統を、あなたは目先の欲に目がくらみ、失ってしまったんじゃないんでしょうか？　バブルだ、ハゲタカだと騒がれますが、そもそも本業だけを一意専心で守り続けてこられたところが、こんな莫大な借金を抱えるでしょうか？　腹心の、しかも身内の方に裏切られるでしょうか」

「やかましい！　貴様のようなバナナ野郎に偉そうに言われる筋合いはねえんだ！　貴様恥ずかしくないのか！　それでも日本人か！」

そこで応接室の扉が勢いよく開けられ、ダークスーツを着たむくつけき男が二人入ってきた。しかし鷲津は、彼らを制した。すると、彼らの間から顔をのぞかせたアランが、鷲津に封筒を差し出した。

「ゆっくり休んで、これからのことを色々と考えてください。金田さんが再び熱海で輝かれる日が来ることを楽しみにしておりますよ。これは些少ですが、お車代です。武士の情けだとは申しますまい。しかし、どうぞこれでお引き取り下さい。但し、万が一今度アポイントメントなしでご来社された場合は、問答無用でお帰り戴きますので、そのおつもりで」

鷲津が両手で差し出した封筒を、金田は暫く睨んでいたが、二人の巨漢が彼の前に立つやいなや、サッとそれを取ると大股で部屋を出ていった。

鷲津は、詫びを言い続けるアランを下がらせて、一人で応接室のソファに体を預けてタバコをくわえた。

「あんた、それでも日本人か！　……か。俺達日本人は、いつからそんな卑怯な物言いをするようになったんだろうな」

そこで控え目なノックがして、リンが両手に湯呑み茶碗を持って入ってきた。

薫り高い緑茶がなみなみと入った茶碗が鷲津の前に突き出された。

「お疲れさま。一時は刃傷沙汰かと思ったけれど、さすが政彦ね。ああいう修羅場になると滅茶苦茶冷静だもの」

リンは、そう言うと、彼の隣に寄り添うように座った。鷲津は両手で茶碗を持ちながらすすり、大きなため息を漏らした。

「いや、さすがに俺も結構ビビってたよ。あのオヤジの殺気は半端じゃなかったからな。まあ、哀れではあるが自業自得だ」

「そうよ。日本の経営者や銀行屋って、どうしてああも自己責任の認識がないのかしら。こういう事態を招いたのは自分なのに、それをすっかり忘れて被害者でございって顔するんだから。だから、事ここに至っても全然ブレイクスルーできずに、もたもたして負の遺産を増やし続けてんのよ。私、別に日本なんて好きじゃないけど、こんなことしてたら、本当にアメリカにおいしいとこ全部、持って行かれるわよ」

「なあ、バナナ野郎ってなんだ」

「バナナ野郎？」

「ああ、さっきのオヤジに、そう罵られたんだ」

「ああ、そういうことね。聞いたことあるわ。見かけはイエローだけど、一皮むくとホワイトっていう意味でしょ」

そう言われて鷲津は笑い声をあげた。

「なるほど、うまく言いやがる」

「笑い事じゃないわよ。失礼しちゃうわよね。こんなサムライいないのに。連中こそ腐ったバナナじゃない」

「それはどういう意味だ」

「見かけ以上に食えない奴らって意味よ。あとはゴミ箱にポイよ」

鷲津はいつにないリンの優しさを感じながら、それを高笑いで誤魔化していた。

知らない間に俺もひ弱になったもんだ……。

そこにアランがノックをして顔を出した。

「そろそろミーティングいいですか？」

そう言われてリンは、憤懣やる方ない顔で立ち上がり、茶碗を投げる真似をした。

「ったくあんたときたら、無粋と野暮を絵に描いたような奴ね。覚えときなさい。今度、あんたの家に行ったら、ゲームの記録、全部抹消してやるわ」

そう言われてアランはすかさずドアを閉めた。

鷲津は、両膝に手をついて立ち上がると、今日もまた長くなるだろうオンタイムをスタートさせた。

感傷に浸っていても金儲けはできない。

8

一九九七年一二月一五日　大手町

一二月四日に行われた三葉銀行のバルクセールの説明会から一一日目、三葉銀行の二度目のバルクセールの第一段階であるチェリーピッキング部分の入札が始まった。

一〇〇人以上集まった関係者は、四日の説明会の席上で、突然、「二日以内に三葉銀行に口座を開設し、一〇億円の保証金を預けることを入札資格とする」と言われどよめいた。

だが、リン・ハットフォードは人差し指を口元に運ぶだけで、どよめきを止めてしまった。そして、彼女は説明を続けた。

「保証金入金を確認次第、それぞれ個別に今回のバルクセールについての概要を電子メールにて送ります。手続き上の詳細については、お配りした文書を見てください。

そこには問い合わせ先も記してあります。それでは、三日後の午後一時に、再びここで皆様とお会いできるのを楽しみにしております」

彼女は美しい日本語でそう言い放つと席を立った。それに合わせて鰐淵だけでなく、芝野、大伴、宮部の三人も席を立った。

一〇人以上の人間が手を挙げ、それ以上の人間が口々に質問を唱えた。リンはそれらを完全に無視して部屋を出ようとした。

しかし、一人の業者が両手を広げて立ちはだかった。

「あんたら、失礼にも程があるぞ。そっちが呼びつけておいて、来たら、保証金を払わねえ奴らには何にも教えてやらないというのは、どういう神経だ」

身長一八〇センチ以上ある巨漢にそうすごまれたが、リンは相手に微笑んで答えた。

「私達はバルクセールをお願いしているのではありません。是非買いたいとおっしゃっているところに、お譲りしたいと言っているのです。たかだか一〇億円程度の保証金も積めない程度の方であれば、こちらから願い下げです」

冷たいが決然としたリンの言葉に、相手の男が怯んでしまった。そこで、誰かが卓上にあったマイクでリンに呼びかけた。

「一点だけ。私、メリレ・リンク証券のボブ・スタンレーといいます」

リンは、ドアに手を掛けたまま振り向いた。

「一〇億円の保証金を積めというのには驚きましたが、それがルールならいいでしょう。ただ、それだけの金を二日で集めるには、それなりの覚悟がいります。ですから一つだけ教えてください。今回のバルクセールの簿価総額はいかほどです」

リンに負けない流暢な日本語で、アメリカ最大の証券会社の社員はそう尋ねた。リンは、こぼれるような微笑みを浮かべて答えた。

「今回は、簿価の約一%相当を保証金と考えました。それでよろしいですか？」

彼女の答えに、会場はまたどよめいた。そのどよめきを背に、彼らは部屋を出た。

結局、保証金を期日までに入れたのは、一七社だった。芝野達は直ちに各社に、メールで今回のバルクセールの概要を送信した。

そして、バルクセールを二段階にするという説明で四社が降り、残った一三社に対して一二月一七日、簿価総額一一〇三億円のチェリーピッキング部分の説明会が行われた。

ところがこの説明会直前に、三葉とゴールドバーグ・コールズでひともめあった。

当初から芝野が主張していたビッド方式による競争入札というくだりが削除され、

一発入札方式が採られたことだった。

コールズ側は「ビッド方式による競争入札でやるという説明を受けていない」と主張した。芝野は、彼らが恣意的に前回のミーティングでこのポイントを話題にしなかったことに気づいた。つまり、前回の最終合意で議題にならないよう、彼らはその部分を黙殺したのだ。

だが、芝野は「自分達はクライアントで、あなた達はそのアドバイザーのはずだ」と譲らなかった。

リンは、そう言われてただ一言、「バルクセールで、ビッド方式などあり得ない」と言って退けた。

彼らの言い分では、額が額だけに、ビッドを上げる場合、検討時間を与える必要があり、不必要な時間を無駄にするというのが、理由だった。さらに、絶妙のタイミングで、大蔵省からも「適正価格の精神に悖《もと》る可能性があるので、一発入札で行うように」という指導が舞い込み、結局、芝野らの目論見は水泡に帰した。

入札は、午後一時から午後三時の間に、三葉銀行本店二〇階のプレゼンテーションルームに陣取った沼田と宮部の元に、各社が、入札額と業者名、そして代表者の署名捺印をした所定の文書を届けるという、まさに旧態依然とした方式で行われた。最初の一時間で、入札資格を得た一三社のうち、九社が入札に訪れた。残るは四社。いずれもが、既に日本でのバルクセールに多くの実績を誇る外資系投資銀行やファンドばかりだった。前回〝適正価格〟の創出に一役買ったホライズン・キャピタルも、まだ顔を見せていなかった。

午後二時半過ぎ、まず大手投資ファンドであるシングルスターのメンバーが入ってきた。彼らは終始無言で手続きを終え、アッという間に姿を消した。

入れ替わりにボブ・スタンレー率いるメリレ・リンクグループが会場に到着し、入札を済ませた。受け付けに際しては、沼田と宮部が、その場で、金額に誤りがないことを相手に確認した上で署名捺印をチェックし、そこで初めて封印、入札箱の中に入れるという作業を流れるように行った。

ちょうど、芝野も様子を見に来ていた時に、メリレ・リンクのスタンレーが、英語で何やら宮部に囁いた。彼女は笑い声を上げて、英語で返していた。どうやら、自分達が落とせそうか、こっそり教えてくれないかと聞いたようで、宮部は、「さあ、どうかしら。それは〝神のみぞ知る〟よ」と答えたようだった。

スタンレーは宮部の返事に笑い返し、意味を察した芝野にも会釈をして会場を後にした。

「あと、二社ですな」

気が付くと芝野の隣に大伴が立っていた。

「どうも落ち着きませんでしてな。様子を見に来たんですが、本命の二社が残ったようですな」

残り二社とは、ホライズン・キャピタルと、米国投資銀行ゴールドマックスグループの不良債権ファンドだった。

「現状では、なかなか良い値がつきそうですな」

「そうですか。ならば、我々もここまで粘った甲斐があったということですね」

そこで大伴の携帯電話が鳴った。彼は芝野に断り、部屋を出た。

そして、午後二時五〇分を回ったところで、ゴールドマックスグループが顔を見せた。ここは外資でありながら全員が日本人のグループで、皆仕立ての良いダークスーツを身にまとい、無駄のない動きで沼田と宮部の前に立った。彼らは終始無表情で手続きを済ませ、部屋を後にした。

これで残るは、ホライズン・キャピタルだけになった。

「悪いんだが、宮部さん、彼らがまだか受付に確認してきてくれないか」

沼田に言われた宮部は席をあけ、芝野も廊下に出て、彼らが来るのを待っていた。

時間については厳密を期したいと思っていた。したがってあと六分以内にこの部屋に入らない場合は、ホライズン・キャピタルは失格ということになる。

エレベータホールを眺めていた芝野の後ろから、大伴が声を掛けた。

「どうしたんです？」

「まだ、ホライズン・キャピタルが来ないんで、今、宮部君を見に行かせたんですよ」

「相変わらず、気をもたせる会社ですな、あそこは。それより、ゴールドマックスの入札額はいくらだったんですか？」

「よくは知らないんですが、どうやら今のところ彼らがトップのようですね。二〇％に迫る額だったとか」

「ほお。さすがに天下のゴールドマックスですな。このところ連戦連勝だって噂ですから。彼らの資金力も大したものだ。バブルの頃には、あそこはまだパートナー制を敷いていて、資金が集められずに住倉銀行に資金援助を仰ぐほどだったんですが、株式上場してからは見違えた。住倉は、当初あそこを呑み込むつもりで出資したようなんですが、結局米政府と業界の抵抗に遭い、単なる金貸し以外何もさせてもらえなかったそうですよ、まさに昔日の感がありますなあ」

いつにない大伴の饒舌さを聞き流しながら、芝野は、ゴールドマックス以上に気になるホライズン・キャピタルが、予定通り入札を済ませてくれることを願った。これで彼らが入札しなかったとなると、また一悶着あることは間違いなかったからだ。

やがて残り三分を切ったとき、エレベータの扉が開き、宮部とアランが一緒に駆けてきた。アランは芝野を認めると「すみません!」と頭を下げて、そのまま部屋の中に飛び込んだ。

他社は数人で入札に来ていたのだが、ホライズン・キャピタルは、アラン・ウォード一人だった。黒のコートの下に覗くストライプのスリーピースはベストもジャケットも全てのボタンが留められているという隙のなさで、ただ額にだけ汗をかいて、彼は沼田と宮部の前で、遅くなったことを詫び、所定の書類を提出した。

ちょうどその書類が受理された時、定刻の締め切り時刻がやってきた。

「はあ。間に合って良かったぁ」

アランは、そう言うと、窓際に置かれてあった椅子に尻を落とし、ため息をついた。

芝野は、部屋の片隅に用意してあったベンダーから冷たいお茶を入れて、アランにカップを差し出した。

「どうしました、こんなギリギリまで。何事にも沈着冷静な御社らしくない」

芝野は、目一杯の笑顔でそう言った。アランは、ありがたくカップを受け取り、一気にお茶を飲み干した。すかさず宮部が、残り三分の一ほどになっていた二リットルのペットボトルごとアランに手渡した。

「よかったら、全部どうぞ」宮部はアランにそう勧めてから、芝野の方を振り向いて言った。

「ちょうど一階に私が降りたところで、ウォードさんが駆けてこられたから、それで役員エレベータで一気に昇って来ちゃいました」

アランは、宮部に会釈をしてペットボトルから直接お茶を飲み、一息ついた。

「どうも、ありがとうございました。本当にご迷惑をおかけして申し訳ありませんでした。入札価格で、なかなかボスと折り合いがつかなくて」

「ほお。権限移譲が進んでいる外資でも、そんなもんですか？」

「そうですよ。だって、簿価一〇〇億ですから。僕だけの判断ではやらせてもらえません。権限移譲というのはMDクラスの人のことですよ。僕らバイス・プレジデントなんて奴隷同然ですから、右手上げるのでも、ボス、右手上げて良いですか？　ってお伺いたてるんですから」

その言葉に、芝野らがどっと笑い声を上げた。アランは自分のジョークが受けたのに気を良くしたように続けた。

「でも、結局、僕が責任とります！　って会社を飛び出してきたんですが、ほんと、間に合って良かったです」

そのとき、受付デスクを片づけていた沼田が、芝野に声をかけた。

「じゃあ、芝野、とっととやってしまおうか？」

そう言われて、芝野は振り返り、既に荷物をまとめていた沼田に頷いた。アランは立ち上がると、ペットボトルを持ったまま頭を下げた。

「では、よろしくお願いいたします。失礼します」

「ほんと、憎めないキャラですよね、アランちゃんって」

彼がエレベータホールに消えるのを見届けてから、宮部がそう言った。芝野も苦笑しながら頷いた。

「まったくだ。一言で外資と言ってもいろんな人種がいるってことだろうな。今の彼なんて、あそこの社長より、ずっと親近感あるものな」

「どうしてどうして、ああいうのが一番、ワルだったりするんですよ」

大伴の言葉に、二人は意外そうに彼を見た。

「私のように、見たまんまのワルってのもいますが、もっとすごいのが、ああいうワルですよ。みどりちゃん、せいぜい気をつけることです。甘い言葉で愛を囁かれてとろとろにならんようにね」

大伴の言葉に、二人は妙に納得して、沼田に続いてエレベータに乗り込んだ。

入札の開封は、一一階にあった審査部のミーティングルームで行われた。資産流動化開発室のメンバー全員に審査第三部のバルクセール担当者二人が加わり、開封作業と集計作業は粛々と進められた。

三〇分ほどで集計された結果は、妥当と言えば妥当だったが、芝野には何とも言えない不気味さを感じさせるものだった。

最終的なバルクセールへの参加の可能性がある三社はあっさり決まった。メリレ・リンク、ゴールドマックス、そしてホライズン・キャピタルの大本命三社だった。そういう意味で「妥当」な結果だった。

問題は、彼らの入札額だけが、他より突出していたことだった。

チェリーピッキングした簿価総額一一三億円に対しての平均入札額は、一四億円余り。ところが、この三社だけは、いずれも一九億円台後半を入れてきた。

第四位だったシングルスター社が一七億台前半だったから、三位と四位の間に約二億五〇〇〇万円の差があったことになる。以下四位からは団子状態なのを見ると、この三社だけが「勝つべくして勝った」と言えるディールだった。

「こんなに歴然と差がつくもんなんでしょうか？」

各社の資格調査を、ずっとやってきた宮部も、この結果に驚いているようだった。

「まあ、できすぎと言えば、できすぎだな」

芝野は自分の中でぬぐいきれない小さな疑惑を思わず口にしてしまったが、誰もそれを聞きとがめることもなかった。

結局、今回のバルクセールを制したのも、締め切り一分前に入札手続きをしたホライズン・キャピタルで、一九億八七四五万円だった。

続いて二位は、一〇分前に入札したゴールドマックスグループで、一九億七九八七万円。三位のメリレ・リンクが、一九億六三二五万円。一位と三位の差が、わずか二四二〇万円。「赤坂の単身者マンション一軒分ぐらいの差しかないですね」という宮部のいつもながらの気の利いたたとえに、みんなが口元を緩めたが、誰もがその僅差に驚いていた。

「シングルスター社の入札額でも簿価の一五％と、前回より五％も率がアップしていたんだが、落札したホライズンに至っては一七・五％にも上る。『簿価の一〇％が適正価格』と言っていた会社が、今回はこの高騰ぶりだ」

「それだけ、このバルクセールを取りたかったということなんだろうな」

という大伴の言葉に誰もが頷いた。

「何だか、最後から順に上位三社というのが、いやですねえ」

芝野と同じ感想を、宮部も持った。しかし、大伴がそれを混ぜ返した。

「結果的に、我々が予想した以上の高値で売れただけではなく、引き受け手も次点二社も安心できる大手外資ばかりですから、よしとしましょうや」

それに異を唱える者もなく、芝野も頷き、宮部と沼田に結果の文書化を指示して、先に部屋を出た。

結果を心待ちにしている飯島常務と迫田専務に報告するためだった。

9

一九九七年一二月二七日　熱海

静かだった――。

世間は師走の忙しさだということを、ここにいるとすっかり忘れてしまうような空間だった。ガラス越しではあるが、目の前に広がる海、そして周囲から完全に隔絶された木々の間をうねるように造られた老舗旅館・枯淡楼の離れは、世紀末の断末魔をあげ続ける日本とは、別の時空の中にあった。

鷲津はそこで、結城《ゆうき》を身にまとい、同様に渋い大島を粋に着こなした三葉銀行の常務と対峙していた。

戦前の元老が、国賓を接待するために設けたのが始まりという同旅館の中でも、奥座敷的存在の離れは、数寄屋造りの建物で、二〇畳程の広間に茶室と寝室、さらに控えの間などがあり、そして、総ヒノキの内風呂と露天風呂を備えていた。さらに、少し離れた場所には専用の作陶用の工房まで揃っていた。

二人は、相模灘が眼下に見下ろせる広間に輪島塗の座敷机をはさみ、差し向かいになっていた。そして、彼らの間では、今日の宴席の〝亭主〟役を務めてくれた光悦彦九郎翁が、小柄な体ながら背筋を伸ばして座していた。

「噂には聞いてましたけれど、ここからの景色は絶景ですなあ」

若女将から酒を注がれながら、主賓である三葉銀行常務取締役総合企画部長、飯島亮介が感嘆した。昔懐かしい板ガラスの向こうで、冬の日差しに揺れる大海原は、なかなか風情のあるものだった。

「ありがとうございます。もう少し暖かくなってまいりましたらガラス戸を全部お開けするのですけど、今日はお寒いですから」

若女将の言葉に飯島は何度も頷き、目の前で静かに正座している鷲津にお銚子を差し出した。鷲津は恭しく杯を掲げると両手で酒を受け、一気にあおるとすぐに飯島に返杯した。

「しかし、最近はびっくりすることばっかりですわ。ハゲタカの雄と噂の会社の社長はんが、よりによって日本人で、しかもこんなにお若い。何よりびっくりしたんは、光悦先生とお知り合いやいうことですわ」

「いや何、私も政彦君のちいちゃい頃のことしか記憶にないんやけど、彼のお祖父様には、えろう世話になりましてなあ」

光悦彦九郎。京都文化人の重鎮で、京都の伝統芸能研究の第一人者として世間では知られていたが、金融筋では、京都の古美術愛好家であり、一流の鑑定人としても伝説的な人物だった。

古くから関連会社を使って京都の貴族・華族・皇族筋に出入りし、彼らの蔵から様々な古美術・骨董の類を安く買いたたいては好事家に高い値で売りさばくビジネスに関与してきた三葉銀行にとっては、最上級の「ご贔屓筋《ひいき》」であった。

鷲津から、三葉の飯島常務との宴席を設けて欲しいと頼まれたホライズン・キャピタル不動産部長の中延は、相手が恐縮するようなレベルの人間の仲介が最良と判断して、光悦翁を見つけてきた。

実際、鷲津自身とは面識がなかったが、翁の言う通り、船場一の遊び人と言われた鷲津の母方の祖父とは交流があったようで、そこにたっぷりと口利き料を積んだこともあって、「えろう世話に」なった相手にまで祭り上げてくれたのだ。

「お祖父はんといいますと、鷲津はんも京都の出でっか？」

「いいえ、私は大阪船場です」

「へえ、そうでんのか。船場のぼんぼんでしたんか。船場のどちらです。わしも船場支店、大阪本店に長《なご》ういましたよって、もしかして、そのお祖父様のこと存じ上げてるやも知れまへん」

「菱屋伊左衛門と言いました」

「えっ！　菱屋伊左衛門って、ほな、おたくはんは花菱の関係の方でっか」

「ええ、そうなります」

「ひやぁ、これはえろう、失礼致しました。そうですかあ。いやいやまたびっくりしてしまいました。それやったら、わしやのうて、鷲津社長はんに上座座ってもらわな」

飯島はそう言って腰を浮かせかけた。それを鷲津は静かに制してもう一献、飯島に酒を注いだ。今度は飯島が両手で杯を受けた。

暫し、双方の知り合い話に花が咲いたが、百戦錬磨の飯島はさりげなく本題を切り出した。

「それにしても、鷲津はん。今日のこのお席はどういう趣旨なんだっか。仕事柄随分いろんな席にお邪魔させてもらいましたけど、ここだけは噂に聞いていただけでした。こんなご歓待を戴くいわれが、わしには思い当たりまへんねんけど」

「さすが、飯島さん。そう切り出して戴けると、こちらもお話がしやすいです。いつもお世話になっている三葉銀行の重鎮、飯島さんとお近づきになりたくて、と申し上げても、おそらくは信じてもらえないでしょうから単刀直入に申しましょう」

「そう願えると助かりますわ」

飯島の目つきが鋭くなった。鷲津は微笑みを浮かべて切り出した。

「飯島さんとご一緒したいビジネスがいくつかございまして」

「そりゃあ、楽しみや。どんなビジネスです？」

「一つは、貴行の不良債権処理のお手伝いです」

「いやあ、そうでした。まずは、そのお礼を言わなあきまへんでしたな。結局、前回に引き続き、今回も簿価一〇〇〇億規模のバルクセールをお買いあげいただき、誠にありがとうございました」

チェリーピッキングでの入札を制したホライズンは、そのまま総額約一〇〇〇億円の簿価のバルクセールも落札していた。

飯島はそこで深々と頭を下げた。

「いえ、飯島さん、私が申し上げているのはバルクセールのお話ではありません」

「と言いはりますと？」

「我々は世間で、ハゲタカと呼ばれているそうですが、本場アメリカのハゲタカにとっては、バルクセールなんぞは駆け出しの仕事です。

あんなものは、金と度胸があれば誰でも儲かるビジネスです。本物のハゲタカとは、潰れかけた会社の債券や株式を安く買い集め、その会社をバリューアップして成功報酬を得る者達を指します」

「ほお。いわゆる企業再生ってやつでんな」

「そうです。これは誰にでもやれるビジネスではありません。しかし、私はアメリカで、このビジネスで成果を上げてきました。こちらに戻ってきたのも、いよいよ日本でも本格的な企業再生が始まると考えたからです」

飯島はもう適当な合いの手をいれることもなく、酒を時々口に含みながら、まっすぐに鷲津を見つめていた。

「ところが、日本の都銀から出てくる債権は、どれもこれもどうしようもないものばかりです。つまり、既に再起不能になっているか、化石になってしまったような屑債権ばかりが出てきます。その結果、日本の債権回収は、担保不動産買い付け業のようになってしまっている。しかし、私が欲しいのは不動産ではない」

「鷲津はんは、何がお望みです？」

飯島は分かり切ったことを敢えて聞いてきた。鷲津は、ニンマリと笑みを浮かべて答えた。

「企業です。貴行にも、我々のようなプロの手を借りれば、二、三年で見違えるほどになる企業がいっぱいある。だが、そういう債権は、少なくともバルクセールでは出てこない。そこで、飯島さんにご相談があります」

「何か、怖い話になりそうでんなぁ。お願いしまっせぇ、聞かんかったら、よかったなんて思わせる話はやめてくださいよ」

「大丈夫です。もし、私の申し出にNOであれば、この旅館を出た瞬間にお忘れになっていただいて結構ですから。私の相談というのは、そうした再生可能な企業の債権を相対でお売り戴きたいというお願いです」

「それは、わしなんかやのうて五味君辺りに相談されたらええんとちゃいますか？」

「五味さんですか、あの方はダメです」

「何でです。三葉の不良債権の生き字引みたいな人でっせ」

「彼が詳しいのは、闇の紳士達が関係した再生不能の債権ばかりじゃないですか。私が欲しいのは、プロが手がければ生まれ変わることのできる原石です」

「つまり、磨いたらダイヤになる原石っちゅうことですな」

「おっしゃる通り」

「けど、そんな会社の債権を、なんでおたくらに売らなあきまへんねん」

飯島は笑みを浮かべたまま、きっぱりとそう言った。鷲津は間をとるために、飯島と自分に酒を注いでから答えた。

「あなたがたが持っている限り、その石は、ただの瓦礫《がれき》に過ぎないからです」

そう言われて、飯島は笑い声を上げた。そして一気に酒をあおると、勢いよく杯を座敷机に置いた。

「さすが花菱のぼんや、言うことがすごいでんな。つまり、おたくさんは我々三葉に、喧嘩売ろうっちゅうわけですか?」

飯島の目が愉快そうに笑っているのを見て取りながら、鷲津は微笑んだまま答えた。

「喧嘩ではありません。商談ですよ。昔から言うじゃありませんか。捨てる神あれば拾う神ありって。現状での三葉では、破綻懸念先以下の債権を正常債権に戻すことが不可能なのは、私以上に飯島常務の方がよくご存じのはずです。飯島さんぐらい切れ者であれば、三葉再生のために、そんな債権は即刻切り捨て、銀行を根底から立て直すべきだということは、ご承知のはずだ。ところが、日本の銀行は、道理より無理と情実とメンツだけがまかり通るところ。ことはそう簡単にいかない」

「いやあ、鷲津はん。さすがやな。ハゲタカの雄、ゴールデンイーグルちゅう異名は、伊達《だて》やない。ほな、そんながんじがらめのしがらみの中にある我々から、どうやって道理を取り出したらよろしいか伺いまひょ」

「何も難しい話ではありません。相対でビジネスができれば、貴行は、世間に隠しておきたい背任まがいの融資が封印できる。一方の我々は、求める企業を適正価格で手に入れることができます。しかも、貴行は古くからの取引先を再生させることができ、大いに感謝もされる」

「大事なお客をハゲタカに叩き売って『大いに感謝』されまっしゃろか？」

飯島の言葉に鷲津は枯れた笑い声をあげた。

「ですが、損をする者は誰もいない。貴行は、密かに不良債権処理ができるだけでなく、諦めていた債権の一部を回収することすら可能だ。何でしたら、売却額を金ではなくストックオプションとしてお渡ししてもかまいません。いずれ再生がかなえば、三葉はそこまで取引先のことを考えていたというＰＲも可能です。さらに当該企業は、自力では到底無理な企業再生を成し遂げ、再び市場へと参入することができるのです」

「そして、おたくらは再上場で莫大な利益を得るってわけでんな」

「しかし、それは正当な報酬です。誰もが見捨てた企業を、数年で見違えるようなピッカピカの会社に再生するのです。その報酬としては少ないぐらいのものしか手に入りません。しかも失敗したときは、我々には汚名と負債が残るだけです。ハイリスク・ハイリターンとは、本来こういうビジネスを指すんじゃないんでしょうか」

「なるほど、そうやって話を伺っていると、当行にとっても滅茶苦茶ええ話に聞こえますなあ。けど、それやったら正々堂々とウチの法人営業部でプレゼンしなはったらよろしいやろ」

　鷺津はそう言われて苦笑した。

「やるだけのことはやりました。色々な方にご相談もしました。しかし、どなたもみな話すらまともに聞いてくださらなかった」

「それをわしやったら聞くと思いはったんだっか」

「そうです。三葉銀行とは不思議な銀行ですね。大手都市銀行という顔がある一方で、巴屋時代からの三つの顔を今なお連綿と守り続けている。中でも大阪本店は、今なお銀行の本分を貫き続けておられる」

「銀行の本分とは、こらまたえろう大きく出はりましたなあ、何です、それは？」

「企業と共に成長し、時にはリスクを承知で企業の将来に投資する姿勢です」

　暫し、部屋の中に沈黙が流れた。そして、飯島が低い声で笑い出した。それは、鷺津に移り、訳も分からず翁と若女将にも伝染した。

「いやあ、これは失礼した。鷺津さん、わしは、あんたみたいな商売人に久しぶりに会いましたわ。あんたはんは、我々三葉大阪本店の体質を重々承知で、そんなてんご(冗談)を言いはんのでっしゃろ。そして、そこまで言われたら、わしが引けへんのも計算の上や。いやあ、ユダヤ式だのアングロサクソン式ビジネスやっちゅうのは気にいらんが、あんたの話の持っていき方は昔ながらの船場の風情を感じます。脱帽です。よろしい、その話は考えさせてもらいまひょ。用意周到なあんたはんのことや。どっかからウチの債権区分資料も手に入れていて、欲しい企業のリストもお持ちなんでっしゃろ。それ、戴いて帰らせてもらって検討しまっさ」

鷲津は座布団を外し、畳に両手をつき深々と頭を下げた。

「ご配慮、恐れ入ります」

「何をおっしゃる。あんたはんは、ウチにとっても救いの神や。礼を言わせてもらいまっせ」

そう言って飯島は、鷲津にお銚子を差し出した。鷲津はまたそれを恭しく受けてから続けた。

「同じ、不良債権ビジネスで、あと一つ、お願いがあります」

そう言われて飯島は嬉しげに笑った。

「そうこなあきまへんな。伺いまひょか。その一つを」

「これは、貴行にとっても大きなメリットがあるかと思うのですが、貴行の債権の中にあるゴルフ場関連の債権を全て戴きたい」

10

一九九七年一二月二七日　熱海

「ゴルフ場の債権を全て、でっか」

飯島は意外そうな顔をした。

「わしはまた、ダイコー再生でも引き受けてくれはる話かと思ってましたわ」

かつて売上高一兆円を超え、フランスの百貨店まで手中に収めたこともある巨大スーパーの経営危機は、三葉の屋台骨を揺るがしかねないだけに、どのような再生スキームが採られるのかに注目が集まっていた。

鷲津はそれに苦笑して、首を左右に振った。

「ご指名とあれば喜んでお引き受けしますが、そのときは貴行が向こう傷を負うぐらいのご覚悟をしてくださることが条件です」

「そうでっか。ほな、そのときはよろしゅうに頼んます。さて、今の話はゴルフ場でしたな」

「そうです。多くのゴルフ場は今後、預託金の返還ラッシュが始まり、バタバタと倒れていくでしょう。また不良債権化している貸出先の経営危機の一因は、副業として始めたゴルフ場開発の失敗というところが少なくありません。そこで、そうした問題を抱えたゴルフ場を、弊社が運営しているファンドでお引き取りしたいのです」

一九〇三年（明治三六年）日本初のゴルフ場としてオープンした神戸ゴルフ倶楽部以来、一九五七年までに約一〇〇のゴルフ場が全国に誕生した。当時のゴルフ場は、いずれも営利を目的としない社団法人によって運営されていた。

そして、一九五七年、当時の文部省が「ゴルフ倶楽部に公益性は認められず、社団法人としての資格はない」という見解を発表。以降、東京ゴルフ倶楽部、小金井カントリークラブ、霞ヶ関カンツリークラブなどの一部の老舗名門クラブを除き、運営母体が社団法人から株式会社に変わり、「預託金制度」によるゴルフ場運営が主流となった。その結果、ゴルフ場の数が爆発的に増え、五七年からの一〇年間で約五倍、九三年には二〇〇〇を突破して、ゴルフは大衆化していった。

預託金制度下では、ゴルフ場はオープン前に会員権を販売し、その金でゴルフ場を建設。預託金は償還期が来ると、会員は返還請求が可能になる。本来、会員から預かった金なのだが、バブル期は会員権相場がうなぎのぼりだったため、相場で売却した方が儲かり、ゴルフ場に返還請求する人はほとんどなかった。

ところが、バブル崩壊後、相場が急落。預託金の額面を下回る事態となって、返還請求者が現れるようになってきていた。

　そして、この年一二月、国内三〇コース、海外六コースを運営していた日本最大のゴルフ場運営会社である日興興業が倒産。その倒産処理に注目が集まっていた。

「おたくも日興興業のコースに手を伸ばしはるんでっか？」

「それは、ご想像にお任せします」

「けど、そんなバブル時代のお荷物を、たんと買《こ》うてどないしはりますねん」

「もちろん、ゴルフ場として再生させるんです」

「そんな簡単にいきまんのか？」

「我々なら」

「なあ、鷲津はん、禅問答はやめまひょ。おっしゃる通りゴルフ場関連ではウチも手を焼いてます。もう全部燃やしてしまいたいぐらいや。かといって、三葉が外資にゴルフ場叩き売ったと言われるのは困る。おたくが本当に再生できるという証を見せてください。そのときは相談にのりまひょ」

　鷲津は一礼してから説明を始めた。

「話としては非常にシンプルです。ゴルフ場の経営を圧迫している最大の理由は、預託金の償還です。逆に言えば、それを取り除けば後に残るのはゴルフ場だけです」

「それが簡単に取り除けるんやったら、苦労はしまへん」

「確かに、現在の経営者では無理でしょう。しかし、一度その会社が倒産すれば話は別です」

「別、とはどういう意味ですねん」

「つまり、現在の日本の倒産法で重視されるのは、債権者への保証です。つまり潰れた後に残ったもので、金に換えられるものは全部金に換えます。ところが、預託金というのは、債券でもなければ株でもない。したがってそれを返す優先順位は非常に低い。さらに、再建後の会社であれば、それは前経営者が結んだ契約だからあずかり知らないということで、カットしてしまうことも可能です」

「しかし、そんなこと許されますのんか？」

「先ほども申し上げた通り、預託金に法的根拠がない以上、裁判で争ってもかなり厳しいでしょうね。ただ、それだけだと会員の不満は収まらないでしょう。そこで会員資格は残し、さらにプレイフィーは無料にする。まあ、本当にゴルフが好きなら、回数回って預託金の元を取っていただくというシステムです」

「ほお。いやあ、さすが外資はずる賢い」

「お褒めにあずかりまして。ただ、今は簡単に説明しましたが、こういう流れを作るには、法律の専門家を交え、さらに旧経営陣を取り込むなど色々とやるべき事はあります。したがって、貴行がこれをおやりになろうとしても、それは無理だと思います」

鷲津の意味深の言葉に、飯島はニンマリと笑って惚けた。

「つまり、ゴルフ場を買い取る側は、預託金についてはあずかり知らないという覚書を旧経営者と交わし、大きな負担を切り離すわけでんな。ウチは、そんな危ない橋はわたりまへん。メインバンクがそんなことしたら、信用問題でっからな」

「そうです。しかも、もう一つ重要なポイントがあります」

「何です？」

「ゴルフ場の売買を行うと、必ず相手側は、建設費に一五〇〇億かけた、二〇〇〇億かけたとおっしゃいます。しかし、今や不動産はキャッシュフローによって計算する時代です。ゴルフ場が運営できなければ、ただの空き地に過ぎません。その結果、ゴルフ場自体は非常に安価でしか売れないことになります」

「二〇〇〇億かけたゴルフ場が、ただの空き地ぃ？　殺生な話や」

「ゴルフ場が危機に陥ったのは、そもそもゴルフ場の経営のノウハウについて余りに無知な連中が経営していたことにも一因があります。ゴルフ場の経営の鍵を握るのは何だと思われますか？」

飯島は突然の問いかけに少し驚いたようだったが、それでも答えを投げ返してきた。


「そらあ、会員でも高いプレイフィー取って、うまくもない飯や酒に高い金を払わせることでしょうな」

鷲津は、嬉しげに笑って言った。


「回転率です」

「回転率？」

「そうです。ゴルフ場が非効率なのは回転率が悪いためです。インとアウトの間に休憩時間などを挟み、クラブに滞在する時間を長くすることで、一日当たりの利用者を減らしています」

「つまり、どんどん人を入れて、回していけっちゅうことでんな。しかし、わしなんかゴルフ場の楽しみいうたら、ゴルフの後の生ビールでっせ。それはどないしますねん」

「終わってから飲んで戴きましょう。ゴルフ場はゴルフをするところです。食事などで小銭を稼ぐよりは、人をたくさん入れてプレイフィーで稼ぐ方がベターです」

「ほお、なるほどなあ」

「もう一つの鍵は、コストダウンです」

「ゴルフ場でコストって何です？」

「一つは、キャディです。彼女達の人件費がいかにゴルフ場の経営を圧迫している か。これは全てカートに替えます。さらに、クラブハウスのスタッフも半分で十分です。また、ボールや芝、さらには農薬などは、スケールメリットを生かして安くします」

「スケールメリット？」

「我々は、これから五年ぐらいで、最低でも一〇〇コースのゴルフ場を手に入れるつもりです」

いちいち大げさな飯島が、心底驚いたように口元に運んでいた杯を止めた。

「五年で、一〇〇コースですとぉ!?」

「そうです。それだけあれば、スケールメリットが効いてきます」

飯島はそう言われて腕組みをして考え込んでしまった。

「けど、そうするとゴルフ場のプレイがなんや味気ないようにならしませんか？」

「それは見解の相違です。ゴルフ場の本来ある姿を取り戻すことになると、私は思っ

「本来の姿ねぇ?」

「テニスコートを考えてみてください。ただテニスをするだけのコートが一番多いはずです。しかしそれ以外に、少しステイタス感を感じさせるプライベートのクラブがあり、その上には会員以外は入れない高級テニスクラブがある。それと同じピラミッドがようやくゴルフ場にもできるということではないですか」

飯島は腕を組みながら頷いている。

「飯島さんがおっしゃったような、高級感があるクラブハウスで、ゆったりとくつろぎながら最高のサービスを受けたい人は、それ相応のお金を払って、そういうクラブのメンバーになればいい。でも、とにかくみんなで楽しくゴルフを気軽にするのであれば、我々の提供するコースで十分です」

「なるほど、理屈は分かりました。ほな、これは最近はやりのチェリーピッキングでいきまひょ。さっきもらったリストの中には、ゴルフ場に対する債権もあります。それをどう料理しはるかで、残りを考えまひょ。それでどないだす」

鷲津はまた、深々と頭を下げた。

「ありがとうございます。ただ、飯島さん、一つだけお断りしておきますが、ゴルフ場を担保にした債権は、タダ同然の価格しかつけられませんので……」

「それが辛いなあ。まあ、でもゴルフ場以外に使えんとなったら、ただの空き地やというあんたの理屈は一応分かりますよってなあ。そこは、何とか我々が納得できる落としどころを考えてください」

鷲津は顔を上げると頷いた。そして、鷲津はいよいよこの日の本題を切り出した。

「さて、飯島さん。ここまでは、三葉銀行常務としてのお願いでした。ここからは、飯島さん個人にお願いがあります」

「わたし、個人にお願いだっかぁ？　ますます、怖そうでんなあ」

しかし、飯島はまんざらでもない顔をして、盛んに貧乏揺すりをし始めた。

「実は、我々は今年秋にアジア全域の一流リゾートばかりを対象にしたリゾートファンドを立ち上げました。バブルの崩壊で、日本の観光地の老舗旅館やホテルの大半は経営危機に瀕しています。原因は多岐にわたっていますが、このままでは、あと一〇年もすれば、まともに生き残っている旅館や観光ホテルが何軒あるかというほどの惨憺たる状況にあります。そんな中で、後世に残したい老舗旅館やホテルの支援をしようと考えています。実は、光悦先生にも、このファンドのアドバイザーになっていただき、物件の目利きや、再生に際してのご指南を戴いております」

「ほお、そうでっか。しかし、それは何よりですなあ」

そう言われて、それまでずっと黙って二人のやりとりを聞いていた光悦翁が、京都の雅人らしい笑い声をあげた。

「なに、詰まらぬ道楽が、少しでも世間様のお役に立てばと思いましてな」

「実はこの旅館も、半年前に破綻しかけていたのを、再生の受け皿として名乗りを上げた我々が、プレパッケージという破綻処理の方法をとって、私的整理を行い、今日に至っているんです」

それにはさすがの飯島も驚いたようだった。

「へえ、そうなんでっか。ここもそんなに危なかったんでんな」

「こういう旅館には、世界中から金をいくら出しても泊まりたいというお客がたくさんいるものです。そこで、来年早々に立ち上げるリゾート運営会社に経営を移譲し、ファンドが再生させた日本やアジアのリゾートを、一括経営させようと思っているのです」

「なるほど、それはなかなかええお仕事やないですか」

そう言われて鷲津は、また座布団を外し頭を少し下げた。

「そうですか！　実はそのファンドのアドバイザーという形で、飯島さんにもお力添え戴けませんか？　というお願いです」

「私が、リゾートファンドのアドバイザーでっか」

飯島は不思議そうな顔で鷲津を見ていた。

「そうです。伺うところでは、飯島さんもなかなかの粋人であられるとか。それに様々な方の接待をされているお仕事柄、日本ならではのもてなしの心得にも精通されていると伺っております。そうしたご経験を生かしてぜひ、我々にご教示戴ければと思うのですが」

「どうです、飯島はん。ウチとおたくさんとでは、詳しい分野がだいぶん違いまっしゃろ。鷲津はんは、ウチが分からへんところを、飯島はんに埋めてほしいと言うてはんねんや」

飯島は顔を少し赤らめて、光悦の誘いに恐縮した。

「私が光悦先生のご存じないことを埋めるなんて、滅相もない」

「そんなことあらしまへんやんか。おたくは接待の天才や。そういう部分は、ウチは結局は根っからのあほボンですわ。けど、ウチではわからしません。あんたも、こういう世界嫌いやないんやし、ひと肌脱いだってや」

そこまで言われて飯島は、さらに恐縮した。

「せんせ、もうそのへんで堪忍してください。そんなに言われたら、私も簡単に断れんようになりますさかい」

「何で断りますねん。受けなあきまへん」

そこで飯島は、光悦に頭を下げた。

「せんせ、ちょっと待ってください。確かに、そこまで言われて引き受けへんかったら私も男やないと思います。けどね、私は曲がりなりにも三葉銀行の役員なんです。我々にはみな兼職規程があります。しかも、相手は外資のファンドやないですか。そんなところのアドバイザーなんてできまへんがな」

そこで鷲津がすかさず口を挟んだ。

「では、一個人として、ボランティアという形でご協力戴くというのは如何でしょうか？」

「ボ、ボランティアやって？　鷲津はん、あんた冗談がきつすぎまっせ」

「いえいえ、それは表向きです。実はそうおっしゃると思っていて、光悦先生とも色々智恵を絞りまして、光悦先生を座長に『日本粋人の会』というのを作ろうかと思っております。飯島さんもそのメンバーになっていただくというのは如何でしょうか？」

「それはかましませんけど、何《なん》かそれやったら、おたくはんだけがえろうおいしすぎませんか？」

鷲津は、そう言われて嬉しそうな笑みを浮かべた。

「ご安心ください。それは表向きです。アドバイザリー料として、スイスでもケイマンでもお望みの場所に口座は用意します」

「あははは、何や。それやったらわしはおたくに弱みを握られることになりますやんか」

「しかし、それはお互い様です。そんな事をしていると知られた時は、私達もこの世界から追放されます。一蓮托生、運命共同体ということです」

「運命共同体なあ。でも、何か引っかかりますなあ」

「まあ、こういう話はあんまり深読みしなはんな。それこそ無粋で野暮な話でっせ。それより、おたくさんも滅私奉公で三葉に尽くしてきた割には、その見返りが同期の迫田の下とは、あんまりや。このへんでちょっと楽《らく》さしてもろたらどうですん？」

鷲津は、光悦という人物の説得力に感心していた。鷲津からは細かい指示はしていない。ただ、飯島をぜひ自分達の陣営に取り込みたいとだけ伝えたのだ。それなりに金は使った。だが、どうやらこの調子なら、飯島は籠絡できるかも知れない。

飯島は、暫く腕組みをして目を閉じて沈思黙考に耽っていた。

やがて、目を開くと鷲津をまっすぐに見て呆れ顔で言った。

「まいりましたわ、鷲津はん。あんたの勝ちですわ。わしは、色々な理由から光悦先生には頭があがりませんねん。それを百も承知でこういう席を設けはった。分かりました。あれこれ言わんと、ボランティアの話、お受けしまひょ」

「ありがとうございます！」

鷲津はそう言って両手をついて、畳に額をすりつけた。

「ああ、良かった良かった。ほな、若女将頼むわ」

光悦翁の一言で、若女将は部屋の隅にあった電話を取り上げた。暫くするとふすまが開き、その向こうで若い綺麗どころが三つ指をついていた。

三人いた芸者衆の中央にいた童顔の芸者を見て、飯島は「アッ！」と声をあげて腰を浮かした。

「ぽん太、お前、何でここに！」

「いやあ、だんさん。お久だす」

彼女はそう言うと、周囲の眼を憚らず飯島に抱きついた。

「こら、やめんか。鷲津はん、これは、どういうことです。第一、何であんた、この娘のことを」

だが、それに答えたのは、ぽん太自身だった。

「うちな、光悦のおじさんに身請けしてもらいましてん。で、ここで働いて、いつでも好きなときに、亮ちゃんと会《お》うてもええって言うてもろてますねんえ」

飯島が大阪本店から東京本店へ異動したのも、実は目の前にいるぽん太が原因だった。元々、飯島は無類の女好きで、わけても少女には目がなかった。何度か女性がらみで危ない目には遭っていたのだが、それでも大過なく過ごしてきた。ところがその飯島が、一年前に祇園に初見世で出てきたぽん太にすっかり入れあげてしまう。

ほぼ同じころ、彼女を見初めたのが与党の代議士で、最後は代議士自らが頭取に電話を入れるという騒動になり、結果、次の代表取締役大阪本店常務が決まりかけていた飯島が、代表権のないまま東京へ「左遷」されてきたのだ。

クーリッジのサムの調査でその事実を知り、その後、その代議士とぽん太が切れたことも知った鷲津は、光悦を通じて彼女をここへ連れてきたのだ。

昔と違い年季奉公で芸者をやる者はいない。しかし、何年も手塩に掛けて芸者を育てている置屋に対して、それ相応の見返りを出さなければ、なかなか「ひかせる」のは難しい。結局、相応の金を積み、いわば飯島に彼女を献上したのだ。

飯島はさらに何か言おうとしていたのだが、ぽん太に甘えられてそれどころではなくなり、そのまま席は嬌声が飛び交う宴席へとなだれ込んでいった。

11

一九九八年一月一二日　大手町

「例のダミーファンドの件やねんけどな。ええ先が見つかった」

朝一番に呼び出しを受けた芝野は、部屋に入るなり飯島にそう言われた。

「あの、常務。失礼ですが、ダミーファンドというのは?」

「ああ、もう困るなあ。以前話をしたでしょ。ウチの言い値で買ってくれるファンドを作れば、ウチは帳簿上もっと高い値で不良債権処理ができると言ったでしょ。その受け皿の話やがな」

そう言われて芝野は思い出した。あの話、本気だったのか……。

「それで、その先というのは?」

「ああ、メリル・リンクや」

芝野は我が耳を疑った。

「あの、メリレって、あのアメリカの大手証券のメリレですか？」

「せや、最近山野証券の人と支店を買《こ》うて、僕らは日本人を助ける良い外資と胸を張ってたところが、今度はウチを助けてくれるそうや」

「はあ」

一体、どうしてあれほどの大証券が、そんな危ない橋を渡ろうとするんだ。

「何や、えろう煮えきらんやないか。疑ってんのかいな？」

「いえ、そういうわけではないのですが、思いもよらないビッグネームが飛び出してきたので驚いているだけです」

そう言われて、飯島はまたピース缶からタバコを取り出し、芝野からの火を受けて答えた。

「ウチが一緒にファンドをするところを物色している噂を聞いたそうや。確か、ええと、インベストメント部のボブ・スタンレーという、ごっつい柄の奴や」

「その人物なら、私もよく覚えています。昨年のバルクセールにも参加していましたし、その後、入札に疑問があるとクレームをつけに来た人物です」

「せやったなあ。自分の所よりも後に入れたところが、いずれも自社より高い額を入れたのは、入札情報が漏れているせいやって言うて来たんやったなあ」

同じクレームは、シングルスターからも、そして第二位だったゴールドマックスからもあった。しかし、芝野はそれを一蹴して、彼らのクレームに聞く耳を持たなかった。

クレームを訴えてきた各社は、いずれも想像以上にあっさりと引き下がったため、強気な対応が良かったのかも知れないと密かに自負していた芝野は、思わぬところで再びメリレ・リンクの名が出てきて、警戒心が湧いた。

「それで、そのスタンレー氏は何と？」

「ウチとぜひ共同で、投資ファンドをやりたいと言うんや」

「連中は、我々の思惑を知っているんですか」

「そこや、わしが驚いたところは。連中、全部含んで、このファンドを使って三葉の不良債権を言い値で引き受ける受け皿を作りましょうと言うんや。会社は資本金二億円で、ウチが四九％、向こうさんが五一％ということも、向こうからの提案や」

「それで、時価とのギャップを埋める件に関しては？」

「もちろん、ちゃっかり念を押しはりましたで。差額は補塡してくれるんだろうねとな。どない思う？」

芝野は、答えに窮した。迷っているからではない。彼にとってそんなファンドはあり得ない。しかも、メリレにとっては美味しいだろうが、三葉はその差額を埋めるために、貴重な金を出さなければならない。だが、飯島が言う「どない思う？」というのは、このプラン自体を問うているのではない。それを前提として、我々がもっと儲けられる方法はないだろうか？　ということを問いたいのだ。

「一つお尋ねしますが、その差額というのは、実際の売却額と時価との差という事でしょうか？」

「いや、連中は査定額との差だと言うてる」

「では、メリレが他社より厳しい査定額を出してきても、我々は唯々諾々としてそれをのみ込んで、補塡額を出し続けるんですか？」

芝野が問題にしているのは、そこだった。このファンドは、最初から適正価格で不良債権を買うことを目的にしていない。可能な限り銀行内から不良債権を放り出すことを第一義にし、それと同時に、帳簿上の売値は、「適正価格」よりも高くして売りたいということだ。それによって三葉は、不良債権によって被る損をすこしでも軽減できる（もちろん、帳簿の上だけだが）。メリレ・リンクは、その悪巧みの手伝いをしようと言ってきているのだ。

もちろん、彼らは慈善団体ではない。嵩上げして買い上げた部分は、三葉が裏から補塡しろと言っている。しかも、その嵩上げ部分の計算は、時価と買い取り額ではなく、そのファンドが査定した額との差額だと言っているのだ。

「連中も、全部のみ込んではんねん。ボブはんに、こう言われたわ。『貴行にとってこのファンドの目的は、ビジネスではなく帳簿上のトリックのためのはずだ。ならば、変な色気は出さない方がええ』とな。ほんまあいつらの商売の仕方いうたら、相手の足下を見ることしか考えとらへん」

飯島の妙な感心に、芝野はムッとした。

「それで、常務は、承諾されたんですか？」

「まだや。承諾してたら、忙しい君を呼んだりせえへん」

「ならば、もう少しその査定額について細かいルールを決めるべきです」

そう言われて、飯島は大きなため息を落とした。そして、自分のデスクに戻ると、鍵のかかる抽斗《ひきだし》から茶封筒を取り出した。

「ボブはんは、これを持って話しに来はったんや。遠慮せんと中見てみ」

そう言われて、芝野は封筒の中身を取り出した。それは、キャビネサイズの写真だった。どうやら、夜の歓楽街をストロボを使わずに撮ったようだ。芝野は、腹の奥の方にドーンと重いものを感じた。その予感は二枚目で的中した。ホステス風の女性と抱き合いながらマンションに入っていく三葉の行員が写っていた。

バルクセール担当の審査役沼田だった。芝野は怪訝そうに飯島を見た。

「動かぬ証拠やそうや」

「動かぬ証拠というと？」

「沼田が、ホライズンにビッドの額を流していた」

「えっ！　そんなことはありえません！」

「まあ、もう少し写真を見てみ」

写真は残り四枚あった。翌朝二人が入ったマンションから沼田とその女性が出てくるところ。しかもあろうことか、彼らはマンションの前でキスをしていた。別の日に撮ったと見られるツーショットの写真もあった。さらに銀座のクラブから沼田とその女性、そしてホライズン・キャピタルのアラン・ウォードが一緒に店を出てくる写真もあった。

最後の一枚は、どうやらマンションの部屋の賃貸契約書を撮ったものだった。

「それは、そのホステスの部屋の賃貸契約書やそうや。そこにある花咲かずみというのがホステスの名前。で、問題は、その保証人の名前や」

そこには中延五朗とあった。

「ホライズン・キャピタルの不動産部長や」

その言葉で、芝野の顔から血の気が引いた。信じられなかった。あの堅物の沼田が、こんなスキャンダルを起こすなんて、第一、どうやって彼はホライズンにビッド額を伝えたというのだ。

「しかし、沼田は入札用のプレゼン室から一歩も出ていません」

そう言われて飯島は、渋い顔をした。

「世の中便利になっとるからな。最近は携帯からでもメールとかいう文字が送れるそうやないか。それで、沼田は、メリレとゴールドマックスの額をホライズンに送ったそうや」

「しかし、受付にはずっと宮部くんも同席……」

そこで芝野はハッとした。そう言えばあのとき、ホライズンのアラン・ウォードの到着が遅くて、宮部は一階まで捜しに行ったんだ。その指示を出したのは沼田だった。最初は、芝野も部屋に残っていたが、結局廊下で待っていたのだ。そばには大伴もいた。あのとき、確かに沼田は受付デスクで一人になっていた。それから五分もしない間に、アランが駆けてきたのだ。

「何や、思い当たるふしがあんのか？」

「確かに、ホライズンのウォード氏は、入札時刻のギリギリに滑り込んできました。あまりに彼の到着が遅いので、沼田が、受付にいた宮部に一階まで捜しに行くようにと指示をして、それから暫くした後、ウォード氏と宮部君が一緒に戻ってきたんです」

「なるほど、空白の五分があるわけやな。それやったら、数字ぐらいはメールできる。で、その数字をもらって、ビルのそばの喫茶店ででも入札額を書き込めば、ホライズンが最高額を入れることは可能なわけや」

それでも信じられなかった……。

「そういうのを連中の業界で『ラスト・ウォッチ』と言うそうや」

「ラスト・ウォッチですか」

「最後の数字を知ってから入札を入れる。言ってみれば後出しじゃんけんみたいなもんやな。負けるわけがない。しかし、この業界では入札を行う場合には、各社こぞって、自社がラスト・ウォッチできるようあの手この手の策を弄するらしい」

「しかし、私には信じられません」

「わしもや。あの堅物の沼田がなあと思った。けど、知ってたか。あいつのところ、奥さんが長患いで入院しているそうやないか。しかも子供もおらへんとか」

「いえ、それは知りませんでした。あの、常務、この件は沼田には、もう?」

「質しはしとらん。けど、先週末で依願退職してもろた」

「え、依願退職ですか!」

沼田がメリレの指摘通りのことをしていたら、彼は依願退職どころか、懲戒解雇の上、三葉から告訴されてもおかしくない。人一倍愛行精神がある飯島が、沼田にお目こぼしをしたというのか……。

飯島は、芝野の疑問を察するように渋い顔をした。

「表沙汰にはできんやろ。しかも、メリレも『我々はスキャンダルは嫌い』や言うて、これをプレゼントしてくれた。ネガ付きでな。けど、ネガなんぞ、なんぼでもコピーできますよってな」

つまり、三葉銀行行員が、外資に手玉に取られていたという不面目を闇に葬ったということか。それならば、飯島らしい愛行精神だった。

「本人は、何と?」

「何とも。沼田を呼び出して、一身上の都合で辞めるという辞表を出せと言うたら、驚いた顔をしたが、何にも言わずに頷きよったで」

つまり、自ら「罪」を認めたということか。しかし、なぜあの沼田が、そんなことを……。

「良かったな、芝野」

「はい？　あの常務、おっしゃっている意味が分からないのですが」

「せやろ。もし情報を漏らしていたのが、お前のところのメンバーやったら、お前さんにも、責任を取ってもらわないかんとこやった。それは不幸中の幸いや」

そう言われて、芝野は、今朝、社内に張り出された時期はずれの異動辞令を思い出した。取締役審査本部長が突然、系列会社に出向するという内容だった。飯島は、芝野が何を思い出したのか分かったかのように頷いた。

「銀行というのは、そういうところや。審査本部長には罪がなくても、重大な管理責任は咎められるべきことやからな」

芝野はもう何も言えなかった。

「それと、ホライズン・キャピタルも、以降のバルクセールの入札資格を剝奪する。既に契約済みの前回分については、そのままやってもらうけれどな」

「それは、ホライズンが、沼田との一件を認めたということですか？」

飯島は、渋い顔で首を左右に振った。

「そんなもん認めるタマかいな。文書で、当方の都合で申し訳ないが御社を外すと送ったけや」

それを、あの鷲津やアランがあっさり受け入れたというのか……。

しかし、芝野はただ頷くだけで、疑問をのみ込んだ。

「あともう一つ、気になることがあんねん」

「何でしょうか？」

「沼田が、ホライズンに情報を流していたっちゅうのは分かった。けどな、去年のバルクセールは、入札をした時間が遅ければ遅いほど高い額になっとるなあ」

芝野はそう言われてハッとした。

まさか、他にもいるというのか！

「そして、第四位のシングルスター、第三位のメリルレ・リンク、第二位のゴールドマックスのいずれもが、あの入札に疑義を唱えていた。何でやと思う？」

分かっていても言いたくなかった。

「すみません、常務。動揺して頭が働きません」

「そらせやろ。ほな、わしが代わりに答えたるわ。クレームを付けるというのは、何らかの根拠があるからや。それは何か。自分らがラスト・ウォッチやと思とったら、その上手がいた。三葉の情報を買うには、それなりのコストもかかってるやろ。クレームを付けてきた連中は、それをフイにしたわけやな」

失望感と怒りで拳が震えているのを、芝野は必死で堪えた。飯島が何が言いたいのかが分かったからだ。だが、彼はただ、まっすぐに飯島の顔を見るだけで、何も言わなかった。

飯島も、芝野の視線をまっすぐに受けて、タバコの煙と一緒に呟いた。

「あと三人も内部通報者がいる。そんな恐ろしいことがないとええんやが……」

12

一九九八年三月二〇日　大手町

あっけないほど、すんなりと終わった。三度目のバルクセールを終えた直後、芝野は拍子抜けしてしまった。

今回は、ゴールドバーグ・コールズの指示通り、三葉が業者を指名した結果、参加したのは、名だたる外資系金融機関と日本の不動産ファンド、そして三葉がメリル・リンクと一緒に立ち上げたアトム・ファンドなど一三社だった。

そして、今回は指名入札をしたため、チェリーピッキングなしの一発入札で、簿価額一三〇〇億円余りの過去最大のバルクを組成した。

飯島の話通り、過去二度バルクセールを受注したホライズン・キャピタルは、指名業者から外された。その件について何らかのアピールがあるかと思ったのだが、ホライズンからも、そしてゴールドバーグからも、何の声も上がらなかった。

そして、バルクセールは簿価の約三〇％という高値をつけ、「予定通り」アトム・ファンドが落札した。

拍子抜けと言えば、毎回迫田専務以下、さまざまな人間が、セールに介入してきたのだが、今回は、どこからも横槍や追加案件がなかった。もっとも、それはそうした体質が改められたのではなく、最初の組成の段階から既に、誰も買いそうにない案件が山のように入っていたからに過ぎない。

つまり、それまで様子見をしていた融資各課が、ようやく本腰を入れて手のつけようのない案件を、バルクに放り込むようになったということに過ぎない。

そもそもバルクセールとは、銀行が抱えた大量の不良債権を、自身の身を切ってでも迅速かつ大量に処理するという「大鉈《おおなた》」であるべきだった。

しかし、結局は、従来の銀行が続けてきた「飛ばし」の仕組みがここにも誕生し、外資という新しい「味方」を見つけ、またぞろ数字のゲームを始めてしまった。

いよいよ辞めどきかも知れない。

芝野は、今回のバルクセールの報告のためのミーティングを終えた後の役員会議室に一人残り、眼下の街を見下ろしていた。

かつて、ニューヨーク、ロンドンと肩を並べ、いずれそれらを凌駕するのではないかと言われたこの街は、今、眼に見えないところから腐食が急速に進んでいる。そして、日本の金融機関も政府も、そして政治家も、その腐食を止めることも、崩壊を阻止する力も失くしてしまっていた。

そして、この街を空高くから見下ろし、的確に好餌を見つけては一気に襲いかかってくる「外資」という怪物に、我々はただなすがままに翻弄されるしかないのか……。

いや、日本が抱えている混沌を「外資」のせいにするのは、おかしいかも知れない。連中は、ただそこにビジネスチャンスがあるから、群がってくるに過ぎない。

以前、芝野は長年外資系投資銀行に勤めている日本人のマネージング・ディレクターと会食したときに言われた言葉を思い出した。

「彼らは、歪みを見つける天才なんですよ。つまり眼に見えているものと、見えていないものの間のギャップですね。そして、それがある間は、どんどんビジネスをしかけてきます。そういう意味で、日本の企業も国も、本音と建て前という旧態依然としたやり方をそろそろやめるべきなんです」

だが、俺達は、一見アメリカ的ビジネスをしているよう見せかけて、今なお旧態依然としたやり方に安住している。

これでは何も変わらない……。

そのとき、開け放たれたドアの向こうで人の笑い声がして、芝野はそちらに視線を投げた。ドアの前で立ち話をしていた人物を認めて、彼はハッとした。そして、それが自分の見間違いかどうかを確かめるために、ドアに近づいた。

「鷲津さんじゃないですか？」

雑談していた小柄な男が芝野を見た。

「ああ、これは芝野さん。ご無沙汰しております」

鷲津は、爽快な微笑みを浮かべて会釈した。芝野は、鷲津のあまりの清々しさに驚いた。

「あなた、どうしてここに？」

「ええ、ちょっとこちらの加藤様と商談がございまして」

芝野はそう言われて、鷲津と談笑していた相手を見た。法人融資本部の第四課長だった。加藤は、芝野の怪訝そうな顔に戦《おのの》いたように一礼すると鷲津に言った。

「それでは鷲津さん、私はこれで」

「承知しました。では、それでよろしくお願いいたします」

芝野は、加藤にそう言って頭を下げる鷲津に言った。

「よろしければ、少しお時間頂けますか？」

「ええ。私もちょうど芝野さんとお話をしたいことがありました。よければ、外に出ませんか？」

芝野としては、鷲津に一刻も早くこの銀行から立ち去ってほしかったこともあって、彼の誘いに応じた。

彼らは、パレスホテルのラウンジで話を始めた。

「いきなりこんな失礼なことをお尋ねして恐縮なのですが」

芝野は、注文を受けたウエイトレスが引き下がるのを待って、そう切り出した。

「ええ、何なりとお尋ねください」

「御社は、今年一月に手前どもの飯島より、会社への出入りを差し止められたと聞いていたのですが」

「ほお、出入り差し止めですか……。はて、もしや我々が今回のバルクセールの指名業者に選ばれなかったことを指してらっしゃるんでしょうか?」

「それもあります」

「それは、以前飯島常務に、今後弊社はバルクセールには参加しない旨をお伝えしたからですが」

物は言い様ということか。不祥事が発覚しても、あくまでも自分達から降りたと言いたいわけだ。

「つまり、ご自身からバルクセールの参加をご辞退されたということですよね」

「ええ。我々はもともと不良債権ビジネスには、あまり興味がないものですから」

「失礼ついでに伺いますが、私は飯島から、御社が弊行の人間に不正を働かせたと疑われる行為をされたために、指名業者から外すことにしたと聞いているのですが」

「不正行為ですか……。思い当たることはありませんが」

芝野は拳を握りしめながら怒りを堪えた。あの日以来、何度連絡を取ろうとしても、沼田とは会うことも話をすることもできなかった。既に自宅も引き払い、入院していたはずの彼の妻も病院を転院していた。

「前回のバルクセールで、複数の入札業者から、入札に当たって不正があったというクレームがきました。そして、その一社から、御社が弊行の行員を抱き込み、ラスト・ウォッチをさせたという疑惑があったと」

そう言われて鷲津は、笑い声をあげた。

「これは失礼いたしました。しかし、それは事実無根ですよ。確かにそういう疑惑の声が上がっていると、飯島常務から呼びつけられてお叱りを受けました。確か、沼田さんでしたっけ、審査役の方を、我々が女性を使って籠絡したという話ですね」

鷲津は、まるで他人事のようにそう言い放った。芝野は、ムッとしながらも頷いた。

「あれは、我々も被害者だったんですよ」

「被害者？」

「ええ。何でも、それを持ち込んだ某社は、沼田さんとある女性の密会写真や、手前どもの社の者とお二人が一緒のショットまで撮り、挙げ句に、保証人の欄に、弊社の不動産部長の名を記したその女性のマンションの賃貸契約書の写真まで添えてあったとか。

でもね、芝野さん。それって出来過ぎていませんか？　第一、我々がどなたかを抱き込むときは、もっと巧妙かつ繊細にやりますよ。保証人の欄に、自社の不動産部長の名を入れるようなヘマは致しません。あれは全部トリックです。その件については、当方で独自に調査して飯島常務に提出してあります」

そんな話は聞いていなかった。

「つまり我々もはめられたんです。しかし、この世界ではよくあることですから」

だが、今の鷲津の話が事実だったら、自分達はそういう会社と一緒に、とんでもないビジネスを始めたということになる。

「今日お会いできたのは本当に良かったですよ。芝野さんに、我々へのあらぬ疑いを晴らすことができて」

ちょうど運ばれてきたホットコーヒーをすすりながら、鷲津が微笑んだ。

本当に「あらぬ疑い」なのだろうか……。今、鷲津は言ったじゃないか。「我々がどなたかを抱き込むときは、もっと巧妙かつ繊細にやりますよ」と。

「しかし、芝野さん。老婆心ながら申し上げますが、貴行が今されていることは、結果的に貴行の状態をさらに悪くすることになりませんか?」

芝野の動揺などお構いなく、鷲津はそう言った。

「我々がしている事って何ですか?」

「今回のバルクセールでは、今まで聞いたこともないファンドが破格の額を入れて落札されたそうですね」

「どこで、それを」

「蛇の道は蛇と言いますから……。そのファンドは、先に写真を持ち込んだ会社と貴行でお作りになられたものだとか。そして、相手に五一％を持たせて連結から外し、そこに手の付けられない債権を高値で買わせる。これは新しい『飛ばし』の手口ですよね。グローバル・スタンダードを身につけたあなたほどの方がいらして、これは、あまりにお粗末が過ぎませんか？」

反論するべきだった。しかし、芝野はただ唇を噛みしめて何も言えなかった。

「これは失礼しました。あなたにそんなお話をするのは酷な話でした。いけないことと承知でも、やらなければならないことがある。それが日本のサラリーマンの宿命でしたね」

その物言いが芝野には許せなかった。彼は反論しかけたが、それを鷲津が静かに制した。

「また失礼な事を申してしまいました。どうかお許しください。ただ、芝野さん、如何ですか？　この辺りで、三葉に見切りをつけられたら？」

その言葉に、芝野の頭から怒りが吹き飛んだ。

「三葉に見切りをつけろ、ですって」

「ええ、初めてお会いしたときから、あなたは、日本の銀行に埋もれさせておくのが惜しい方だと思っておりました。実は先ほどの加藤さんとのミーティングは、貴行がメインになっておられるある企業の債権を、我々が一括して購入するというお話だったんです」

なるほど、バルクセールのような屑債権ではなく、自分達が欲しい企業を狙い打ちにし始めているのか、あんたは……。

「そんな、怖い顔をしないでくださいよ。別に我々は、犯罪行為をしているわけではありません。第一、最近までアメリカで、プライベート・エクイティやターンアラウンド・マネージャーの研究をされていた芝野さんなら、今の貴行の不良債権処理のやり方や、企業再生の方法がいかに間違っているかは、重々ご承知のはずです。我々は、本気で企業再生をやりたいと思っているんです」

「なるほど、本物のバルチャー（ハゲタカ）・ビジネスを始動されたということですね」

「バルチャーではなく、ターンアラウンド・ビジネスですよ」

勝手に言っていろ。

「それで、先ほどのお話ですが？」

「失礼致しました。伺うところでは、芝野さんはターンアラウンド・マネージャーを目指されているとか」

周囲の人間にすら話していないことをズバリと指摘されて、芝野は激しく動揺した。

「そんな話を、どうしてあなたが知っているんです！」

「芝野さん、蛇の道は蛇だと申し上げましたよ。あなたがた日本の銀行の方は、外資系金融機関の横暴さばかりに目を奪われていますが、弱肉強食の国際金融の世界で生き抜く最大の武器は、情報収集力です。一つの情報は、時に数億ドルの金を凌駕するほどの力を持っています。それだけのことです」

一言もなかった。

「そこで、ご相談です。今年の五月に我々はいよいよ企業の再生を目的とした新しいファンドを組成します。その際に、あなたに、我々の投資先のターンアラウンドの責任者をお願いしたいと思っているのですが」

その言葉に芝野は、我が耳を疑い、目の前の男を見た。鷲津は笑みこそ浮かべていたが、その目は真剣だった。

一体この男は何を考えているんだ！

芝野は、相手をじっと見つめながら、その真意を必死で捜した。だが、結局何もつかめず、彼は笑い声を上げた。

「アハハハ、冗談じゃない。鷲津さん、あなたもそこまで企業再生のことをご存じなら、こんなことを申し上げるまでもないが、ターンアラウンド・マネージャーとは経営のプロです。欧米の場合、いくつもの企業の経営トップを務めた強者にしかできない仕事です。しかも、残念ながら、日本にはそんな人は稀だ。そして、私は単なる銀行員に過ぎない。しかも、ファイナンス畑にずっといた人間だ。もしあなたが私に、破綻企業の再生を任せるというのであれば、それは正気じゃない」

「さすがに芝野さん。良いところを突いてこられる。しかし、だからこそあなたにお願いするのです」

「だからこそ……？」

「おっしゃる通り、日本には、経営のプロも再生のプロもいない。いるのは、一つの企業の中でしか通用しないルールの中で生き抜いて、たまたまトップになったという井の中の蛙だけだ。ならば、これからそういう人達を育てる必要がある。

確かに芝野さん、あなたには、企業経営の経験はない。しかし、あなたのターンアラウンド・マネージャーに関する論文、特に『日本的ターンアラウンド・マネージャーへの模索』は非常によくできている。もちろん、現実の企業経営というのは、机上の空論とは違う。しかし、あれだけの知識と洞察力があるなら、全くのずぶの素人を投入するよりも成功の確率は遥かに高い。だからこそ、お誘いしているのです」

芝野は、鷲津を全く信用していなかった。確かに彼は生き馬の目を抜くと言われるニューヨークを生き抜いてきただけの凄みがある。しかし、その凄みの向こうに、誠実さを感じなかった。

鷲津が本当に芝野を誘っていたとしても、それは現状の未成熟なターンアラウンド・マネージャー市場では、芝野が「まだ、まし」だからに過ぎない。つまり相対的に見て「利用価値」があるということだ。

そして、芝野が派遣された企業を再生できなかった場合、鷲津は、今と同じような涼しい微笑みを浮かべて芝野を切るだろう。

少なくとも自分はこの男に、背中を見せたくない。芝野はそう感じた。

「せっかくのありがたいお誘いですが、お断りします」

「もう少し時間をかけてご検討いただけませんか？」

「いえ、いくら時間を費やしても、答えは変わりません。私はあなたを心から信頼できない。したがって、たとえ私がターンアラウンド・マネージャーという仕事に興味があったとしても、あなたのお世話にはなりたくない」

鷲津はそこでまた声をあげて笑った。

「すっかり嫌われてしまったみたいですね。そうですか、残念です。しかし、もし気が変わられたら、ぜひお声がけください。あなたであれば、いつでも歓迎です」

「一つ伺っていいですか？」

「何でしょう？」

「私はあなたと以前、どこかでお会いした気がしてならないんです。我々はどこかでお会いしていませんか？」

その言葉に、鷲津は意味ありげな笑みを浮かべた。

「さあ、どうでしょう？　もしかしたら、ニューヨークのスターバックスあたりで、お会いしたかも知れませんね」

「いや、そんなところじゃない。会っているとしたら日本です」

「私のような貧相な男は、日本にいくらでもおりますよ。おそらく他人のそら似じゃないでしょうか。つまらぬお話でお時間をとらせて失礼致しました」

「いえ、こちらこそあらぬ疑いで、不愉快な想いをさせて失礼致しました」

「とんでもありません。世の中には目に見えているもの以上に重要な、見えていないものがあるということです」

「えっ、それはどういう意味です？」

だが、鷲津はそれには答えず、先に席を立った。

13

一九九八年三月二四日　大手町

「四月一日付で、バンコクに行ってもらうことになった」

芝野が前に立つなり、飯島は顔も上げずに言い放った。

「えっ！　あの常務、今何と？」

「異動や。四月一日付で、タイのバンコク支店に行ってくれ。支店長のポストや。今度戻ってきたときは部長やな」

芝野の全身が凍り付いていた。

「どういうことでしょうか？　ようやくバルクセールが軌道に乗った矢先だというのに、この人事は承服致しかねます」

「バルクセールでは、ほんまにご苦労さんやった。君のおかげで、ほんまにスムーズに導入することができた。その功績は大や。ただ、上の方で検討した結果、行内でのノウハウの蓄積も終わったんで、来年度からは、融資管理部でやってもらうことになった」

「そんな……」

「まあ、わしから言わせたら、そんなもん、最初から五味のところにやらせればええ話やったんやがな。その結果、君のところは、三月一杯で解散や」

「解散ということは、他のメンバーも」

飯島は、そこで顔を上げて芝野を見た。

「まあ、そうなるやろな。彼らへの異動を内示するのが、君の資産流動化開発室の最後の大仕事ってことやな」

「融資管理部に移る者もいるんでしょうか？」

「それは、担当の五味がやっているんやが、今のところ、大伴君を戻して欲しいというのと、南君の異動を求めているようやな」

「それでは、阿部君と宮部君は？」

「彼らも管理部へというんやったら口はきくけど、この二人については、人事に任せた。何でも宮部君は評判ええそうやな。引く手あまたでな。中でも、国際部と総企

（総合企画部）で綱引きになりそうや」

飯島は、そこまで言うとまた視線を手元の書類に戻した。

「バンコク支店は昨年のアジア通貨危機の影響で、縮小されたと伺っていますが」

「ああせや。けど、バンコク支店は東南アジアの拠点やからな。インドネシア、マレーシア、ベトナム、フィリピンまでカバーしてもらわんと困る。人員を減らしただけに少数精鋭でいきたい。そうなると、お前さんみたいな実力派が求められるわけや。わしとしては、ちょっと可哀想やと思ったところも確かにある。けどな、ずっと長いこと、お前さんも行内で酷使されてきたんや。バンコクで、ゆっくりしてくればええ。二年後には、ここに部長待遇で呼び戻すさかい頑張ってくれ」

だが、芝野は、飯島のそんな「空手形」を全く信じていなかった。タイがアジアの成長センターだったのは、昔の話だ。通貨危機から立ち直るには当分時間がかかる。バンコクに行っても、また膨大な回収不能の不良債権処理に忙殺されるだろう。

結局、俺が会社を見限る前に、会社の方が先に俺を見限ったということか……。

「飯島さん、私は不器用な人間です。ですから、直截に伺います。私には、この人事は左遷としか思えません。私が一体何をしたんでしょうか？」

「左遷？　何でや。アジアの拠点支店のトップっちゅうことは、昇進やと思うべき異動や。何が不満やねん」

「では、飯島さんは、今、バンコクへ行けと言われれば、喜んで行かれますか？」

半ば喧嘩腰に近い物言いで、芝野は迫った。さすがの飯島も怯んだ顔で芝野を見上げた。芝野は、飯島が答える前に言葉を足した。

「失礼は重々承知です。しかし、飯島さん、私は船場支店で飯島さんの薫陶を受けて以来、飯島さんを一流のバンカーだと尊敬してきました。今日、私があるのも若き日に飯島さんに鍛えられたからであり、飯島さんが、真鍋会長に私を推挙してくださったからこそ、私は二度もニューヨーク支店を経験することができたと感謝していますす。だから、飯島さん、本当のことをおっしゃってください。私が何をしたんですか？」

本音と追従《ついしょう》が同時に、淀みなく出てきた。芝野は夢中になって、飯島に迫った。飯島も芝野の迫力に押されたのか、席を立つと彼をデスク前の応接セットに誘い、いつものようにピースをくわえた。芝野から火をもらい、天井に煙を吹き上げてから、芝野をまっすぐに見て飯島はようやく答えた。

「まあ、テストやな」

「テスト？」

「お前は、仕事が出来る。だが、仕事ができるというのは、銀行にとって両刃の剣やっちゅうことぐらい、お前でも分かるな？」

「何となくですが……」

そう言われて、飯島はさらに渋い顔になって煙を吐き出した。

「何となくかぁ。それでは困るんやなあ、それでは」

「飯島さん！」

「お前は、将来を嘱望されているエリートやろ。わしは途中から裏道を歩いてしもたけど、迫田なんかより、お前はずっと優秀な経営陣になれると思う。けど、お前の怖いところは、会社への帰属意識や愛行精神が希薄なところや」

「そんなことは、ありません！　私は、誰よりも三葉を愛しています！」

芝野はまた、思ってもいない言葉が口から飛び出したことに驚いていた。飯島もそれが分かっているようで、ニヤニヤしながら手を振った。

「ええて、そんな無理せんで。確かにお前は、お気楽に日々を暮らしとるそのへんの行員よりずっと愛行精神がある。ところが、その愛行精神の種類が問題なんや」

「愛行精神に、種類なんぞあるんですか？」

飯島は、薄ら笑いを浮かべたままでそれに答えず、逆に芝野に尋ねた。

「三葉が法に触れるような大不正をせんかぎり、将来がないという状況に陥ったとしよう。その時、お前は、率先してその罪を犯して銀行を救えるか？」

「えっ！　……」

「お前の答えはこうやろ。今を乗り越えるという意味で、不正に目をつぶり自分が捨て石になろうとするのが愛行精神のように見えるかも知れない。しかし、長い将来を見通せば、それはけっして三葉のためにならない。ならば、勇気を持って不正を糺《ただ》す」

芝野は、びっくりして飯島を見ていた。いい加減で狡賢いだけの典型的上昇志向型銀行員だと思っていた飯島が、ここまで自分を的確に評価していたことに驚いたのだ。

「図星か……。それも確かに愛行精神やろ。けど、ここ当分求められるのは、悪いと承知で捨て石になる連中や。今の三葉に、正しいことはいらん。とにかく明日が迎えられるためになりふり構わんという姿勢だけや。そういう意味で、お前は正し過ぎるから危険なんや」

正し過ぎるから、危険……。その言葉は、芝野にずっしり響いた。

「そこで、テストされるわけやな。お前さんが、どこまで自己を犠牲にして銀行に忠誠を尽くせるか、今一番大変な部署に放り込んで、それを試そう、そう考えているんとちゃうか」

芝野は、激しく動揺する自分を抑えて、今、引っかかった飯島の言葉尻をとらえた。

「では、飯島さんは、今回の私の異動については、あずかり知らないとおっしゃるんですか？」

しばしの沈黙の後、飯島は、全然求めていない答えを投げてきた。

「ある人がこんなことを言うてた。これから数年、三葉は泥にまみれ、時に威信が地に落ちてしまうことになるやも知れん。それだけに、そういうドブ掃除の後に、本当に三葉再浮上の使命を負わせる連中を、今のうちにメインのラインから外して守ってやる必要がある。連中の出番は、少し先だ。その時まで、手を汚させないようにすることが肝要やとな」

芝野は今の言葉を暫く心の中で咀嚼した。そして、毅然として飯島に言った。

「私が、その連中の一人だとでも、おっしゃるんですか？」

「そんなことは、おっしゃってへんで。けど、ものは考えようやっちゅうことやな。三日だけ時間やる。気持ちの整理をつけて、ええ返事を返してくれ」

飯島は、そう言って腰を上げた。

「もし、私がその人事を拒否したらどうなりますか?」

「辞令という紙切れ一枚で、世界中どこへでも飛んでいくのが、銀行マンや。その答えは分かっとるやろ」

飯島は、芝野に背中を向けてそう言い放った。

「失礼しました」

芝野は、深々と頭を下げて常務室を出た。

部屋を出た瞬間、芝野は決断していた。

発作的な決断ではない。誰かが背中を押してくれるのをずっと待っていたのだ。

自分は三葉のやり方に我慢できない。だが、もし、三葉が自分を必要としてくれているのであれば、身を挺してそれに尽くす。結局、それが芝野にとっての〝愛行精神〟だった。だが、今の飯島の話ではっきりした。俺は、三葉にとって「危ない存在」であり、この期に及んで、その「愛行精神を試さなければ、使えるかどうか分からない人間だった」ということだ。

ならば、もう何の躊躇もなかった。

芝野は、エレベータホールの前で携帯電話を取り出すと、大学時代の友人を呼び出した。

「瀬戸山です」

「ああ、仕事中に悪い。芝野だ」

「ああ、これは芝ちゃん。元気ですか？」

「そうでもない。なあ、えびすさん、以前、あんたが俺に頼みたいって言っていた仕事、まだ席は空いているか？」

瀬戸山は、栃木で「えびす屋」というスーパーチェーンを経営していた。彼は自社の経営悪化の建て直しに、芝野に協力を仰いでいた。

「もちろん！　今月頭に、改めてお願いのメールを送った通りです」

その言葉に、芝野は、携帯電話をギュッと握りしめた。鷲津の笑み、飯島の笑み、そして家族の顔が一気に頭の中を駆けめぐった。

「もしもし、芝ちゃん、聞こえていますか？」

「ああ、失礼。今度いつ、東京に来る？」

「芝ちゃんが、その気になったのなら、今夜でも大丈夫ですよ」

相手の声も弾んでいた。

「分かった。じゃあ、今晩。以前会った神楽坂の飲み屋でどうだ？」

「それは、私のオファーを受けてくれる話だと思っていいんですね」

「そうだ。もっとも、条件面での話はいるけどな」

「芝ちゃん……」

相手が電話の向こうで言葉を詰まらせているのに、芝野も思わず感無量になった。

「何だ」

「ありがとう」

「瀬戸山社長、礼を言うのは早い。もしかしたら、礼を言うのは、俺の方かも知れない」


一九九八年三月三一日付で、芝野健夫は二〇年勤めた三葉銀行を依願退職した。

その日、前年一一月に廃業した山野証券が清算処理を完了し、長い歴史の幕を閉じた。その一方で、三ヵ月で二度にわたる公的資金の注入を受け、「不良債権処理は、峠を越えたはず」だった大手一九行で、総額一〇兆円超の不良債権処理が明らかになるという記事が新聞に躍った。

「水戸黄門」として多くの人に知られている徳川光圀《みつくに》は、日本人の魂についてこんな風に言っている。

「戦いに臨んで討ち死にすることは、難しいことではない。それはどのような野人でもできることである。しかし、生きるべき時に生き、死ぬべき時に死ぬことこそ、真の勇気なのである」

だが、光圀を勧善懲悪のシンボルとする事は出来ても、彼のこの至言を、日本人は生きるよすがとすることができなかった。

今や、〝真の勇気〟を持った経営者も官僚も、そして政治家も存在しなかった。

第二部　プレパッケージ

二〇〇一年

真に勇敢な人は、
常に沈着であって、決して驚かず、
何者によってもその精神の平静さを乱さない。

新渡戸稲造『武士道』より

第一章　岐路

1

告

我が死は、私怨にあらず。

はたまた身の破滅を嘆きての自棄のためにもあらず。

唯偏《ただひとへ》に、我が国が亡国への道を邁進せんとすを身を以て糺し、制さんがためのものなり。

嘗《かつ》てこの国は、何よりも誇りを重んじ、そして仁と義の国であった。

しかし哀しいかな、誰もがありもしない幻想に惑はされ、金の亡者となりし故に、誇りも仁も義も失ひ、国民が総力を挙げて守銭奴となりにし。

嘗て新渡戸稲造は、日本の魂を世界に知らしめるために名著『武士道』を著せり。氏曰く、「名誉の巌《いわお》の上に建てられ、名誉によって守られてきた国家は、今は屁理屈の武器でもって武装した三百代言の法律家や、饒舌の政治家の手に落ちようとしている」。

しかし、「武士道を生み育てた社会状態はすでに消え失せてしまった。しかし、その母である制度が滅び去ってしまってもなお生き残り、われわれの道徳を照らしているのである」とも言へり。

世界一の金持ち国になったと浮かれてゐる日本人を見し時、彼は何を思はん。

武士道とは、死ぬべき時に死ぬ勇気であり、死をもってその名誉を守れる時は、まさにそのものにとって最高の至福をもたらすと教へてゐる。

我は、この国に礼節と道徳と、そしてサムライ魂が再び蘇ることを切に祈り、身を挺し、この国の有り様を諫めんものなり。

平成元年一二月二五日　花井淳平

2

二〇〇一年一月一八日　日光

たったこれだけの文書を手に入れるだけで、三年以上の年月を費やした。そして、手にしてみれば、何の手がかりにもならない大言壮語の「戯れ言」だった。

窓の外が白み始めたころに目覚めた鷲津政彦は、既にもう何十回も目を通した「遺書」のコピーをまた開いた。

一月の日光は、極寒の中にある。夜通しスチーム暖房をし、防寒のために窓が二重になっていても、外の冷気が部屋の中に漂っていた。窓の外を見ると、日光のシンボルである男体山《なんたいさん》がうっすらと蒼み始めていた。

夜明け前、闇の終わりにして一日の始まりのひととき――。鷲津は柄にもなく感傷的に窓の外を、しばし眺めていた。

八九年末に起きた大蔵省での割腹自殺事件の調査は、遅々として進まなかった。最近になってようやく外資系の調査会社クーリッジ・アソシエートの調査部長サム・キャンベルが、アメリカの政府筋から、この「遺書」を取り寄せてくれたのだが、結局のところ、なぜこれが封印されたのかも、なぜアメリカの政府筋が隠し持っていたのかも定かではなかった。

「これ以上深追いされるのは、賢明ではない」

出会った頃は、主任調査員に過ぎなかったキャンベル調査部長は、昔と変わらない控え目な口調で、そうアドバイスしてきた。

「賢明ではない理由を教えてくれ。それ如何では引き下がる」

鷲津はそう食い下がったが、サムはそれ以上何も言わなかった。

ホライズン・キャピタル創業から、既に五年。この三月には、彼らが日本で最初に組成した一号ファンドが満期を迎える。鷲津自身は不本意だったが、ファンドの資金を不良債権ビジネスに集中させたことで、年利四五％という高いリターン率を記録。それにより、世界中に改めて「ゴールデンイーグル鷲津」の名を轟かせた。

そして、九八年に組成した二号ファンドは、不良債権ビジネスの比率を三分の一に抑え、企業買収に重点をおいたが、これも現在で年利三三％という高収益をあげている。

二号ファンドでのバイアウトに目処がついた二〇〇〇年、鷲津は、社長の椅子をアラン・ウォードに譲り、自身は会長として一歩退いた。そして、ゴールドバーグ・コールズと一緒になり、日本政府に、遅れている倒産法の整備の提案を続けていた。

そもそも倒産法の不備が、成長期に入り始めた企業再生の土壌を台無しにしていた。再生より、債権者の権利の重視が強すぎる会社更生法、さらには、「立て直す」という約束さえ認めてもらえば、後は何のチェックもされず、「詐欺法」と揶揄された和議法のいずれもが、日本の企業の新陳代謝を妨げていたのだ。

鷲津と彼にとって最強のパートナーであるゴールドバーグ・コールズのアドバイザー、リン・ハットフォードらが、様々な手法で政府や業界関係者、さらにはマスコミを刺激し、最初の成果を出したのが、九八年一〇月のサービサー法（「債権管理回収業に関する特別措置法」）の制定だった。その法律により、従来は弁護士だけに限られていた債権回収が、同法の規定をクリアした債権回収会社であれば回収が可能になった。

さらに、九九年一二月、鷲津らにとって念願だった日本版「チャプター・イレブン」と言える民事再生法が成立し、日本での企業再生のための最低ラインが揃った。

「一〇年で必ず、日本をバイアウトする」

鷲津はホライズン・キャピタルを設立するに当たり、そう豪語した。ホライズンは、アメリカ最大の投資ファンド、ケネス・クラリス・リバプールのグループ企業の一つだった。同社のパートナーで鷲津をこの世界に引き込んだ張本人であるアルバート・クラリスは、鷲津の言葉に高笑いし、「そんなことが出来たら、俺はお前にアメリカもプレゼントしてやる」と相手にしてくれなかった。だが、鷲津自身は、本気でその言葉を実現するつもりでいた。しかし、既にその半分である五年が過ぎていた。残り半分で、自分はこの国を獲りに行くことができるのか……。

日本でホライズン・キャピタルを創業して以来、彼らを取り巻く環境は最悪だった。それもこれも原因は、九八年に破綻した大手長期信用銀行である長債銀を、二〇〇〇年に金融庁から安値で買収したリッキーウォーターという得体の知れないファンドのせいだった。

連中のおかげで、日本中で「ハゲタカ」叩きが始まった。

アメリカが日本を食い物にしている、第二のGHQだとマスコミも囃し立て、誰もが日本経済が低迷している本質の追求をやめ、本来は死にかけた企業を救済することになるファンドの動きを妨害した。

その「被害者」づらの向こうにあったのは、日本の経営者達の責任のすりかえだった。彼らは、日本経済の低迷の原因を全て「ハゲタカ」に押しつけることで、元凶である自分達の放漫経営の責任を回避しようとしていたのだ。

その構図は、八〇年代末にアメリカで起きた日本企業叩きと同じ構図だった。それは日本製のテレビや自動車を、議員達がハンマーで叩き壊す映像を、メディアで流し続けた時代だ。そうやって、原因から目を背け、ただ感情的に目先の敵にかみついている間は、アメリカも再生からはほど遠かった。

しかし、彼らは、自分達がなぜ日本に敗れ、そして起死回生のために何をなすべきなのかを徹底的に研究し突き詰めることで、再生の糸口をつかんだ。

それが、「奇跡」と言われた九〇年代のアメリカ復活を生み、同時に世界にフレンドリーだった仮面をかなぐり捨て、本来あの国が持つ暴力的で傲慢な素顔を晒し始めるきっかけとなったのだ。

同じく奇跡を生むために、日本が今、やるべき事は、この国を低迷させた責任者達が、潔く自らの腹をかっさばき、膿を全て外に出し、死すべき者は死に、その屍を越えていく者達に道を譲ることだった。

しかし、愚かにもこの国は、今なお右肩上がり幻想、経済大国幻影の夢から覚めず、ただひたすら春を待ち続けていた。

鷲津は、結局考えがまとまらず、セーターにジーパンというラフな格好の上に、ダウンジャケットを羽織り、駐車場へと向かった。

創業一二八年という伝統を誇る日光ミカドホテルは、その威風堂々とした姿を、夜明け前の薄明かりの中に浮かび上がらせていた。

鷲津は、駐車場に停めてあったスポーツイエローのポルシェ「GT3」まで小走りに近づき、ドアを開けた。イグニッションをひねり、車を暖め始めると、ポルシェ独特のエンジン音が、薄暗がりの闇の中に心地よく響き始めた。

ピアノを断って以来、唯一の楽しみと言えるようになった車道楽も、東京では楽しむこともなく、こうして地方に出かけるときが唯一の気晴らしだった。

フィルターギリギリまでタバコを吸い尽くし、鷲津は車に乗り込んだ。そして軽くアクセルを踏み、エンジンの回転数を落とすと、ダッシュボードから、CDファイルを取り出し、マイルスの「死刑台のエレベーター」を見つけると、カーステレオに放り込んだ。

脳髄にまで突き抜けるようなマイルスのペットの響きと共に、ポルシェは静かに滑りだした。

水冷水平対向六気筒、六速マニュアルのエンジンは、時速一〇〇キロを突破するのに五秒しかかからず、その気になれば最高速度は三〇〇キロを超えた。

大谷川《だいや》にかかる神橋《しんきょう》を渡り左折すると、彼は徐々に車を加速させていった。すぐに右手に日光東照宮へ続く道が見えた。そのまま国道一二〇号線を西へ走ると車はすぐに市街地を抜け、男体山の中腹にある中禅寺湖を目指した。そして日光宇都宮道路の清滝ＩＣから始まる直線で、鷲津は一気にアクセルを踏み込んだ。背中に感じるＧが心地よかった。

やがて目の前に、いろは坂の入り口である「馬返し」が見えてきた。明治中期まで、ここから先は馬では上れないために、馬を返したことからそんな名がついたこの場所は、今は、いろは坂の入り口としてパーキングエリアになっていた。

彼はそこに一旦車を滑り込ませ、ＣＤを三曲目の「ドライヴウェイのスリル」に合わせてフルボリュームにしてポーズを押し、再び車を国道に戻した。そして、「ここよりいろは坂一方通行」という標示の場所で、ポーズを解除すると同時に、もう一度アクセルを踏み込んだ。

いろは坂は日光市街と中禅寺湖を結ぶ山道で、標高差五〇〇メートルを、連続する急カーブで上り詰めていく〝難所〟だった。かつては、駕籠《かご》に揺られて行く人や、自力で数時間かけて登る人で賑わったという。明治以降、日本に滞在している欧米人の避暑地として奥日光が栄えたことを機会に、乗用車でも上れるいろは坂が生まれた。

さらに、昭和に入り、第二いろは坂が誕生。二つの坂の主要カーブにはそれぞれ「いろは」の一文字が記され、第一、第二を合わせるとちょうど「いろは四十八文字」と同数になっており、これが名前の由来となっている。

上り専用の第二いろは坂は、下りに比べると難易度が低かった。鷲津は、そこを一〇〇キロ近いスピードで、小刻みにシフトチェンジを繰り返しながら次々とカーブを攻めていった。カーブの手前でシフトダウンさせながら、後輪をテールスライドさせカーブを曲がり切る前にはアクセルを目一杯踏み込み次のカーブへと挑む。シフトダウンさせたときのエンジンの回転音、そしてタイヤのきしむ音とスリップ音がマイルスのペットと一つになる瞬間は、まさに至福の快感だった。

一瞬でも気を抜けばそのままガードレールを突き抜けるほどの死の淵を暴走することで、鷲津の中に溜まっていた澱が少しずつ解き放たれていく。リンやアランがいくら止めてもやめようとしない「暴走」は、鷲津にとって自らを狂気と正気のギリギリの境界線で踏みとどまらせる儀式のようなものだった。

残念ながら明智平《あけちだいら》の手前で「ドライヴウェイのスリル」は終わり、最後のまっすぐに伸びるトンネルの中で、曲は五曲目の「シャンゼリゼを歩むフロランス」に移っていた。

それでもトンネルを抜けT字路を左折し二荒山《ふたらさん》神社中宮祠の赤い大鳥居を抜けた先に広がる幽玄な中禅寺湖が見えてくると、今ひとつ飛ばし切れなかった気分を一気に解消してくれた。

空は白み始め湖面も少しだけきらめきを見せ始めていた。鷲津はそのまま速度を落とさず湖畔を走り続け戦場ヶ原へと上り始めた。

中禅寺湖がスイスのレマン湖を彷彿させるとすれば、ここは、まさに自分達ハゲタカにふさわしい不毛の地帯だった。

彼は三本松茶屋の駐車場に車を滑り込ませると、車から降り立った。国道を挟んだ向こうには荒涼とした冬の湿原が広がっていた。その湿原の手前に複数の「環境庁」と書かれたテントが張られているのが見えた。

鷲津が静かに近付くと、一番手前のテントの中から長身のショートヘアの女性が出てきた。彼女は鷲津と目を合わせて誰何した後、あらためて頭を下げた。

「おはようございます。ようこそいらっしゃいました。メールでご挨拶しました松平です」

彼女はあたりの静けさを壊さない程度の声で鷲津に微笑みかけ、手にしていた水筒のカップを差し出した。

「コーヒー、いかがですか？」

「ありがとうございます」

鷲津は恐縮してカップを受け取った。コーヒーの心地よい薫りが鼻腔をくすぐった。

その女性は、自分もカップを手にしたままテントから少し離れた場所にある湿原の展望台に鷲津を案内した。

「ここで観察を続けている友人は、ここ四日ほど連続して、頻繁にこの上空をイヌワシが舞うのを目撃しているようです」

「頻繁なのですか？」

「ええ。卵を産む体力づくりのために、旺盛に餌を探しているんだと言っています」

「じゃあ、巣がこのあたりにあるんですか？」

「この山の向こう側が銅山で有名な足尾なんですが、どうやらそこに巣を持っているようです」

仕事と休息を兼ねて日光行きを決めたとき、リンが、「あそこには、本物のゴールデンイーグル（イヌワシ）がいるそうよ」と教えてくれた。インターネットで調べたところ、九八年に足尾でイヌワシの営巣が確認されたという記述があった。

そこで「日光イヌワシ観察会」というサイトに、実際に中禅寺湖でイヌワシを見ることはできるのかというメールを鷲津が出したところ、事務局長の松平貴子という女性から丁寧な回答が来た。

「一月は、中禅寺湖でメンバーが交代で観察を続けていますのでいらしてください」

そこで鷲津が自分が日光に行く日を返すと、再び彼女から、「その日であれば、私も時間が空いていますのでご案内します」という返信があった。

そして、早朝の約束の時間にここまで車を飛ばしてきたのだ。

「今までにイヌワシをご覧になられたことは？」

「いえ、全く」

鷲津は、両手で水筒のカップを包み込みながら、首を振った。

「そうですか。私は子供の頃から祖父に連れられてこのあたりに釣りに来ていたものですから、時々上空を旋回するのを見たことがあるんですが、子供心にその勇壮な姿にすっかり参ってしまって……」

「日本では、神様の鷲と書いて、イヌワシと読ませるそうですね」

「よくご存じですね。そうです。このあたりにはそういう信仰のようなものはないのですが、地方によっては神の化身だと言われているところもあるそうです」

彼女は、時折あたりを見渡しながら説明を続けた。鷲津は、彼女の整った横顔を見ながら頷いた。

「アメリカでもゴールデンイーグルと呼んで、ネイティブ・アメリカン達は神の化身のように崇めているようです」

「確かにイヌワシをゴールデンイーグルって言いますね」

「同じ鷲でも大違いですね。コンドルって言うと別名ハゲワシと呼ばれ、屍肉を漁る不吉な鳥と嫌がられるのに一方のゴールデンイーグルは神様の化身ですから」

鷲津は、自嘲気味にそう呟いた。だが、彼女は、鷲津の自嘲の意味に気づくこともなく言った。

「私なんて、コンドルって言われるとサイモン&ガーファンクルの『コンドルは飛んで行く』のイメージがあるんで良い印象しかないんですが、そういうマイナスイメージもあるんですね。特に日本では、ハゲタカって別の意味にも使われているみたいですし」

鷲津は苦笑を浮かべ、彼女の話につきあった。

「ハゲタカファンドのことですね」

「ええ。ハゲタカというのは、そういう屍肉を漁るという意味から来ているんですか？」

「どうでしょうね」

「でも面白いのが、実はハゲタカって鳥はいないんですよ」

「そうなんですか？」

松平嬢はそれに頷き、蘊蓄を披露し始めた。

「諸説あるんですが、ハゲワシっていうのはいるんですが、ハゲタカっていう鳥はいないそうです。通常は、コンドルをそう呼ぶそうですが彼らはイヌワシなどと違い、屍肉を食べるのが特徴で、そのために不吉な鳥とされ嫌われているようです。ところが、動物の死骸が腐食する前にコンドルが食べるために、腐った屍肉を媒介とする病原菌の発生を防御できるというメリットもある。こうしたところからコンドルは、自然界の掃除屋と言われているそうです」

世間で言う「ハゲタカファンド」も役割は同じだった。だが、そんな風に好意的に見てくれる日本人は少なかったが……。しかし貴子は、鷲津の感慨に気づくこともなく話を続けた。

「コンドルやイヌワシなど大半の猛禽類は、食物連鎖の頂点にいます。そのエリアに猛禽類がいるということは、環境が良好で生態系のバランスが維持されている証なんです。つまり、猛禽類の保護というのは、その種を保存するという意味だけでなく、同時にその猛禽類が生息する生態系そのものを保護することでもある、ということなんです」

だが金融界のハゲタカは、金融連鎖の最底辺にいる。そういう意味で、彼らが絶滅の危機に瀕しても、誰も助けてはくれない。

「あっ！　あそこ！」

不意にそう言ってベンチから立ち上がった貴子が上空を指さした。そして、首からかけていた双眼鏡を鷲津に手渡した。

鷲津は反射的に双眼鏡を覗き、そこに悠然と羽を広げ上空を静かに舞う鳥を見つけた。

優雅に飛翔しているように見えたのだが、双眼鏡の先にあるその姿には一瞬の隙もなかった。

次の瞬間、鷲津は「アッ！」と声を上げてしまった。

「どうしました？」

隣にいた貴子が心配げに尋ねた。

「今、イヌワシに見据えられた気がしたんです」

気がしたのではない。紛れもなく上空にいるその鳥は、鷲津の視線に気づいたかのようにこちらを向いた。一瞬ではあったが、確かに自分と視線が合ったのだ。

「彼らは一〇〇〇メートル上空からでも、下界の獲物を的確に見極めるといいます。ですから私達の視線に気づいたのかも知れませんね」

彼女は、当たり前のように鷲津の言葉を肯定した。鷲津はそこで彼女に双眼鏡を返した。それを受け取った貴子は、再び鉛色に曇った空を旋回し続ける鳥を追っていた。鷲津はその横顔を静かに見つめていた。

不思議な魅力のある女性だった。リンには「あなたは、女と見れば見境がなくなる」と吐き捨てられるのだが、目の前にいる女性は、そういう性的な魅力とは別の何かを感じさせた。

自分がとっくに失ってしまった潔さや強さを持っていた。彼女は、鷲津の視線に気づいたのか双眼鏡を外し、鷲津を見て微笑んだ。

「失礼しました。すっかり夢中になって見つめていました。魂が吸い込まれるような強さと美しさがありますね。私、あの姿を見ていると、自分もあんな風に強く生きたいっていつも思うんです」

「確かに。あの鳥は、今の日本が失ってしまった何かを持っている気がします」

「ほんとですね。でも、良かったです。お誘いしてイヌワシが現れなかったらどうしようかと思っていたんです」

「いえ私こそ、朝から良い経験ができ感謝しています。お礼を言います。どうもありがとう。松平さんは、こちらの方ですか」

「ええ、日光で生まれ育ちました」

「今は？」

「今は、東京のホテルで働いています」

「東京のホテルですか？　日光ではなく」

鷲津の言葉に、彼女は複雑な笑みを浮かべたように見えた。

「いずれはこちらに帰って来ようとは思っているんですが、当分は、修業です」

鷲津は、彼女の言葉に、微笑んで頷いた。

「鷲津さんも、東京でお勤めなんですよね」

「金融業をしています。今、世間を騒がせているハゲタカファンドの端くれです」

鷲津の言葉に、貴子は少し驚いたように彼を見つめた。

「私も少しは、イヌワシのような勇壮さを身につけてみたいと思いまして」

彼女はそこで、微笑んだ。

「こんなことを言うと失礼かも知れませんが、鷲津さんには、上空にいるイヌワシの心を惹く何かがあったんじゃないでしょうか？」

そう言われて鷲津は、苦笑した。

「いや、そうじゃないでしょ。私の場合は、鷲は鷲でもハゲワシの方でしょうから」

その時、鷲津の携帯電話が鳴った。

「はい」

「モーニン、政彦。あなた、一人で、イーグル・ウォッチングにおでかけになったのね？」

「おはよう、リン。何だ、君も来たかったのか？」

「それは、ご挨拶ね。あなたのお目当ては空を飛んでいる鷲、それともスカートをはいた方かしら？」

「いつから鷲が、スカートをはくようになったんだ」

だが、リンはそれに答える代わりに電話を切った。

やれやれ、また朝から一波乱ありそうだ。

鷲津は、貴子にもう一度礼を言ってその場を後にした。最後にもう一度上空を見上げたが、既にイヌワシの姿はなかった。

3

二〇〇一年一月一八日　日光

「アラン、東京相愛銀行を獲りに行け」

日光ミカドホテルのレストランで朝食を共にしながら、鷲津はアラン・ウォードにそう言い放った。

午前九時過ぎ。シーズンオフということもあって、レストランで朝食をとっているのは、彼ら以外に二組だけだった。

東照宮のある日光山が望める窓際で、いつものように彼らは英語で話をしていた。電話の様子ほどは、リンのご機嫌は悪くなく、鷲津はホッとして久しぶりに三人が顔を揃えての朝食を楽しんだ。

現況報告をし終わったアランは、鷲津が開口一番に言ったことに驚いたようだった。

「もちろん、そのつもりではいますが、今の鷲津さんの言葉には何か含みがありますか？」

既に鷲津と組んで五年近くになるアランは、最近鷲津の言外の意味をくみ取るようになった。

本来ならアランは、九八年の年末で、米国投資銀行ゴールドバーグ・コールズに戻ることになっていた。日本で生まれ育ったものの、ハーバードを出て、同期入社の中で最も将来を嘱望されていた彼が、鷲津の下で働いていたのは、M&Aの勉強をするために、特別に出向していたに過ぎなかった。

ところが、アランは何を思ったのか、出向期限が切れる直前、ニューヨークに電話を入れて、「このままホライズンの人間になる」と宣言。そのせいで、鷲津は忙しい最中に、ニューヨークから呼び出しを食らってしまう。

だが、アランは、鷲津やゴールドバーグのM&A部長の説得にも首を縦に振らず、最後の切り札として呼ばれたリンが宥めても辞意を撤回せず、正式にホライズン・キャピタルの社員となった。

彼がそこまでホライズンに固執したのは、リンに言わせると「鷲津政彦なんていう化け物と出会ってしまったのが、彼の不幸ね。私同様、あなたを知ってしまうと、他のハゲタカが、鴨ネギに見えちゃうから」というのが、理由だそうだ。

鷲津はそれを笑い飛ばしながらも、アランに社長の椅子を譲った。

転籍してからのアランは、以前とは少し雰囲気が変わった。それまでの惚けた好青年というイメージは変わらなかったが、交渉の押し引きにメリハリがついたし、動揺や怒りを顔に出すこともなくなった。さらに、敢えて一時的には損をしても、将来を見通した戦略を立てることもできるようになった。その一方で、鷲津が見向きもしない不良債権ビジネスにも精力的で、ホライズン・キャピタルの高い収益率を支えてくれた。

そのアランが今、鷲津の何気ない言葉に、しっかり反応して言質を取りに来た。そのアランの物言いに先に反応したのは、リンだった。

「まあ、アラン坊や。暫く見ない間に、すっかり大人になったわねえ、ママも嬉しいわ。そうよ、今の政彦の言葉には含みがあるわ。さあ、どういう含みかしら？」

アランは嬉しげにリンを見て答えた。

「手段を選ばず、百二十パーセントの自信が持てるまで準備を怠らず、必ず獲れという意味です」

鷲津は、そこで手を叩いた。

「ブラボーだ、アラン。その通りだ。で、獲れそうか？」

「細工は流々です。鷲津さんがつけてくれたルートで、預金保険機構、金融庁、さらには日銀の思惑を調べました。その結果、分かったのは、連中は何よりも同じ轍を踏むことを畏れているということです」

「同じ轍？」

リンがそう尋ねたのに、アランは嬉しげに頷いた。

「そう。ご存じのように東京相愛銀行が破綻したのは、九九年六月です。そして、一年半経った今に至ってもまだ、中ぶらりんの状態が続いています。原因は、一旦営業譲渡が決まっていたアジア・ターンアラウンド・ファンド（ＡＴＦ）が、基本合意まで結びながら、昨年秋に合意を撤回したためです」

「蓋を開けたら、預金保険機構が公表していた額とは桁違いの不良債権を抱えていただけでなく、優良な顧客がほとんど逃げてしまっていたって言うじゃない」

さすがに、ゴールドバーグ・コールズの日本法人の副社長で、投資銀行本部アドバイザリー部のＭＤに昇格していたリンらしく預金保険機構がひた隠しにしている裏事情も知っていた。

「その通り！　そうなった結果は、最初にしっかりとしたデューデリを行わず、さらに迅速な処理も怠った預金保険機構側にあるんですが、連中は、基本合意にまで至りながら破談にしたＡＴＦの無責任さを厳しく非難しています。

『だから、ハゲタカは当てにならない』と。なので、絶対に安心して任せられるところに委ねたいという思いが強いようですね」

「じゃあ、勝算ないじゃん」

アランは手にしていたフォークを左右に振って、リンの指摘を否定した。

「そうでもないんです。今回入札を予定しているのは、四社。そのうち三社は、外資系。残りの一社はソフトハウス・ブレインです」

「ソフトハウス・ブレインって、元日信銀だったおおぞら銀行の筆頭株主よね。一応、日本の企業でしょ」

「しかし、彼らは外資系金融機関よりも、政府に覚えが悪い。どうも、早くも三年間は絶対売却しないと誓ったはずのおおぞらの株を売りたいとか言い出しているみたいで」

「それで、御社に勝算がある理由は?」

「ご存じでしょ。我々が昨年秋に、ホライズン・ジャパンという持ち株会社を作り、そこのトップに、日銀OBで、大亜証券総合研究所の副理事長をしていた堀さんを据えたのを」

ホライズン・ジャパンの傘下には、基幹企業であるホライズン・キャピタルをはじめ、サービサーのホライズン債権回収、不動産ファンドのホライズン・エステート、さらには、債権のデューデリ会社など七社が置かれていた。

そして、政府交渉の要になってもらうため会長に、堀嘉彦氏を招聘したのだ。

「堀さんの根回しで、金融当局は、かなり我々に傾いています」

リンは、呆れ顔で鷲津を見た。

「相変わらず泥臭いことをやっているのね」

「郷に入れば郷に従えってことだ。長債銀を買ったリッキーウォーターのせいで、ハゲタカバッシングが続いているんだ。ならば、連中にとって安心できる人物を前に出した方が交渉は有効だろ」

「それにしても、どうして東京相愛みたいなダーティな銀行を、そんなに気合いを入れて獲りに行くの？」

リンの問いに鷲津は答えず、アランを見た。

「ウォード社長、お答えは？」

「確かに東京相愛の評判は悪いです。三〇年以上トップに君臨した経営者が銀行を私物化しただけではなく、貸出債権の半分以上が不良債権化するほどのボロ銀行でした。でも、その一方で、さすがに赤坂に本店を持っているだけに、個人の隠れた資産家がまだ取引先に残っている。また、これは少し先の話ですが、買収したゴルフ場の再生事業の一部を、こっちに移したいという思惑もあります。ゴルフ場の中には再建にてこずりそうなところもあり短期勝負のファンドでは扱いにくいので、じっくりと再生するための受け皿が欲しいんです」

「なるほど、ホライズン・グループも、いよいよ総合金融グループを目指すわけだ。でも、それなら私達があれほど勧めた長債銀や、日信銀を買ってくれれば良かったのに」

それについてはアランも同意見のようで、肩をすくめて鷲津を見た。

「うちが、東京相愛を獲りに行く理由は、それ以外にも二つある。一つは、連中の融資先情報だ」

「融資先情報？」

リンの言葉に鷲津は頷いて、その意味を説明した。

「これは、去年破綻した東陽生命の時にも説明したが、政治家や闇の紳士達と関係の深かった金融機関の債権というのは、不良債権としてはゼロ価値だが、その債権が持っている情報価値としては、良い値で売れる」

「そういう情報を欲しがっているアメリカ政府だったり外資系の企業が、情報を買ってくれるということね」

「そうだ。特にトップが私物化したような銀行には、危ない情報が集まるものだ。相愛も、与党議員との太いパイプだけでなく、官僚への接待攻勢等も半端じゃなかったそうだ。さらに、都銀が貸せない先へも、肩代わりして融資していた形跡もある。そういうネタは、今後対政府交渉や政治家を動かす際に、強力な武器になる」

「つたく、ほんと食えない男ね、あなたって。で、もう一つは？」

「相愛が地銀だからだ」

リンだけではなく、アランも意外そうな顔をして鷲津を見た。

「地銀だから？」

「そうだ。都銀が大手企業の債権を全く出そうとしない現状では、我々の最大の餌場は地方の優良企業だ。相愛の場合、地銀と言っても、都心部にある銀行だから少し特殊だが、それでも、融資先には墨田や大田あたりの優秀な技術力を持つ町工場が多い。しかも、地銀の場合には、投資先での融資比率が高い。つまり、最低でも五〇％以上の融資をその地銀が担っている場合がほとんどだ。ということは、その銀行を押さえてしまえば、その地域の物件は、選り取り見取りになるわけだ。相愛を獲れたら、アランが進めているプラットフォーム戦略も、さらに完璧になるだろう。また、今後のために、そういう地銀によるリテールビジネスのノウハウを蓄積しておきたいというのもある」

アランが進めているプラットフォーム戦略というのは、日本の自動車部品メーカーの再編だった。

バブル崩壊後、世界の製造業を支えてきた自動車業界にも寒風が吹き始めた。そして、大手メーカーの日新自動車は、フランスの名門メーカー、ルガーからの資本参加を受けるまでに至っていた。

しかし、この寒風の影響を一番受けたのは、日本の巨大自動車産業を支えている部品メーカーだった。

元来日本の部品メーカーは、自動車メーカーの完全に排他的な傘下に入って、トップダウンで、メーカーの要望通りの商品だけを作ることに専念していた。それが結果的に脆弱な企業体質を生み、大手中堅クラスでも、深刻な経営危機に陥る企業が後を絶たなかった。

アランはそうした日本の自動車部品メーカーの債権を次々と買収。時に倒産後に、時に生きた状態のままで、株式を押さえて企業を買い取り、再生を行っていた。日本のものづくりの集大成とも言える自動車産業を支えているのは、町工場レベルの部品メーカーだった。財務や事業費率などの企業経営としては二流以下だったが、その技術力は、世界のメーカーが注目する高い水準を持っていただけに、そうした技術を集め持つことは大きな収益率が期待できた。

そこで、彼はプラットフォーム式という方法を使い、買い取った中堅部品商社を軸に、各部品メーカーを次々と傘下におさめていった。こうして、エンジン部分とハイテク部分以外の主要部品を扱う巨大部品メーカーを、誕生させようとしていたのだ。

それが成功すれば、メーカーを横断して部品を売ることができる上に、国内の自動車メーカーに対しても、従来のような子会社的扱いとは違うスタンスでのビジネスを展開することが可能になる。

「今後のためってどういうこと？　他にも欲しい地銀があるということなのかしら？」

鷲津は、リンの質問ににやりと笑った。

「そういうことだ」

「えっ、そんな話、知りませんよ、会長！　どこです？」

アランもびっくりして鷲津を見た。鷲津は、二人を見渡してコーヒーを一口すすった後、答えた。

「たとえば、栃木の銀行とか」

「足助銀行ですか！　けど、あそこもヤバイ銀行っていう噂じゃないですか」

「アラン、言ったはずだ。ヤバイ銀行ほどおいしいんだ。しかも、足助は、県内の優良企業の大半で圧倒的なメインになっている」

「理由はそれだけ？　もっと悪いこと企んでいるんじゃないの？」

リンの指摘を鷲津は笑って聞き流し、話を相愛に戻した。

「まあ、それは時期を見てな。それよりアラン、今回の入札は、譲渡権の引当金額だけで勝負が決まるわけじゃないらしい」

「ええ、公的資金の贈与額だけで引受先を決めて、前回の二の舞になることは絶対避けたいわけですから、引き受け後の体制やスキームの具体性が争点になると思います」

「なるほど。で、具体性というのは？」

「堀さんと話した結果ですが、大きなポイントは三つだろうと考えています。一つは、引受先が短期的な投資として銀行を買うのではなく、長く存続させることを前提にしていること。二つ目は、現在の行員の再雇用の問題。そして最後は、トップを日本人が務めることだろうと」

「何なの、そのトップが日本人というのは？」

リンが呆れ顔で尋ねた。アランは渋面で答えた。

「リッキーウォーターのせいですよ。あそこも新蘇銀行のトップを、日本人にしましたが、外資畑を歩いて来た人でしたよね。そのせいか、やはりハゲタカ外資に対するアレルギーが金融当局にも強いようです」

「日本人の金融マンに、破綻した銀行の再生なんてできるのかしら？」

「まあ、それには疑問が残りますが、とにかく競り落とすためには必須です。その後、業績が上がらなければ、結果を出せる人にすげ替えればいいんじゃないですか。とにかくここは形が大事ですから」

アランの言葉に、目を丸くしたリンをやり過ごし、鷲津が尋ねた。

「それで、どうするんだ？」

「堀さんの人脈で、三葉信託の元副社長だった大町さんという方に新社長をお願いする話をしています」

「大町さんというのは、大蔵ＯＢか」

「そうです。しかし、単なる天下りではなく、三葉信託アメリカでは相当な実績を積んできた人みたいです」

「まあ、妥当なところだな。第一の条件は、どう説得するんだ？」

「それは堀さんの根回しで」

「それだけじゃダメだ。相愛銀行の再生プランを、向こう一〇年ぐらいまででっち上げておけ」

「分かりました。あと、人員ですが、現在の約一五〇〇人を九七〇人ほどにします。部長以上は全員解雇しますが、一般行員は誰がやってもあまり変わりませんから、そのままほぼ再雇用する予定です」

鷲津は、そこでウエイターにコーヒーのお代わりを頼んだ。

「数のゲームは、やめた方がいいな」

「といいますと？」

「もし、アランの弁で形を大事にするというなら、ここは、全員再雇用と明言するのが一番だろう。だが、それはナンセンスだ。そんな数字を出せば、相手に、手段を選ばず落札だけを狙いにきているという印象を持たれる。その九七〇という数字は、人員を三分の二にするというリストラ断行の姿勢と、その一方で、一〇〇〇人近い行員の再就職を保証するという誠意の両方を、バランス良く見せようという努力の跡だということは分かる。だが、決め手がない」

ポットを手にしたウエイターが近づいてきて、全員のカップにコーヒーを注いだ。

鷲津は、彼が離れるのを待って続けた。

「そこでこういうのはどうだ。横並びに幹部を全部切るというのではなく、残留が決まっている一般行員から、残したい上司を互選させることで、自分達が再生の主役だという意識付けをするというのは？」

リンは、納得したように何度も頷いた。そして、アランは感心したように鷲津を見つめ、声を上げた。

「なるほどねえ、それはグッドアイデアだと思います。特に元の行員を相愛再生の主人公にする、というスローガンは、相手の心を打ちますね」

「おいおい、アラン。俺は別にスローガンを作っているわけじゃないぞ。いくらタダ同然で買える案件とはいえ、企業を再生させてこそビジネスだ。ならば、当該企業の従業員のやる気を鼓舞するというのは必須だ。財務と人的リストラだけでは企業は再生しない」

「失礼しました。では、今の話も文書にして提出するようにします」

「そうしてくれ。ただし、その前にちゃんと堀さんに相談するんだ。お前さんのアイデアだと言ってな」

「社内的根回しですか？　堀さんは、そんなこと気にする人じゃないですよ」

鷲津は、ため息をもらしてタバコをくわえた。リンが代わりに答えた。

「アラン、まだまだね。彼は曲がりなりにも会長でしょ。しかも、今回のディールでは、彼にリーダーシップを発揮してもらわなければならないのよ。それを鷲津と僕でこう決めたじゃ、彼の立場がないじゃない。人間は嫉妬の動物よ。そういう手順は、大事にしないと」

「これぞ、日本ビジネスの悪しき習慣ですね。まあ、そうおっしゃるなら、そう致しますが」

「ちょっと待って、アラン。あなたは、結局、ゴールドバーグでまともに仕事をする前に、政彦のところに来たから分からないでしょうけれど、そういう配慮には、日本人もアメリカ人もないわ。自己主張と自意識過剰の塊ばかりが集まっているアメリカのインベストメント・バンクなんて、妬みと嫉妬で、優秀な連中がどんどん潰されていくんだから。実力があって結果を出せれば、手続きはどうでもいいなんて思っていたら、あなたも痛い目に遭うわよ」

アランは、神妙な顔で頷いた。

「了解。じゃあ、今の鷲津さんの提案を僕が考えたことにして、堀さんと話をします」

「そうしてくれ。いいか、アラン。これだけは肝に銘じておけ。ビジネスで失敗する最大の原因は、人だ。味方には、その人がこの闘いの主役だと思わせ、敵には、こんな相手と闘って自分は何て不幸なんだと思わせることだ。そして、牙や爪は絶対に見せない。そこまで細心の注意を払っても、時として人の気まぐれや変心、あるいはハプニングのせいで、不測の事態が起きるんだ。だから結果を焦るな。そして馴れ合うな、いいな」

アランは、さらに厳しい顔で鷲津の言葉に何度も頷いた。

「あと二つ、ポイントがある」

「何でしょう」

「一つは、堀さんに、新生相愛銀行の会長に就いてもらえ」

「えっ！　本気ですか？」

「堀さんは、金融当局に、自分を信用してホライズンに引き受けさせろと説得しているんだろう。ならば、隗《かい》より始めよだ。そう保証している人物が、その企業から離れた立場では無責任に映る。堀さんが会長に就任すると明言することで、我々がどれぐらい真剣かを分からせるんだ」

「でも、さっき鷲津さんは、堀さんのメンツを考えろとおっしゃったじゃないですか。旧大蔵省で国際局長まで務め、大亜証券が三顧の礼を尽くして総研副理事長に迎えた堀さんに、第二地銀の会長になってくれと言うのは、ちょっと」

鷲津は、さっきから指先でもてあそんでいたタバコに火を点《とも》し、煙の向こうからアランに言った。

「大丈夫だ。堀さんがなぜ、我々の会社のトップになったと思う?」

「それは、金でしょ」

「バカ!」

リンは、そういって紙ナプキンをアランに投げつけた。

「世の中、金だけでは動かない人もいるのよ」

「じゃあ、何です。全てを金で解決している投資銀行の日本法人副社長に、そんなこと言われたくないですよ」

アランがむきになってリンに噛み付いたため、リンはそっぽを向いて答えようとしなかった。

「堀さんは、今の日本の有り様を嘆いているんだ。外資だ、ハゲタカだと責任転嫁ばかりせず、迅速かつ的確に日本を再生しなければ、この国は沈没する。彼はそう思っている。そして、その責任の一端を感じているんだ。だからこそ、本物のバルチャーファンドであるウチの会長になってくれたんだ。日本を再生するためなら、あの人は何でもしてくれるさ。まあいい、このお願いは俺からするのが筋だ。今晩、彼と食事をすることになっている。そこで、俺からお願いする」

アランは、またしょんぼりとして鷲津に頭を下げた。

「あと一つだ。向こうに提出する文書で、新銀行の名前について触れる予定は？」

「いえ、特にはありませんが」

「新銀行は、『相愛銀行』にしてはどうかな」

「『東京』だけを外して、まんま使うということですか？」

「そうだ。地銀は、元々はとても庶民的な銀行だろう。行員が単車に黒鞄積んで、月々の積み立て預金を集めたり、中小企業の行事に支店挙げて参加したりという、地元との密接な関係の上で成り立ってきたものだ。そういう銀行が急にカタカナの名前になると、遠く感じるものだ。そうでなくてもハゲタカ外資が、自分達の銀行を食い物にしているというマイナスイメージがあるんだ。だから、日本語の親しみやすい行名がふさわしい。実際前の銀行が、その名を体現していたとは思えないが、『相愛』という言葉は良い言葉だ」

アランは、また怪訝そうな顔で鷺津を、次いでリンを見た。リンは呆れ顔でアランを挑発した。

「何か言いたいのなら、言っておきなさいよ。〝聞くは一時の恥、聞かぬは一生の恥〟っていうことわざが日本にはあるんだから」

「知ってますよ、それぐらい。ただ、意外だったんですよ」

「意外って何が？」

「鷺津さんが、世間の評判とかをこんなに気にするのが」

「呆れた、アラン。あなた何にも分かってないわね。彼が気にしているのは、自分達の評判じゃない。顧客が抱くイメージよ」

「顧客が抱くイメージって、どういうことです？」

「たとえば、ここに三葉銀行という銀行と、ゴールドバーグ・コールズという三葉と中身は大差ないけれど英名の銀行があったとする。日本人は、どっちに口座を作る？」

「そりゃあ、三葉でしょ」

「理由は？」

「だって、日本の銀行だから」

リンは、そこでアランに人差し指を突きつけた。

「日本の銀行かどうかなんて、分からないわよ。いつか、ホライズン・キャピタルが買っちゃうかも知れない。答えは、三葉銀行が、和名の銀行だからよ。しかも、誰もが昔から知っている名前だという事よ。このところ、大手外資系金融機関が日本に上陸してきて、軒並み苦戦しているのは、あなたも知っているでしょ。その好例は、メリレ・リンク証券よ。破綻した山野証券の店と人を受け入れながら、社名をメリレ・リンクにしてしまったために、山野の客はほとんど逃げちゃった。リテール証券を目指すと息巻いた連中は、もうこの国から逃げる算段を始めているわよ」

鷲津がそこで付け足した。

「アメリカの金融機関の良くないところの一つは、自社の名は世界中どこでも尊敬と畏敬の念で崇められると勘違いしていることだ。もちろん、自社の名を日本に広めるためなら、それも結構。だが、目的がビジネスの成功にあるなら、敷居を低くして、客を集めやすい環境に気を配ることが必要じゃないか。俺がメリレだったら、山野証券のままで店舗展開しただろうな。そしたら、別の答えが出たかも知れない。それと同じだ。そういう姿勢は、ハゲタカ恐怖症に陥っている政府筋にも心証がいいだろ。ならば、最初から、我々は『東京相愛銀行』を、『相愛』という名に恥じない銀行に生まれ変わらせたいというアピールをすることだ」

アランは、唇を噛みしめながら項垂れて聞いていた。

「まっ、君も栄えあるホライズン・キャピタルの社長様になったんだから、目に見えない部分を見抜く力を付けることね」

リンの言葉に、アランは哀しげに彼女を見たが、何も言わず席を立った。

「ちょっとやりすぎたかしら?」

寂しげなアランの後ろ姿を見送りながら、珍しくリンが反省の弁を吐いていた。

「何、そんなことでへこたれるほどヤワじゃないさ。明日になったら、今の俺達の説を、さも自分が見つけだした真理にして、日本語でまくし立ててるさ。それより、リン、どうだ、部屋でエアロビでもやらないか?」

「いいわよ。何、それはイーグル・ウォッチングの埋め合わせ?」

だが、鷲津はそれには答えず、ただ、テーブルの上にあったリンの手を静かに自分の手で包み込んで微笑んだ。

4

二〇〇一年一月一八日　小山

午前九時三一分。いよいよ開店まで、あと三〇分を切った。芝野健夫は、もう一度、店内に勢揃いした顔ぶれを見渡した。

今日はスーパーえびす屋が起死回生できるか否かの鍵を握るニューバージョン店「ハイパーえびす小山店」のオープン日だった。それは同時に、新生えびす屋の誕生の瞬間でもあった。

三葉銀行に辞表を叩きつけ、大学時代の友人が経営する「えびす屋」の専務として迎えられて三年足らず、ようやくこの日が迎えられた。芝野は、その長く苦しい日々を噛みしめながら、一緒に闘った同志達の顔を一人一人を確かめていった。

一年目で、同社の最大の負の遺産であるゴルフ場を切り離し、本業以外のノンコア事業を全て売却。いわゆる外科的手術によって、「えびす屋」は瀕死の状態から脱出した。

しかし、地獄はそこからだった。当初は、ゴルフ場事業さえ切ってしまえば本業は順調だと思われていたのだが、実際は、本業の痛みも半端ではなかった。サービスの酷さ、ＰＯＳシステムの立ち後れ、さらには、店舗のレイアウト配置や品ぞろえなど、どこをとっても問題ばかりだった。

中でも、何より大きなマイナス要因だったのが、人的リストラが出来なかったことだ。

瀬戸山の強い要望で、自己都合と定年以外の退職者を出さずに、今日までやってきた。本来であれば、企業再生の「外科的手術」となるリストラは、財務と人的の二つが車の両輪になって初めて効を奏する。だが、二〇〇人余りいた正社員は幹部から新人まで、誰一人首切りをしないことが、彼が瀬戸山と契約を結んだときの数少ない条件だった。

しかし、明らかな放漫経営で、融資を受けている銀行からも経営陣の刷新が求められた結果、九九年四月に、瀬戸山は会長に退いてもらい、芝野は社長に就任した。さらに、系列会社との兼任を含めると、八人いた取締役のうち、番頭格の専務以外全員を解任した。

芝野は全社員の先頭に立ち、接客やサービスの原点に立ち返る運動を続けた。

商品を求めているお客様がいる限り絶対に店は潰れない。だが、今までのように「売ってやっている」というような姿勢では、お客様から「えびす屋」は求められない。とにかくお客様に求められる店になることを掲げ、日々アルバイトを含む、従業員すべての意識改革を続けた。

そして、意識改革のために「えびす顔三原則」を作り徹底させた。

三原則とは、

一つ、お客様の立場に立ったサービスを心がける。

二つ、笑顔こそがサービスの第一歩だ。

三つ、物を売るのではなく、小さな幸せを売る。

外部からもサービスのプロを招いて指導を仰ぎ、徹底した社員相互の意識改革を図ったが、お客様に「えびす屋が変わったね」と言われるまでに、さらに二年程費やしてしまった。

そして、各店舗の売り上げが四半期ベースで上昇し始めたとき、芝野は次のプランに打って出た。それは、攻めのビジネスだった。

県民性もあるのだろうが、そもそもえびす屋のビジネスは、非常におっとりした体質で、競争の発想に欠けていた。その結果、大手チェーン店に押され、コンビニに押され、さらにはホームセンターに客を奪われていた。

そこで芝野が取り入れたのが、生鮮三品をテナントに委ねるという戦略だった。従来、鮮魚、精肉、青果の生鮮三品は、スーパーのドル箱ではあるのだが、その一方で売れ残りや日々の天候などに影響されるリスクがあった。そこで、彼は、カテゴリーキラーと呼ばれる生鮮の専門店と提携。生鮮のプロに他のどこよりも新鮮かつ安全で、おいしい生鮮食料品を提供してもらう新しいタイプの店を提案した。

その第一号店が「ハイパーえびす小山店」だった。

芝野が取り入れた戦略はけっして目新しいものではなく、既に導入しているスーパーも少なくない。しかし、県内ではこうしたスタイルはまだ珍しかった。

さらに、駅前や住宅街のそばに立地することが多かった従来の店舗展開から、郊外型の大型店中心の出店計画へと、方針を変えたのも、初の挑戦だった。

「時代に逆行している」と他の幹部からは、反対も多かった。しかし、駅前の地価の高い場所に中途半端な規模の店を出すのであれば、郊外に同額で広い店を構える方がベターだというのが、芝野の考えだった。

そして、彼はその広い立地を利用して、子供達が遊べるミニ遊園地を設け、晴れた日にはお弁当を広げられる芝生広場も設けた。

「遊びに来たついでに、買い物もしていただく」

それが、「ハイパーえびす」のモットーだった。

「開店一五分前です」

三〇歳前の若い副店長がそう声を張り上げると、えびす屋初の女性店長に抜擢された船尾という三〇過ぎの女性が、入り口を背に声を張り上げた。

「私達がこれまで学んできたことをここで実行するんです。頑張りましょう！」

「オーッ！」

そう言って店員が、全員拳を上げた。一〇〇〇平方メートルの店内に社員は僅か五人、残りは、主婦やリタイヤしたお年寄り達のパートだった。

「いよいよですね」

芝野の隣で、去年から経営企画室長として「えびす屋」で奮闘してきた宮部みどりが、うきうきしたように言った。宮部が地元だけではなく、東京にまで声を掛けて集めた新聞、テレビの記者とカメラが、彼らをとり囲みオープニングを待ちかまえていた。

「じゃあ、会長、お願いします」

宮部の言葉で、緊張気味の瀬戸山が頷き、芝野と船尾店長ともども通用口から店の外に出た。既に、数百人の客が、開店記念の品を求めて長蛇の列を作っていた。

芝野らは、宮部から恵比寿のイラストが背中に染め抜かれた濃紺の法被《はっぴ》を渡され、それを羽織ると、店の正面に置かれた樽酒の前に並んだ。

ここでもマスコミの連中がカメラを構えていた。

芝野らは、来賓として呼んだ小山市長らを交え、樽酒の前に立った。そして、宮部の司会で、市長が「ハイパーえびす一号店」のオープンの祝辞を述べ、彼の音頭で樽酒の蓋が割られた。

新しい店の門出が始まった。

詰めかけた客に酒が振る舞われ、予定通り午前一〇時、店の正面ドアが開け放たれ、初売りのお客を招き入れた。

しかし、芝野にはその後に、重苦しくも重大な責務が待っていた。

さらなる飛躍のための荒療治の宣告だった。

心底嬉しそうにお客に頭を下げている友人の横顔を見ながら、芝野は、自分がその友にこれから告げなければならないことを嚙みしめ、胸が熱くなっていた。

それは二〇〇一年三月末をもって、旧えびす屋を解体、新会社を設立するプランだった。さらに、芝野を除く旧経営陣、そして営業本部長らを解任するのだ。

5

二〇〇一年一月二三日　お台場

「もう一度確認しますが、弊社での役員昇格のオファーを受ける意志はありますか？」

ロイヤル・センチュリーホテルの若き経営企画室長・松平貴子は、ズラリと並んだ経営トップらの前で直立不動で立ち、英語で尋ねてきた質問者をまっすぐに見て即答した。

「はい、謹んでお受け致します」

質問者は、ロイヤル・センチュリーホテル・ジャパンの社長であるカール・ヤスパースという五〇過ぎの英国人だった。

東京・お台場にあるロイヤル・センチュリーホテル最上階の役員会議室。窓の外には昼下がりの東京湾が青く輝いていた。だが、貴子には、目の前に並んでいる六人の役員達しか見えていなかった。

ここでのやりとり如何で、自分は、三〇歳にして同社のパートナーの一人になれる。

面接官は、カールと日本人の総支配人以外、ロンドンとニューヨークから来ていた。持ち回りで年四回行われる経営統括会議が日本で行われ、それに併せてパートナーの選任のための面接が行われたのだ。

「役員の任期は二年です。その任期を全うできますか？」

これらはルーチンの質問だった。ここに呼ばれてそれを「NO」と言う社員はいない。だが貴子はほんの一瞬だけ躊躇した。

先週末、祖母から手紙が来て、今年度の決算でさらに経常赤字が膨らみ、既に銀行も匙《さじ》を投げかけているという旨が書かれてあった。

三年前、このホテルに突然「再婚する」という相手を連れてきた妹の珠香は、結局土壇場で、父に「結婚は認めても、経営には一切参加させない」と言い放たれ、その結果、男は彼女から離れていった。そして依然として父である松平重久が、会長と社長を兼務していた。

祖母の手紙には、さすがに「戻ってきてあげて」とは書いていなかった。だが、行間には、「このホテルを救えるのはあなたしかいない」という強い願いを滲ませていた。

にもかかわらず貴子は、祖母への返事も出さずにいた。五日ほど前に、イヌワシの観察会に出かけたときも、結局中禅寺湖と日光にあるミカドホテルには顔すら出さなかった。

いいんだ、自分は、もう日光ミカドホテルと関係のない人間なのだから……。

「ミズ松平、どうしました」

カールにそう質されて、貴子は我に返り彼に笑顔を見せた。

「失礼いたしました。もちろん、与えられた任期にベストを尽くしたいと思っております」

「あなたの実家は、確か日光ミカドホテルのオーナーだそうだね」

ロイヤル・センチュリー・グループのＣＥＯ（最高経営責任者）であるフランス人がそう尋ねてきた。

「はい、私の実家は、一八七三年より、日光でホテルを経営致しております」

「私も何度も利用したが、非常に心地よいホテルです。今はどなたが経営を？」

「父が会長兼社長を務めております」

「後継者はいらっしゃるのですか？」

「父が心に決めている後継者はいるかも知れませんが、私は存じません」

「つまり、従業員の中から経営トップを選ぶということなのかな」

「今のままでは、そうなるかと思います」

「君に白羽の矢が立てられることはないのかね？」

「ないと思います」

貴子の即答に、CEOは驚いた顔をした。

「えらくあっさりと即答するねえ。私なら、自分の娘がこんな優秀なマネージャーなのを放っておきはしないがねえ」

貴子はそう言われて、微笑みを大きくした。

「お褒めの言葉を戴きありがとうございます。しかし、私に対する実家の評価は少し違うようです」

「では、確認だが、君は実家から呼び戻されても、応えないと思っていいのだね」

貴子は、毅然とした態度で、頷いた。

「絶対にありません」

そう言った瞬間、背中に寒気が走った。彼女には、その寒気の意味が分からなかった。だが、六人の経営トップ達は、互いに頷き合い、貴子に面接の終了を告げた。

「大変ご苦労さまでした。三日以内に結果を通知します。気を持たせて申し訳ないが、それが我々のルールなので。しかし、安心して待っていたまえ」

貴子はその言葉にハッとした。事前に総支配人からは、面談の場で評価が口にされることはまずないと言われていた。だが、今のCEOの発言は、明らかに彼女のパートナー昇格を仄《ほの》めかしていた。

彼女と目が合った経営トップは、それに応えるように微笑み、そして頷いた。貴子は恭しく頭を下げて、部屋を後にした。

廊下の窓から、カモメが舞うのが見えた。青い空に映えるその白さは、今の自分にはうらやましいほどまぶしく見えた。

経営企画室のフロアに戻ると、秘書が待ちかねたように彼女のそばに近づいてきてメモを渡した。

「ご実家のお母様から何度もお電話がありました。大至急、ご連絡戴きたいとのことです」

貴子は、再び背中に冷たいものが走るのを感じた。だが、努めて冷静に頷くと、秘書に礼を言い、自室に戻ってデスクに置いてあったエビアンを一口飲んでから受話器を上げた。

相手は、一コールで出た。

「貴子ですが」

「ああ、貴子さん、ごめんなさいね。何度も電話して」

電話の向こうの母の声は震えているように聞こえた。

「いえ、どうしたの？」

「お祖母様が、……」

その言葉で、貴子は全てを悟った気がした。だが、早合点しようとする自分を制して、母を落ち着かせ、先を促した。

「お母様、落ち着いて。泣かれても分かりません。お祖母様がどうされたんです」

「今朝方倒れられて、救急車で病院に運ばれて……」

「手術?」

「そう、心臓の持病なんだけれど、いよいよ覚悟しなければならないようなの。お祖母様、うわごとみたいに、あなたの名を呼び続けているの。忙しいと思うんだけれど、すぐに来てくれないかしら」

何でそんな勝手なことを……。貴子の脳裏に浮かんだのは、自分でも驚くような思いだった。

「分かったわ。だが、それをのみ込んで母に言った。

できるだけ早く行けるようにします。病院はいつもの日光中央病院?」

「ええ、そう。貴子さん、ほんと私どうしたらいいのか……」

母はそう言って、また電話の向こうで泣き始めた。

「お母様、しっかりして! いいわね。ここはお母様が頑張るところよ。しっかりと家のこと、お父様のこと支えてください」

「そんなこと、私にできるはずがないじゃないの！」

泣きわめく母親をなだめ、貴子は受話器を置いた。そして、彼女は秘書を呼んで、スケジュールの調整を始めた。

6

二〇〇一年一月二三日　宇都宮

芝野と瀬戸山が、宇都宮にあるその店に入ったのは、午後九時過ぎだった。「ハイパーえびす」一号店の開店から五日。連日の忙しさが一段落して、芝野はその夜、瀬戸山を料亭「恵比寿屋」へと誘った。

その名の通り、えびす屋のグループ企業の一つで、瀬戸山がオーナーを務めていた。

ここもこの三月で、地元の資産家に売却する話が進んでいたのだが、瀬戸山が「個人的に買い上げたい」と申し出ていて、売却交渉が中断していた。

二人は、料亭内でも特別室扱いとなる「離れ」に差し向かいで座っていた。

ここ数年表情が冴えなかった瀬戸山も、今日は顔が晴れ晴れとして、なかなかの上機嫌で普段は飲めないビールを何杯も飲んだ。

芝野は、その瀬戸山の上機嫌を慮りながら、暫しの祝杯と食事を進めた。

「いやあ、芝ちゃん、本当に、ハイパーの開店は感激しました。こんな感動をまた味わえるとは思ってもみませんでした」

瀬戸山は、文字通りのえびす顔でさっきから同じ言葉ばかり繰り返していた。芝野はそれを努めて明るく聞きながら、手酌で酒を飲み続けた。

そして、ようやく瀬戸山の興奮が落ち着き始めたのを見計らって、芝野は本題に入った。

「瀬戸山、こんな時に何なんだが、話がある」

「何です、改まって」

瀬戸山はえびす顔で芝野に酒を注ぎながら言った。

「今後のことだ」

「ご心配なく、ここで会長に居座る気はないですよ。きっぱり辞めます。後はよろしくお願いします」

瀬戸山はそう言って深々と頭を下げた。

芝野はさらに心が痛むのを感じながら、話を切りだした。

「実は、今、旧えびす屋を閉めるに当たって、徹底的な財務の洗い直しを行っている。そこで、重大な問題が生じてきた」

「重大な問題ですか？」

「そう。在庫調整による大がかりな粉飾決算だ」

「粉飾決算？」

芝野は辛かったが、まっすぐに瀬戸山を見つめていた。

「総額にして三億円以上の粉飾がある。さらに、使途不明金として社員用の企業年金積立金が、不正使用されていることも分かった」

「それは、一体……」

瀬戸山の表情が一気に曇った。

「調査の結果、栗田専務と前の総務部長らによって組織的に行われていたことが分かった」

「そんな……」

「さらに、使途不明金の大半は、君の遊興費に充てられていた。そして、もう一つ大きな問題は、君の妹さん、さらに奥さんがやっていたサイドビジネスでの穴埋めを、えびす屋の勘定で処理していたことも分かった」

瀬戸山の表情に驚愕が浮かんだ。

「その結果、君の希望を叶えることはできなくなった」

「僕の希望っていうと、役員慰労金のことですか？」

取締役時代から含めると一五年も役員を務めていただけに、瀬戸山の役員慰労金は一億円を超えていた。

「それもある。それだけでなく君の個人資産についても、会社として返却を求めざるを得ない」

「個人資産の返却というのは、どういう意味です」

「つまりは、今まで君達親族が私物化してきた会社の資金の返却、さらに会社名義の君の自宅、そして親族の自宅等の返却、さらには、ニューヨークとバリ島の別荘も売却してもらう」

「ちょっと、待ってください。それらは全て僕らが個人で購入した物です。それをどうして売却しなくてはならないのです」

瀬戸山にとって、芝野の話は明らかに言いがかりに聞こえているようだった。滅多に怒った顔を見せない彼の目が燃えていた。だが、芝野は怯むことなく答えた。

「けじめだ」

「けじめ?」

「そう。私的整理とはいえ会社を潰すんだ。その経営責任をとってもらわなければ我々は先に進めない」

「断ると言えば、どうなりますか?」

瀬戸山の表情がさらに険しくなった。

「その時は、法的手段に訴えることになる」

「何だって! 芝ちゃん、冗談はよしてください。えびす屋は僕の会社ですよ。会長は辞しても、筆頭株主なんです。その僕を会社が訴えようって言うんですか! 笑止千万だ」

彼はそう言って拳で座敷机を強く叩いた。

「その僕の会社という考え方が間違っていたんだ。確かにえびす屋は、君の親父さんが創業した会社だ。しかし、株式会社となり多くの従業員を抱えたことで、会社はもう個人の持ち物ではなくなったんだ。だが、君達一族はずっと、会社の金を自分の財布か預金のように浪費し続けてきた。それが、結果的に現在の経営危機を生んだんだ」

「それは言いがかりですよ！」

だが、芝野は容赦しなかった。

「会社は、オーナーのおもちゃじゃない。そして、君はもうオーナーでもない。君は個人的な融資を受けるために、会社の株を担保にしたそうじゃないか。そして、その返済は滞り、株を相手に握られているそうじゃないか」

「何で、それを」

「会社に、業者から回収する気があるか問い合わせがあったんだ。一株一五〇円で買わないかとね。まもなく旧会社の株は紙くずになる。だが、そのためには臨時株主総会を開いて、株主の三分の二の合意が必要だ。お前は、その業者に実に四〇％分もの株を取られたそうじゃないか。これでは、新生えびす屋を立ち上げることもできない」

「私が自分の株をどうしようと勝手じゃないですか」

「何を言っている。君は、従業員が会社の再生を信じて必死で頑張っている最中に、自分のために、株をノンバンクに売り飛ばしたんだぞ。一体、彼らにどう詫びるつもりだ」

芝野の言葉に、瀬戸山はハッとした。そして、両拳で膝を叩きながら、唇を噛みしめた。

「仕方なかったんだ。個人保証していた借金が返せなくて、夜逃げ寸前だったんだ」

「どうして、全て洗いざらい俺に打ち明けてくれなかったんだ。ようやくこれから本当の立て直しだという矢先に、あると思っていた金は粉飾された嘘のものだと聞かされ、さらに株式も見ず知らずの相手に売り飛ばされていた。仕方なかったではすまんぞ」

瀬戸山は肩を震わせ、座敷机にボタボタと涙をこぼした。

「なあ、えびすさん。俺は哀しかったよ。俺は、お前に信頼されてここに呼ばれたのだと思った。だが、結局この三年、ほとんど何も知らされていなかった。まるで俺は道化だな」

瀬戸山はその言葉に、首を激しく左右に振った。

「それは違います。私は心から君を信頼していたし、心底、従業員のために、この会社を再建したかった。そのためには、君の力が必要だったんです」

「だが、そこには前提があった。君達一族郎党が、昔ほどではなくても悠々自適に暮らせること。もちろん、経営責任は問われない。そして、ポーズだけでも一生懸命やっているという姿勢を見せたかった。そういう思惑には、三葉銀行の人間が再建のために来てくれるというのは、世間体も非常に良かったわけだ」

「違う！」

「じゃあ、何だ。なぜ、俺は何も知らされていなかった。俺が知らない帳簿がもう一つあり、そこでは、えびす屋はとっくに倒産していたんだ。そんな会社に追加融資をしてくれと頭を下げた俺は何だ。そして、そのために、総額で五億円もの個人保証をのんだ俺は道化以外の何物でもないじゃないか」

芝野は、瀬戸山に代わり、えびす屋の社長に就任した直後、メインと準メインの計三行から「与信不足」を理由に個人保証を求められた。総額は約五億円。それができない場合は、融資の即時返済を求められ、彼はそれを呑んだ。

芝野は、感情的にならないように語気を抑えた。だが、怒りと、それ以上の悔しさが溢れ出て止まらなかった。

不意に瀬戸山が座を外し、土下座した。

「本当にすまない！　私達の甘さがこんな結果を呼んでしまって、そして、君を窮地に追い込んでしまった。許してください」

今度は畳の上に、ボタボタと大粒の涙を落としながら、瀬戸山は肩を震わせた。芝野はこれ以上恨みつらみをこぼしても仕方がないことを悟り、話を本題に戻した。

「瀬戸山、俺は、お前が悪意を持って会社の資産を私物化したとは思いたくない。ただ、余りにも長い間ぬるま湯に浸りすぎて、公私混同が起きたのだろう。栗田専務らが行った二重帳簿についても、どれぐらい関知していたのかを、これ以上追及するつもりもない。しかし、結果として、君がしたことは経営者としてあるまじき行為であることは間違いない。したがって相応の責任をとってもらう。いいだろうか？」

瀬戸山は顔を上げた。

「責任というのは？　私は告訴されるということですか」

「今のところ、それは考えていない。我々サービス業は信用が全てだ。そこが二重帳簿をしていたり、会社の資産を私物化するような、社長の放漫経営で経営危機に陥ったことを世間に晒すことは避けたい。しかし、責任はとってもらう。いいだろうか？」

瀬戸山は大きく頷いた。芝野は、まだ畳に両手をついている瀬戸山に近づき言った。

「さあ、顔を上げてくれ。えびすさんのそんな姿を見るのは辛い。第一、俺が最初からもっとシビアに会社の内情まで徹底的にチェックすれば良かったんだ。俺にも甘さがあった。だから」

瀬戸山はそう言われて顔を上げた。芝野はあまりにも落ちぶれた友の姿が正視できず、彼から眼を逸らして自分の座に戻った。そして、静かに酒を飲み続けた。

「株は、一株五〇円で買い戻した。ウチが年度末には一〇〇%の減資を行うことを伝え、もしそれに反対するなら、今度は、負債を抱えたえびす屋そのものを押し付けると言ってね。悪質な相手ならそこで居直られるところだったが、先方もいろんな不良債権を押し付けられて苦労していたんだろうな。減資の話をしたら、すぐに売却してくれたよ。しかし、その分、えびすさんの返済額が増えてしまったということだがね」

瀬戸山は、虚ろな顔でその話に頷き、飲めない酒をあおり始めた。

バブル崩壊以降、日本中で日常茶飯事に起きたであろう光景だった。オーナー社長一族の会社の私物化と放漫経営。そして番頭達による粉飾決算で、「裸の王様」となったオーナーは、虚構の上に創り上げられた「健全経営」にあぐらをかき続けた挙げ句、突然、死を宣告される。

莫大な負債、問われる経営者責任。だが、トップもその周辺も「銀行が無理に金を貸すからだ」「社会全体がバブル投機に浮かれていたのだ。我々は社会の犠牲者だ」と自らの非は認めず、責任をとることすらしない。

芝野の三葉銀行船場支店時代、さらに、資産流動化開発室時代のいずれでも、そうした例を嫌というほど見てきた。しかし、それはどこまでいっても他人事の話だった。それが、今では、この会社が破綻すれば自分自身も全てを失うほど、どっぷりと泥沼に浸っていた。心身共に追いつめられてもいた。しかしその一方でどこか銀行時代とは違う充実感があったのも事実だ。

おそらくそれは、自らが再生現場の一線に立ち、仲間達と悪戦苦闘しながら結果を出しているからに他ならない。

そういう意味では、今、目の前で、絶望感に打ちひしがれている友に感謝すべきなのだ。

7

二〇〇一年一月二三日　日光

貴子のボルボが日光中央病院の駐車場に滑り込んだのは、午後一時過ぎだった。

その日は、世界中からロイヤル・センチュリーのトップ達が集った特別な日だった。しかも彼女は、彼らから役員昇格をオファーされたのだ。タイミングが悪すぎた。最愛の祖母が倒れたと聞いても、全てを投げうって飛んでいくことはできなかった。

事情を聞いた総支配人は、役員達と日本の財界との交流パーティを欠席して、日光に駆けつけるように貴子に強く言ってくれた。だが彼女は、そのパーティの責任者であり、自身が長年築き上げたネットワークから招待した賓客もたくさん来るのだ。そんなことはできなかった。

貴子と祖母の関係をよく知っている総支配人に、彼女はこう答えた。

「私が今晩のパーティをなげうって祖母の元に駆けつけたら、誰よりも祖母が悲しむと思います。そして未熟な私は、こんな大事な時に倒れた祖母を恨むかも知れません。たとえ祖母の死に目に会えなくても、私は、祖母ではなく、自分を責めればいいだけです。ですから、最後までこの仕事をやり遂げさせてください」

その言葉に、総支配人は黙って頷き、それ以上彼女を説得することをやめた。

パーティは盛会だった。ロイヤル・センチュリーのトップらが大満足しただけではなく、その席に招待した客達も、貴子が新しい出会いを演出したことで、有意義な会だったと喜んでくれた。

やがて最後の一人を送り出した直後、気を利かせて正面玄関に車を回してくれた部下からボルボを受け取り、そのまま日光を目指した。

貴子は夜間通用口から院内に入ると、まっすぐ最上階を目指した。その特別室で祖母は眠っているはずだった。

夜の病院には、一種独特の世界があった。病院が男体山麓の森の中にあり、しかも就寝時刻を過ぎているということもあったからだが、建物全体が静かな寝息を立てているように見えた。

できるだけ足音を立てないように階段を昇り、貴子は目当ての部屋に辿り着いた。ドアのそばにある長椅子に、貴子の母が疲れ果てたように座り込んでいた。

「お母様」

貴子は声を潜めてそう声を掛けた。どうやら母はうたた寝をしていたようだった。貴子の声にビクッと体をそらし、貴子を見上げた。

「ああ、貴子さん。やっと来てくれたのね」

「お祖母様は？」

母は、ただ哀しげに首を左右に振るだけだった。貴子は口に酸っぱい物が込み上げてくるのを堪えて、静かにドアをノックして中に入った。

薄暗がりの中に、父の重久と華の妹に当たる大叔母が、じっと息を潜めてベッドサイドで項垂れていた。

貴子は、自分を認めた二人に会釈して、華のベッドに近づいた。

痛ましかった。

彼女は口に酸素マスクをされ、腕には二ヵ所の点滴を射たれた状態で目を閉じていた。今年は正月も帰省しなかったので、一年以上会っていなかった。目の前で横たわっている華は、痩せ細り、一回り小さく弱々しくなったように見えた。

「お祖母様、本当に遅くなってしまってごめんなさい」

貴子は祖母の耳元で囁いた。だが、彼女は深い寝息をくり返すだけで、目覚めることはなかった。

「ここに運ばれてくる間、ずっと貴子ちゃんの名前を呼んでいたそうよ。間に合って良かったわ」

華とは年の離れた妹である大叔母がおだやかな声で言った。その言葉で貴子は、我慢していた涙をこらえられなくなってしまった。だが、彼女は頰を伝う涙を拭うこともなく、ただ華の手を握りしめて、眠り続ける彼女を見つめていた。

形あるものは必ず滅びる……。

かつて中禅寺湖の湖畔でそう呟いた祖母の言葉が、不意に彼女の脳裏に蘇ってきた。

そして、彼女は今まで一度も味わったことのないほどの大きな哀しみに、自分が押しつぶされようとしているのを感じた。心が痛い。哀しみとは、こんな激しい痛みを伴うものなのか。彼女は胸の痛みを必死で堪え、ただ祖母の手を握りしめていた。

気が付くと、部屋の中には、自分と華の二人だけになっていた。

貴子は、三歳ぐらいまで祖父母に育てられた。母が病弱な上に、高齢出産だったこともあって、生まれてすぐに、両親が暮らしていた東京から日光へ連れてこられ、祖母と乳母《うば》の手で育てられた。独立心の強さも、常に物事を冷静かつ理性的に考えて議論することも、全て祖父母から教わったことだ。それが、父親との価値観の相違を生むことになってしまった。

祖母は、けっして人を叱ることをしない人だった。ただ、間違ったことや不正直なことをしたときは、その非を優しい口調で相手に悟らせる人だった。

貴子が、宇都宮の女子高校に通うために下宿したのも、スイスの大学でホテル学の勉強ができたのも、全部華のお墨付きがあってこそだった。

だが、ここ数年、その祖母とも貴子は距離をあけてしまった。

原因は、経営不振が続くミカドホテルのせいだった。

祖母自身も父から泣きつかれ、自身の意に染まない説得をしたことを恥じて、貴子との距離をあけていた。

ホテル経営が冬の時代に、大規模ホテルを家族で経営するのはナンセンスだった。だからこそ貴子は、祖母の頼みであっても、そこに正しい経営方針と厳しい当事者責任を求めた。貴子が中禅寺湖できっぱりとそう言い切って以来、華は、二度と自分からホテルの話をすることはなかった。

貴子は、理屈では自分の正当性を疑ってはいなかった。だが、感情ではそんな自分を冷たいとも感じていた。しかも、自分が「もうミカドホテルとは縁のない人間なんだ」と断言した日に、祖母がこんなことになるなんて……。

まるで自分の決意が、目に見えない矢となって東京から真北に飛び、華の胸を貫いたようなものだ。

「つまり、私がお祖母様にとどめを刺したようなものね」

貴子は思わずそう言葉を漏らし唇を噛みしめた。

「貴ちゃん……」

かすかだが、そう呼ばれた気がして貴子は顔を上げた。華がこちらを向いて微笑んでいた。

「お祖母様！」

貴子は圧し殺したような声を漏らした。そして、医者を呼ぼうとナースコールに手を伸ばしかけたのを、祖母のか細い手が止めた。そして、貴子に何かを言い始めた。貴子は、酸素マスクに耳を寄せて必死でくぐもった声を拾った。

「ご・め・ん・ね……」

華のその言葉に、貴子の目には止めどなく涙が溢れた。

「私こそ本当にごめんなさい。わ、私は、恩知らずの孫です……。でも、だから、だから生きてください。私が、ちゃんとあのホテルを生まれ変わらせるまで、生きて見届けてください!」

祖母が貴子の手を強く握り返してきた。そして、再び口を開き始めた。貴子はまた、酸素マスクに顔を近づけて耳を澄ました。

「あ・な・た・は、あ・な・た・ら・し・く、……い・き・る・の……」

そう言い終わると、貴子の手を握りしめていた華の手の力が抜けた。その瞬間、苦しげではあったが、それまで確かに聞こえていた息づかいが止まった。

「だめよ、ダメ! お祖母様、お願い、逝かないで! 私を独りにしないで!」

その声で病室のドアが開き、廊下にいた両親や親族達が、部屋に飛び込んできた。貴子は震える手でナースコールを押し、華の呼吸が止まったことを伝えた。すぐに看護婦と医師が部屋に入ってきた。

そして、祖母にしがみついている貴子を離し、死を確かめた。

誰かのすすり泣きが部屋に鳴り響いた。まるで、それが号砲だったように、みなそれぞれが哀しみに襲われ涙に暮れ始めた。

だが、逆に貴子は一気に冷静さを取り戻していた。そして、祖母の最期の姿をしっかり自分の眼に、脳裏に、そして魂に刻み込んでいた。

彼女は華の骸《むくろ》に誓った。

私が、これからの人生の全てを賭けて、ミカドホテルを再生させると。たとえ家族から鬼と言われ、かつての恩師達から恩知らずといわれようとも、私は、祖母の御霊に誓う。ミカドホテルを世界に冠たるリゾートホテルとして必ず蘇らせてみせる、と。


（下巻に続く）

本書は、二〇〇四年十二月ダイヤモンド社より刊行されました。

|著者|真山 仁　1962年大阪府生まれ。同志社大学法学部政治学科卒。読売新聞記者を経て、フリーライターに。'03年大手生保の破綻危機を描いた『連鎖破綻　ダブルギアリング』（香住究の筆名で、共著として刊行。ダイヤモンド社）でデビュー。主な作品に『虚像《メディア》の砦』（角川書店刊）、『マグマ』（朝日新聞社刊）、『ハゲタカ』の続編にあたる『バイアウト』（講談社刊）がある。

ハゲタカ(上)

真山《まやま》 仁《じん》

2006年3月15日第1刷発行
2007年1月15日第5刷発行

発行者――野間佐和子
発行所――株式会社　講談社
東京都文京区音羽2-12-21　〒112-8001
電話　出版部（03）5395-3510
　　　販売部（03）5395-5817
　　　業務部（03）5395-3615

Printed in Japan

講談社文庫

定価はカバーに
表示してあります

デザイン―菊地信義
本文データ制作―講談社プリプレス制作部
印刷―――信毎書籍印刷株式会社
製本―――株式会社大進堂

落丁本・乱丁本は購入書店名を明記のうえ、小社業務部あてにお送りください。送料は小社負担にてお取替えします。なお、この本の内容についてのお問い合わせは文庫出版部あてにお願いいたします。

ISBN4-06-275352-9

講談社文庫刊行の辞

二十一世紀の到来を目睫に望みながら、われわれはいま、人類史上かつて例を見ない巨大な転換期をむかえようとしている。

世界も、日本も、激動の予兆に対する期待とおののきを内に蔵して、未知の時代に歩み入ろうとしている。このときにあたり、創業の人野間清治の「ナショナル・エデュケイター」への志を現代に甦らせようと意図して、われわれはここに古今の文芸作品はいうまでもなく、ひろく人文・社会・自然の諸科学から東西の名著を網羅する、新しい綜合文庫の発刊を決意した。

激動の転換期はまた断絶の時代である。われわれは戦後二十五年間の出版文化のありかたへの深い反省をこめて、この断絶の時代にあえて人間的な持続を求めようとする。いたずらに浮薄な商業主義のあだ花を追い求めることなく、長期にわたって良書に生命をあたえようとつとめるところにしか、今後の出版文化の真の繁栄はあり得ないと信じるからである。

同時にわれわれはこの綜合文庫の刊行を通じて、人文・社会・自然の諸科学が、結局人間の学にほかならないことを立証しようと願っている。かつて知識とは、「汝自身を知る」ことにつきていた。現代社会の瑣末な情報の氾濫のなかから、力強い知識の源泉を掘り起し、技術文明のただなかに、生きた人間の姿を復活させること。それこそわれわれの切なる希求である。

われわれは権威に盲従せず、俗流に媚びることなく、渾然一体となって日本の「草の根」をかたちづくる若く新しい世代の人々に、心をこめてこの新しい綜合文庫をおくり届けたい。それは知識の泉であるとともに感受性のふるさとであり、もっとも有機的に組織され、社会に開かれた万人のための大学をめざしている。大方の支援と協力を衷心より切望してやまない。

一九七一年七月

野間省一

講談社文庫　目録

京極夏彦　分冊文庫版 姑獲鳥《うぶめ》の夏（上）（下）
京極夏彦　分冊文庫版 魍魎《もうりょう》の匣《はこ》（上）（中）（下）
京極夏彦　分冊文庫版 狂骨《きょうこつ》の夢《ゆめ》（上）（中）（下）
京極夏彦　分冊文庫版 鉄鼠《てっそ》の檻《おり》全四巻
京極夏彦　分冊文庫版 絡新婦《じょろうぐも》の理《ことわり》（一）（二）
京極夏彦　分冊文庫版 絡新婦《じょろうぐも》の理《ことわり》（三）（四）
京極夏彦　分冊文庫版 塗仏《ぬりぼとけ》の宴《うたげ》 宴の支度《したく》（上）（中）（下）
京極夏彦　分冊文庫版 塗仏《ぬりぼとけ》の宴《うたげ》 宴の始末《しまつ》（上）（中）（下）
京極夏彦　分冊文庫版 陰摩羅鬼《おんもらき》の瑕《きず》（上）（中）（下）
北森　鴻　狐罠
北森　鴻　メビウス・レター
北森　鴻　花の下にて春死なむ
北森　鴻　狐闇
北森　鴻　桜宵
北森　鴻　親不孝通りディテクティブ
北村　薫　盤上の敵
岸　惠子　30年の物語
霧舎　巧　ドッペルゲンガー宮〈《あかずの扉》研究会流氷館へ〉
霧舎　巧　カレイドスコープ島〈《あかずの扉》研究会竹取島へ〉

霧舎　巧　ラグナロク洞〈《あかずの扉》研究会影郎沼へ〉
霧舎　巧　マリオネット園《ランド》〈《あかずの扉》研究会首吊塔へ〉
きむらゆういち
あべ弘士 絵　あらしのよるにⅠ
木村元子
松田裕子　私の頭の中の消しゴム アナザーレター
黒岩重吾　古代史への旅
黒岩重吾　天風の彩王（上）（下）〈藤原不比等〉
黒岩重吾　中大兄皇子伝（上）（下）
栗本　薫　優しい密室
栗本　薫　鬼面の研究
栗本　薫　伊集院大介の冒険
栗本　薫　伊集院大介の私生活
栗本　薫　伊集院大介の新冒険
栗本　薫　仮面舞踏会〈伊集院大介の帰還〉
栗本　薫　怒りをこめてふりかえれ
栗本　薫　青の時代〈伊集院大介の薔薇〉
栗本　薫　早春の少年〈伊集院大介の誕生〉
栗本　薫　水曜日のジゴロ〈伊集院大介の探究〉
栗本　薫　真夜中のユニコーン〈伊集院大介の休日〉
倉橋由美子　よもつひらさか往還

倉橋由美子　老人のための残酷童話
黒柳徹子　窓ぎわのトットちゃん
久保博司　日本の警察〈警視庁VS大阪府警〉
久保博司　日本の検察
久保博司　新宿歌舞伎町交番
黒川博行　燻り
黒川博行　てとろどときしん〈大阪府警・捜査一課事件報告書〉
黒川博行　国境
久世光彦　夢あたたかき〈向田邦子との二十年〉
黒田福美　ソウル マイハート
黒田福美　ソウルマイハート 背伸び日記
黒田福美　ソウル マイデイズ
黒田福美　となりの韓国人〈傾向と対策〉
倉知　淳　星降り山荘の殺人
倉知　淳　猫丸先輩の推測
熊谷達也　迎え火の山
鯨　統一郎　北京原人の日
鯨　統一郎　タイムスリップ森鷗外
鯨　統一郎　タイムスリップ明治維新

講談社文庫　目録

白石一郎　乱世を斬る〈歴史エッセイ〉
白石一郎　海将(上)(下)
白石一郎　蒙古襲来〈海から見た歴史〉
志水辰夫　帰りなん、いざ
志水辰夫　花ならアザミ
志水辰夫　負け犬
新宮正春　抜打ち庄五郎
島田荘司　占星術殺人事件
島田荘司　殺人ダイヤルを捜せ
島田荘司　火刑都市
島田荘司　網走発遙かなり
島田荘司　御手洗潔の挨拶
島田荘司　死者が飲む水
島田荘司　斜め屋敷の犯罪
島田荘司　ポルシェ911《ナインイレブン》の誘惑
島田荘司　御手洗潔のダンス
島田荘司　本格ミステリー宣言
島田荘司　本格ミステリー宣言II〈ハイブリッド・ヴィーナス論〉
島田荘司　暗闇坂の人喰いの木

島田荘司　水晶のピラミッド
島田荘司　自動車社会学のすすめ
島田荘司　眩（めまい）暈
島田荘司　アトポス
島田荘司　異邦の騎士
島田荘司　島田荘司読本
島田荘司　改訂完全版 異邦の騎士
島田荘司　御手洗潔のメロディ
島田荘司　Pの密室
島田荘司　ネジ式ザゼツキー
塩田潮　郵政最終戦争
清水義範　蕎麦《そば》ときしめん
清水義範　国語入試問題必勝法
清水義範　永遠のジャック&ベティ
清水義範　深夜の弁明
清水義範　ビビンパ
清水義範　お金物語
清水義範　単位物語
清水義範　神々の午睡(上)(下)

清水義範　私は作中の人物である
清水義範　春高楼の
清水義範　イエスタデイ
清水義範　青二才の頃〈回想の'70年代〉
清水義範　日本ジジババ列伝
清水義範　日本語必笑講座
清水義範　ゴミの定理
清水義範　目からウロコの教育を考えるヒント
清水義範　世にも珍妙な物語集
清水義範　ザ・勝負
清水義範 西原理恵子・え　おもしろくても理科
清水義範 西原理恵子・え　もっとおもしろくても理科
清水義範 西原理恵子・え　どうころんでも社会科
清水義範 西原理恵子・え　もっとどうころんでも社会科
清水義範 西原理恵子・え　いやでも楽しめる算数
清水義範 西原理恵子・え　はじめてわかる国語
清水義範 西原理恵子・え　飛びすぎる教室
椎名誠　フグと低気圧
椎名誠　犬の系譜

島村洋子　家族善哉
島村洋子　恋って恥ずかしい〈家族善哉2〉
仁賀克雄　切り裂きジャック〈闇に消えた殺人鬼の新事実〉
島本理生　シルエット
島本理生　リトル・バイ・リトル
白川　道　十二月のひまわり
子母澤　寛　新装版　父子鷹(上)(下)
不知火京介　マッチメイク
杉本苑子　孤愁の岸(上)(下)
杉本苑子　引越し大名の笑い
杉本苑子　汚名
杉本苑子　女人古寺巡礼
杉本苑子　利休破調の悲劇
杉本苑子　江戸を生きる
杉田　望　金融夜光虫
杉田　望　特別検査〈金融アベンジャー〉
鈴木輝一郎　美男忠臣蔵
瀬戸内晴美　かの子撩乱
瀬戸内晴美　京まんだら(上)(下)

瀬戸内晴美　彼女の夫たち(上)(下)
瀬戸内晴美　蜜と毒
瀬戸内寂聴　寂庵説法
瀬戸内寂聴　新寂庵説法　愛なくば
瀬戸内晴美　家族物語(上)(下)
瀬戸内寂聴　生きるよろこび〈寂聴随想〉
瀬戸内寂聴　寂聴天台寺好日
瀬戸内寂聴　人が好き[私の履歴書]
瀬戸内寂聴　渇く
瀬戸内寂聴　白道
瀬戸内寂聴　いのち発見
瀬戸内寂聴　無常を生きる〈寂聴随想〉
瀬戸内寂聴　わかれば『源氏』はおもしろい〈寂聴対談集〉
瀬戸内寂聴　寂聴相談室人生道しるべ
瀬戸内寂聴　花芯
瀬戸内寂聴　瀬戸内寂聴の源氏物語
瀬戸内晴美編　人類愛に捧げた生涯〈人物近代女性史〉
梅原　猛／瀬戸内寂聴　寂聴・猛の強く生きる心
関川夏央　よい病院とはなにか〈病むことと老いること〉

関川夏央　水の中の八月
関川夏央　やむにやまれず
先崎　学　フフフの歩
先崎　学　先崎学の実況！盤外戦
妹尾河童　少年H(上)(下)
妹尾河童　河童が覗いたインド
妹尾河童　河童が覗いたヨーロッパ
妹尾河童　河童が覗いたニッポン
妹尾河童　河童の手のうち幕の内
妹尾河童／野坂昭如　少年Hと少年A
清涼院流水　コズミック流
清涼院流水　ジョーカー清
清涼院流水　ジョーカー涼
清涼院流水　コズミック水
清涼院流水　カーニバル一輪の花
清涼院流水　カーニバル二輪の草
清涼院流水　カーニバル三輪の層
清涼院流水　カーニバル四輪の牛
清涼院流水　カーニバル五輪の書

清涼院流水　秘密屋文庫　知ってる怪
清涼院流水　秘　密　室　ボン〈QUIZ SHOW〉
曽野綾子　幸福という名の不幸(上)(下)
曽野綾子　私を変えた聖書の言葉
曽野綾子　自分の顔、相手の顔〈自分流を貫く生き方のすすめ〉
曽野綾子　それぞれの山頂物語〈今こそ主体性のある生き方をしたい〉
曽野綾子　安逸と危険の魅力
曽野綾子　至福の境地
曽野綾子　なぜ人は恐ろしいことをするのか
蘇部健一　六枚のとんかつ
蘇部健一　長野・上越新幹線四時間三十分の壁
蘇部健一　動かぬ証拠
蘇部健一　木乃伊《ミイラ》男
宗田　理　13歳の黙示録
曽我部　司　北海道警察の冷たい夏
田辺聖子　古川柳おちぼひろい
田辺聖子　川柳でんでん太鼓
田辺聖子　私的生活
田辺聖子　愛の幻滅

田辺聖子　苺をつぶしながら〈新・私的生活〉
田辺聖子　不倫は家庭の常備薬
田辺聖子　おかあさん疲れたよ(上)(下)
田辺聖子　ひねくれ一茶
田辺聖子　「おくのほそ道」を旅しよう〈古典を歩く11〉
田辺聖子　薄荷草《ペパーミント・ラヴ》の恋
立原正秋　春のいそぎ
谷川俊太郎訳　和田　誠絵　マザー・グース全四冊
立花　隆　中核VS革マル(上)(下)
立花　隆　日本共産党の研究全三冊
立花　隆　青春漂流
立花　隆　同時代を撃つI〜III〈情報ウオッチング〉
高杉　良　虚構の城
高杉　良　バンダルの塔
高杉　良　大逆転！〈小説三菱・第一銀行合併事件〉
高杉　良　懲戒解雇
高杉　良　労働貴族
高杉　良　広報室沈黙す(上)(下)
高杉　良　会社蘇生

高杉　良　炎の経営者(上)(下)
高杉　良　小説日本興業銀行全五冊
高杉　良　社長の器
高杉　良　祖国へ、熱き心を〈東京にオリンピックを呼んだ男〉
高杉　良　その人事に異議あり〈女性広報主任のジレンマ〉
高杉　良　人事権！
高杉　良　小説消費者金融〈クレジット社会の罠〉
高杉　良　小説新巨大証券(上)(下)
高杉　良　局長罷免-小説通産省
高杉　良　首魁《しゅかい》の宴《うたげ》〈政官財腐敗の構図〉
高杉　良　指名解雇
高杉　良　燃ゆるとき
高杉　良　挑戦つきることなし〈小説ヤマト運輸〉
高杉　良　辞表撤回
高杉　良　銀行大合併〈短編小説全集(上)〉
高杉　良　エリートの反乱〈短編小説全集(中)〉
高杉　良　金融腐蝕列島(上)(下)
高杉　良　小説ザ・外資
高杉　良　銀行大統合〈小説みずほFG〉

田中芳樹 クレオパトラの葬送〈薬師寺涼子の怪奇事件簿〉
田中芳樹 西風《ゼピュロシア・サーガ》の戦記
田中芳樹 夏の魔術
田中芳樹 窓辺には夜の歌
田中芳樹 書物の森でつまずいて……
田中芳樹 白い迷宮
田中芳樹 春の魔術
田中芳樹 幸田露伴 原作 運命〈二人の皇帝〉
田中芳樹 土屋守 「イギリス病」のすすめ
田中芳樹ほか文 皇名月画・文 中国帝王図
田中芳樹 赤城毅 中欧怪奇紀行
高任和夫 架空取引
高任和夫 粉飾決算
高任和夫 告発倒産
高任和夫 商社審査部25時〈知られざる戦士たち〉
高任和夫 起業前夜(上)(下)
高任和夫 燃える氷(上)(下)
谷村志穂 十四歳のエンゲージ
谷村志穂 十六歳たちの夜

谷村志穂 レッスンズ
高村薫 李歐《りおう》
高村薫 マークスの山(上)(下)
高村薫 照柿(上)(下)
多和田葉子 犬婿入り
岳宏一郎 蓮如夏の嵐(上)(下)
岳宏一郎 御家の狗
武豊 この馬に聞いた！ フランス激闘編
武豊 この馬に聞いた！ 炎の復活凱旋編
武豊 この馬に聞いた！ 1番人気編
武豊 この馬に聞いた！ 大外強襲編
武田圭 南海楽園〈タヒチ、パリ、モルジブ……サーフィン一人旅〉
高橋直樹 湖賊の風
橘蓮二 監修・高田文夫 大増補版 おあとがよろしいようで〈東京寄席往来〉
多田容子 柳影
多田容子 やみとり屋
多田容子 女剣士・一子相伝の影
田島優子 女検事ほど面白い仕事はない
高田崇史 QED〈百人一首の呪《しゅ》〉

高田崇史 QED〈六歌仙の暗号〉
高田崇史 QED〈ベイカー街の問題〉
高田崇史 QED〈東照宮の怨〉
高田崇史 QED〈式の密室〉
高田崇史 QED〈竹取伝説〉
高田崇史 試験に出るパズル〈千葉千波の事件日記〉
高田崇史 試験に敗けない密室〈千葉千波の事件日記〉
高田崇史 試験に出ないパズル〈千葉千波の事件日記〉
高田崇史 麿の酩酊事件簿〈花に舞〉
高田崇史 麿の酩酊事件簿〈月に酔〉
竹内玲子 笑うニューヨーク DELUXE
竹内玲子 笑うニューヨーク DYNAMITES
竹内玲子 笑うニューヨーク DANGER
竹内玲子 踊るニューヨーク Beauty Quest
団鬼六 外道の女
立石勝規 田中角栄・真紀子の「税金逃走」
高野和明 13階段
高野和明 グレイヴディッガー
高野和明 K・Nの悲劇

塚本青史　王　莽
塚本青史　光武帝(上)(中)(下)
辻原　登　百合の心・黒髪 その他の短編
出久根達郎　佃島ふたり書房
出久根達郎　たとえばの楽しみ
出久根達郎　おんな飛脚人
出久根達郎　御書物同心日記
出久根達郎　続 御書物同心日記
出久根達郎　御書物同心日記 虫姫
出久根達郎　土龍《もぐら》
出久根達郎　漱石先生の手紙
出久根達郎　俥《くるま》宿《やど》
出久根達郎　二十歳のあとさき
ドウス昌代　イサム・ノグチ〈宿命の越境者〉(上)(下)
童門冬二　戦国武将の宣伝術〈隠された名将のコミュニケーション戦略〉
童門冬二　日本の復興者たち
童門冬二　夜明け前の女たち
藤堂志津子　恋　人　よ
鳥羽　亮　三　鬼　の　剣

鳥羽　亮　隠《おぬ》猿《ざる》の剣
鳥羽　亮　鱗　光　の　剣〈深川群狼伝〉
鳥羽　亮　蛮　骨　の　剣
鳥羽　亮　妖　鬼　の　剣
鳥羽　亮　秘剣　鬼　の　骨
鳥羽　亮　浮　舟　の　剣
鳥羽　亮　青江鬼丸夢想剣
鳥羽　亮　双　つ　龍〈青江鬼丸夢想剣〉
鳥羽　亮　吉　宗　謀　殺〈青江鬼丸夢想剣〉
鳥羽　亮　風　来　の　剣
鳥羽　亮　影　笛　の　剣
鳥羽　亮　波之助推理日記
鳥越　碧　一　葉
東郷　隆　御町見役うずら伝右衛門(上)(下)
東郷　隆　御町見役うずら伝右衛門・町あるき
東郷　隆 上田　信 絵　【絵解き】戦国武士の合戦心得〈歴史・時代小説ファン必携〉
戸田郁子　ソウルは今日も快晴〈日韓結婚物語〉
徳大寺有恒　間違いだらけの中古車選び
とみなが貴和　EDGE《エッジ》

夏樹静子　そして誰かいなくなった
夏樹静子　贈る証言〈弁護士朝吹里矢子〉
中井英夫　新装版虚無への供物(上)(下)
長尾三郎　人は50歳で何をなすべきか
長尾三郎　週刊誌血風録
南里征典　軽井沢絶頂夫人
南里征典　情　事　の　契　約
南里征典　寝室の蜜猟者
南里征典　魔性の淑女牝
中島らも　しりとりえっせい
中島らも　今夜、すべてのバーで
中島らも　白いメリーさん
中島らも　寝　ず　の　番
中島らも　さかだち日記
中島らも　バンド・オブ・ザ・ナイト
中島らも　休　み　の　国
中島らもほか　輝きの一瞬〈短くて心に残る30編〉
中島らも編・著　なにわのアホぢから
中島らも チチ松村　らもチチ わたしの半生〈青春篇〉〈中年篇〉

講談社文庫　目録

日本文芸家協会編 愛染夢灯籠〈時代小説傑作選〉
日本推理作家協会編 犯罪ロードマップ〈ミステリー傑作選1〉
日本推理作家協会編 殺人現場へどうぞ〈ミステリー傑作選2〉
日本推理作家協会編 ちょっと殺人を〈ミステリー傑作選3〉
日本推理作家協会編 あなたの隣に犯人が〈ミステリー傑作選4〉
日本推理作家協会編 犯人ただいま逃亡中〈ミステリー傑作選5〉
日本推理作家協会編 サスペンス・ゾーン〈ミステリー傑作選6〉
日本推理作家協会編 意外や意外〈ミステリー傑作選7〉
日本推理作家協会編 殺しの一品料理《アラカルト》〈ミステリー傑作選8〉
日本推理作家協会編 犯罪ショッピング〈ミステリー傑作選9〉
日本推理作家協会編 闇のなかのあなた〈ミステリー傑作選10〉
日本推理作家協会編 どんでん返し〈ミステリー傑作選11〉
日本推理作家協会編 にぎやかな殺意〈ミステリー傑作選12〉
日本推理作家協会編 凶器は狂気〈ミステリー傑作選13〉
日本推理作家協会編 犯罪見本市〈ミステリー傑作選14〉
日本推理作家協会編 殺しのパフォーマンス〈ミステリー傑作選15〉
日本推理作家協会編 故意・悪意・殺意〈ミステリー傑作選16〉
日本推理作家協会編 とっておきの殺人〈ミステリー傑作選17〉
日本推理作家協会編 花には水、死者には愛〈ミステリー傑作選18〉

日本推理作家協会編 殺人者へのレクイエム〈ミステリー傑作選19〉
日本推理作家協会編 死者たちは眠らない〈ミステリー傑作選20〉
日本推理作家協会編 殺人はお好き？〈ミステリー傑作選21〉
日本推理作家協会編 二転・三転・大逆転〈ミステリー傑作選22〉
日本推理作家協会編 あざやかな結末〈ミステリー傑作選23〉
日本推理作家協会編 頭脳明晰、特技殺人〈ミステリー傑作選24〉
日本推理作家協会編 誰がための殺人〈ミステリー傑作選25〉
日本推理作家協会編 明日からは、殺人者〈ミステリー傑作選26〉
日本推理作家協会編 真犯人は安眠中〈ミステリー傑作選27〉
日本推理作家協会編 完全犯罪はお静かに〈ミステリー傑作選28〉
日本推理作家協会編 あの人の殺意〈ミステリー傑作選29〉
日本推理作家協会編 もうすぐ犯行記念日〈ミステリー傑作選30〉
日本推理作家協会編 死導者がいっぱい〈ミステリー傑作選31〉
日本推理作家協会編 殺人前線北上中〈ミステリー傑作選32〉
日本推理作家協会編 犯行現場にもう一度〈ミステリー傑作選33〉
日本推理作家協会編 殺人博物館へようこそ〈ミステリー傑作選34〉
日本推理作家協会編 どたん場で大逆転〈ミステリー傑作選35〉
日本推理作家協会編 殺ったのは誰だ!?〈ミステリー傑作選36〉
日本推理作家協会編 殺人哀モード〈ミステリー傑作選37〉

日本推理作家協会編 殺人者〈ミステリー傑作選38〉
日本推理作家協会編 完全犯罪証明書〈ミステリー傑作選39〉
日本推理作家協会編 密室＋アリバイ＝真犯人〈ミステリー傑作選40〉
日本推理作家協会編 殺人買います〈ミステリー傑作選41〉
日本推理作家協会編 罪深き者に罰を〈ミステリー傑作選42〉
日本推理作家協会編 嘘つきは殺人のはじまり〈ミステリー傑作選43〉
日本推理作家協会編 終日犯罪〈ミステリー傑作選44〉
日本推理作家協会編 殺人作法〈ミステリー傑作選45〉
日本推理作家協会編 零時の犯罪予報〈ミステリー傑作選46〉
日本推理作家協会編 トリック・ミュージアム〈ミステリー傑作選〉
日本推理作家協会編 殺人の教室〈ミステリー傑作選〉
日本推理作家協会編 殺人格差〈ミステリー傑作選〉
日本推理作家協会編 1ダースの殺意〈ミステリー傑作選・特別編1〉
日本推理作家協会編 殺しのルート13〈ミステリー傑作選・特別編2〉
日本推理作家協会編 真夏の夜の悪夢〈ミステリー傑作選・特別編3〉
日本推理作家協会編 57人の見知らぬ乗客〈ミステリー傑作選・特別編4〉
日本推理作家協会編 自選ショート・ミステリー〈ミステリー傑作選・特別編5〉
日本推理作家協会編 自選ショート・ミステリー2〈ミステリー傑作選・特別編6〉
日本推理作家協会編 謎001〈東野圭吾選スペシャル・ブレンド・ミステリー〉

講談社文庫 目録

西村玲子 玲子さんの好きなものに出合う旅
西村玲子 玲子さんのラクラク手作り教室
二階堂黎人 地獄の奇術師
二階堂黎人 聖アウスラ修道院の惨劇
二階堂黎人 ユリ迷宮
二階堂黎人 吸血の家
二階堂黎人 私が捜した少年
二階堂黎人 クロへの長い道
二階堂黎人 名探偵水乃サトルの大冒険
二階堂黎人 名探偵の肖像
二階堂黎人 悪魔のラビリンス
二階堂黎人 増加博士と目減卿
二階堂黎人編 密室殺人大百科(上)(下)
西澤保彦 解体諸因
西澤保彦 完全無欠の名探偵
西澤保彦 七回死んだ男
西澤保彦 殺意の集う夜
西澤保彦 人格転移の殺人
西澤保彦 麦酒《ばくしゅ》の家の冒険

西澤保彦 幻惑密室
西澤保彦 実況中死
西澤保彦 念力密室！
西澤保彦 夢幻巡礼
西澤保彦 転・送・密・室
西澤保彦 人形幻戯
西澤保彦 ファンタズム
西村健 ビンゴ
西村健 脱出 GETAWAY
西村健 突破 BREAK
楡周平 青狼記(上)(下)
西村滋 お菓子放浪記
貫井徳郎 修羅の終わり
貫井徳郎 鬼流殺生祭
貫井徳郎 妖奇切断譜
貫井徳郎 被害者は誰？
法月綸太郎 密閉教室
法月綸太郎 雪密室
法月綸太郎 誰《たそ》彼《がれ》

法月綸太郎 頼子のために
法月綸太郎 ふたたび赤い悪夢
法月綸太郎 法月綸太郎の冒険
法月綸太郎 法月綸太郎の新冒険
法月綸太郎 法月綸太郎の功績
乃南アサ 鍵
乃南アサ ライン
乃南アサ 窓
乃南アサ 不発弾
野口悠紀雄 「超」勉強法
野口悠紀雄 「超」勉強法・実践編
野口悠紀雄 「超」発想法
野口悠紀雄 「超」英語法
野沢尚 破線のマリス
野沢尚 リミット
野沢尚 呼《よ》人《ひと》
野沢尚 深紅
野沢尚 砦なき者
野沢尚 魔笛

野口武彦　幕末気分
半村　良　飛雲城伝説
原田泰治　わたしの信州
原田泰治・原田武雄　泰治が歩く〈原田泰治の物語〉
原田康子　海霧(上)(中)(下)
林　真理子　星に願いを
林　真理子　テネシーワルツ
林　真理子　幕はおりたのだろうか
林　真理子　女のことわざ辞典
林　真理子　さくら、さくら〈おとなが恋して〉
林　真理子　みんなの秘密
林　真理子　ミスキャスト
林　真理子・山藤章二　チャンネルの5番
原田宗典　スメル男
原田宗典　東京見聞録
原田宗典　何者でもない
原田宗典　見学ノススメ
原田宗典・文／かとうゆめこ・絵　考えない世界
馬場啓一　白洲次郎の生き方

馬場啓一　白洲正子の生き方
林　望　帰らぬ日遠い昔
林　望　リンボウ先生の書物探偵帖
帚木蓬生　アフリカの蹄《ひづめ》
帚木蓬生　空夜
帚木蓬生　空山
坂東眞砂子　道祖土《さいど》家の猿嫁
花村萬月　皆月
花村萬月　惜春
浜なつ子　死んでもいい〈マニラ行きの男たち〉
林　丈二　犬はどこ？
林　丈二　路上探偵事務所
原口純子と中華生活ウォッチャーズ　踊る中国人
はにわきみこ　たまらない女
はにわきみこ　へこまない女
畑村洋太郎　失敗学のすすめ
蜂谷　涼　小樽ビヤホール
遙　洋子　結婚しません。
遙　洋子　いいとこどりの女

花井愛子　ときめきイチゴ時代〈ティーンズハートの1987〜1997〉
はやみねかおる　そして五人がいなくなる〈名探偵夢水清志郎事件ノート〉
平岩弓枝　おんなみち　全三冊
平岩弓枝　花嫁の日
平岩弓枝　結婚の四季
平岩弓枝　わたしは椿姫
平岩弓枝　花祭
平岩弓枝　青の伝説
平岩弓枝　青の回帰(上)(下)
平岩弓枝　青の背信
平岩弓枝　五人女捕物くらべ(上)(下)
平岩弓枝　はやぶさ新八御用帳(一)〈大奥の恋人〉
平岩弓枝　はやぶさ新八御用帳(二)〈江戸の海賊〉
平岩弓枝　はやぶさ新八御用帳(三)〈又右衛門の女房〉
平岩弓枝　はやぶさ新八御用帳(四)〈鬼勘の娘〉
平岩弓枝　はやぶさ新八御用帳(五)〈御守殿おたき〉
平岩弓枝　はやぶさ新八御用帳(六)〈春月の雛〉
平岩弓枝　はやぶさ新八御用帳(七)〈寒椿の寺〉
平岩弓枝　はやぶさ新八御用帳(八)〈春怨 根津権現〉

講談社文庫　目録

講談社文庫　目録

2006年12月15日現在